GERMAN PUBLISHING AG

Über das Buch

SEATTLE. Pete Tyler steht am Scheideweg. Vor acht Jahren hat er seine aufstrebende Grunge-Band aufgelöst, um sich dem „Erwachsenenleben" zu stellen. Nach einem Jurastudium – mittlerweile 36 Jahre alt („Fast vierzig!") – hängt er als stellvertretender Staatsanwalt (ein Anzugträger) immer noch in denselben Clubs herum, in denen er vor zehn Jahren auftrat. Er trifft sich immer noch mit demselben Typ von Frauen, nur dass sie ihm heute erzählen, wie sehr ihre älteren Schwestern seine Band mochten.

Pete beschließt zu heiraten – allerdings weiß er noch nicht wen. In die engere Wahl kommen Beth (seine erste, aber verschollene Liebe), Winter (die Stripperin, mit der er ab und an zusammen ist) und Esmé (die für ein Plattenlabel arbeitet, ihn auf eine gewisse Art beflügelt, aber auch selbst schwierige Entscheidungen für ihr Leben treffen muss).

Als ein Vergewaltigungsfall auf seinem Schreibtisch landet, wird Pete gleichzeitig mit Vergangenheit und Zukunft konfrontiert. Der Beschuldigte ist Mitglied einer Grunge-Band aus alten Tagen. Pete muss sich entscheiden, wo er steht.

Pete Tyler ist eine coolere Version von jedermann und Never Mind Nirvana ist die faszinierende und fesselnde Geschichte eines Mannes, der sich nicht zwischen seiner Jugend und dem Erwachsensein entscheiden kann. Meisterhaft gemixt mit der Musik Seattles, Alkohol und Sex bietet die Story einen gekonnten Schnappschuss des amerikanischen Zeitgeists in der Post-Grunge-Ära.

Über den Autor

Mark Lindquist ist in Seattle geboren und aufgewachsen. In den 80ern und frühen 90ern schrieb er für verschiedene renommierte Zeitungen und verfasste Drehbücher in Hollywood. Seine Romane Sad Movies (1987) und Carnival Desires (1990) wurden in sieben Sprachen übersetzt. Lindquist bildete mit Bret Easton Ellis (American Psycho) und Jay McInerney (Die grellen Lichter der Großstadt) das so genannte „literarische Brat Pack", das mit seiner ungewöhnlichen Prosa die Literaturkritiker begeisterte.

Dennoch wandte sich Lindquist 1991 von der Literatur ab. Er zog eine längere Europareise in Erwägung, entschloss sich dann aber zu einem Jurastudium. Heute arbeitet er als stellvertretender Staatsanwalt in Seattle und hat nach zehnjähriger Schreibpause den Roman Never Mind Nirvana veröffentlicht. Die Auszeit hat seiner Popularität keinen Abbruch getan. Never Mind Nirvana eroberte in kurzer Zeit die Bestsellerlisten und das People Magazine zählte ihn kürzlich zu den hundert begehrtesten Junggesellen der USA.

MARK LINDQUIST

Never Mind NIRVANA

ROMAN

GP GERMAN PUBLISHING AG

Die amerikanische Originalausgabe erschien 2000 bei
Villard Books, einem Mitglied der Verlagsgruppe Random House, Inc.

Aus dem Amerikanischen von Marc Kellogg und Thomas Seeliger.

Diese Geschichte ist frei erfunden.
Alle Namen, handelnden Personen, Orte und Begebenheiten entspringen der Fantasie des Autors. Jede Ähnlichkeit mit realen lebenden oder toten Personen, Ereignissen oder Schauplätzen wäre völlig unbeabsichtigt und reiner Zufall.

Deutsche Erstveröffentlichung

Lektorat: Matthias Penzel
Umschlaggestaltung und Layout: Designbüro Unruh, Braunschweig
Umschlagbild: Asta Lang
Druck: Elsnerdruck GmbH, Berlin
ISBN 3-936281-02-5
www.german-publishing.de

Vorwort zur deutschen Ausgabe

Mark Lindquist denkt sich außer Namen nichts aus, er schreibt sein Leben auf. Ihn nicht zu kennen und mit *Never Mind Nirvana* anzufangen ist ein bisschen so, wie eine Biographie irgendwo in der Mitte aufzuschlagen und mit dem Lesen zu beginnen. Eigentlich möchte ich an dieser Stelle sagen, legen Sie *Never Mind Nirvana* weg und lesen Sie erst einmal *Sad Movies* und danach *Carnival Desires* und erst dann *Never Mind Nirvana* und freuen Sie sich auf das nächste Buch von Lindquist, das bald erscheint, denn dort erfahren Sie, wie es Pete Tyler, dem Helden aus *Never Mind Nirvana*, inzwischen geht. Aber leider gibt es Marks andere Bücher nicht mehr zu kaufen, soweit ich weiß, und meine Exemplare verleihe ich noch nicht einmal mehr an meine engsten Freunde (musste ich mir doch im Laufe der Jahre *Sad Movies* bestimmt fünfmal neu kaufen, weil es nie jemand zurückbrachte). Als Mark mich bat, dieses Vorwort zu schreiben, dachte ich deshalb, ich sollte am besten davon erzählen *„Was bisher geschah"* – ein Prolog für all die Leser, die nicht wie ich das Glück hatten, von Anfang an dabei gewesen zu sein.

Eines schönen Tages in den späten Achtzigern habe ich in meinem Lieblingsbuchladen in San Francisco ein Taschenbuch aus dem Regal gezogen, weil mir der Titel gefiel. Wenn ich einen Autoren nicht kenne, lese ich oft nur den ersten Satz, um zu entscheiden, ob ich das Buch haben will oder nicht. Der erste Satz in Marks erstem Roman war:

I wonder why I don't kill myself?

Gekauft.

I wonder why I'm wondering, then tell myself not to think like this and light a cigarette instead.

It's about three A.M.

So beginnt *Sad Movies*, die Geschichte eines jungen Mannes, der in den achtziger Jahren in Venice, Kalifornien, lebt und im Auftrag von Big Gun Films Werbeslogans für Softpornos über Las-Vegas-Showgirls mit Maschinengewehren schreibt. „*The T Team – This is one job they can't blow*". Er beschließt, sein Leben sei sinnvoller genutzt, wenn er es beende, damit seine Freundin seine Lebensversicherungsprämie kassiert, aber dann kreuzt ein alter Freund in der Stadt auf und redet es ihm wieder aus. Als er den gescheiterten Plan schließlich seiner Freundin beichtet, wird sie wütend. Er will sie beruhigen. „*I was going to leave you a note absolving you.*"

Becky looks incredulous. „What the fuck kind of note would have absolved me," she asks. „You think you're that good a writer?"

Am Ende befreien sie noch einen Hund, und der Held bleibt am Leben, aber die Geschichte hört viel zu früh auf, man hat sie viel zu schnell durchgelesen. Und auf der letzten Seite stand: *Mark Lindquist lives in Venice, California. This is his first novel.* Ich weiß nicht mehr, wie oft ich *Sad Movies* damals gelesen habe, aber ich erinnere mich noch, warum es mich so fasziniert hat. In seiner morbiden Melancholie war es doch voll verführerischer Hoffnung, trotz seines düsteren Humors voller Liebe zum Leben und zutiefst persönlich. Bret Easton Ellis nannte den Roman „*hilarious and affirmative*" – und ich war sicher, es würde bis zum nächsten Buch von Lindquist nicht lange dauern.

Aber es dauerte drei Jahre, und während ich ungeduldig wartete, dachte ich immer wieder, hoffentlich hat er es sich nicht anders überlegt und sich umgebracht. 1990 erschien endlich *Carnival Desires*, sein zweiter Roman, der immer noch mein Lieblingsbuch von ihm ist, und den ich beinahe verpasst hätte, denn es gab nur eine einzige Auflage. *Carnival Desires* hielt alles, was *Sad Movies* versprochen hatte, und mehr. Es war reif und anmutig und atemberaubend authentisch.

„Classic rock, 97.1 KLSX. Now, new from U2 –" Libby turns off the radio as she drives into the cemetary.

Carnival Desires beginnt mit einer Beerdigung, ein junger Mann hat sich das Leben genommen. Der Roman erzählt die Geschichte von ein paar Freunden, die mehr oder weniger erfolgreich versuchen, in Hollywood zu überleben. Ein melancholischer, verzweifelter Reigen am Rande eines emotionalen Abgrundes, voller Musik, Humor und Tragik, und der Held der Geschichte, ein Drehbuchautor, heißt Bick, und er verliebt sich in eine Schauspielerin, und er schreibt für sie ein Drehbuch um und bekommt sie am Ende trotzdem nicht.

„Of course we're using each other," one of Bick's friends tells him. „But at least we like each other." Bick will nicht sterben, aber er will ein anderes Leben, will seinen Job als Drehbuchautor an den Nagel hängen, Hollywood endlich den Rücken kehren, aber weiß nicht, wie er das schaffen soll. Und am Ende ist noch eine Freundin tot, und Bick hat bei dem Versuch, mit seinem BMW die Auffahrt zu verlassen, um die Stadt zu verlassen, einen Unfall, und so bleibt er noch und wird Trauzeuge bei der Hochzeit eines Freundes.

Und auf dem Buchrücken stand: *Mark Lindquist lives on a boat in Venice, California. He has written screenplays for several movies.*

Kurze Zeit später hörte ich noch, dass Lindquist eine Weile mit Molly Ringwald zusammen gewesen war, sie sich aber wieder getrennt hatten. Dann nichts mehr. Jahrelang wartete ich vergeblich auf seinen dritten Roman. Irgendwann war ich überzeugt, er sei entweder ausgebrannt, drogenabhängig oder tot. Ich habe Amerika verlassen und trotzdem noch ein paar Jahre in Buchläden nach seinem Namen gesucht, aber schließlich ganz aufgegeben.

Elf Jahre nach dem Erscheinen von *Carnival Desires* habe ich es wieder gelesen, ich hatte schon fast vergessen, wie gut es war, und dann habe ich mich ein letztes Mal auf die Suche nach Mark Lindquist gemacht. Ich rechnete damit, im Internet auf eine Todesanzeige zu stoßen. Stattdessen entdeckte ich seinen Namen auf der People Magazine Top-100-Liste der begehrtesten Junggesellen Amerikas, seine sehr lebendige Website – und endlich eine Erklärung für sein langes Schweigen. Anfang der neunziger Jahre, kurz nach dem Erscheinen von *Carnival Desires*, hatte er L.A. verlassen und war in seine regnerische Heimatstadt Seattle zurückgekehrt, um Jura zu studieren, um Anwalt zu werden.

Er hat ein anderes Leben angefangen, und wie das aussah, können Sie in diesem Buch nachlesen.

Never Mind Nirvana war gerade erst erschienen, als ich Mark wieder fand. Nachdem ich es gelesen hatte, habe ich einen Fanbrief an marklindquist.net geschrieben. Mark hat mir geantwortet. Ein Jahr später habe ich ihn zu meiner Premiere auf dem Filmfestival in Seattle eingeladen, und eigentlich wollte er an dem Wochenende nach L.A., aber er steckte mitten in einem Mordprozess, hat es sich im letzten Moment anders überlegt und ist zur Vorführung gekommen, und so haben wir uns kennen gelernt. Fünfzehn Jahre, nachdem ich ein paar Dollar für ein Taschenbuch bezahlt hatte, gaben Lindquist und ich uns, kurz bevor das Licht ausging, in der dritten Reihe eines Multiplex-Kinos die Hand.

Wir sind Freunde geworden, und deshalb weiß ich, dass Mark sich nichts ausdenkt. Kürzlich sagte er zu mir, *the truth is the best we can do*. Er hat Recht. Und das ist genau das, was er in seinen Büchern tut.

Er erzählt die Wahrheit über sich.

Marks Leben geht weiter, und er schreibt es weiter auf. Ich bewundere ihn zutiefst für das, was er inzwischen zu seiner beruflichen Aufgabe gemacht hat. Um mehr darüber zu erfahren, werden Sie auf sein nächstes Buch warten müssen. Aber soviel darf ich sicher schon verraten: Der neue Held ist ganz der Alte, nur etwas älter – und er lebt auf einem Boot.

Und wenn ich Mark anrufe, läuft bei ihm immer noch Nirvana.

Berlin, Februar 2003
Sandra Nettelbeck

Für
Kerin Keller
Lisa Van Atta
Kim Warnick

Mein Leben lang hat mein Herz etwas gesucht, das ich nicht benennen kann.

Geschrieben an die Toilettenwand des Crocodile Cafes,
zurückzuführen auf Häuptling Seattle,
wahrscheinlich inkorrekt.

Resurrection Jukebox Night

Pete Tyler ist sechsunddreißig Jahre alt. Oder, wie er seit seinem Geburtstag letzte Woche sagt: *fast vierzig.*

Er legt sein Jackett ab und schwingt sich mit einem Roman von Richard Ford in die Hängematte. Vor etwa zehn Jahren hat er sich die Taschenbuchausgabe von *Der Sportreporter* gekauft, ganz einfach weil ihn das Cover irgendwie an ein Plattencover erinnerte. Obwohl er schon damals das Buch nicht zu Ende gelesen hatte, glaubt er, dass er es jetzt tun wird. Er ist dem Alter des Erzählers jetzt näher. Begriffe wie Verlust und Schmerz haben für ihn inzwischen eine gewisse Bedeutung.

Zur Abwechslung will er heute Abend mal zu Hause bleiben und lesen. Er findet Gefallen an der Vorstellung, es sich bis Mitternacht in einem sauberen Bett gemütlich zu machen und morgen ohne Kater aufzuwachen, in der Gewissheit, dass die Schamhaare im Bett seine eigenen sind.

Wie auch immer, nach einigen Minuten wird Pete unruhig. Wenigstens ein Kapitel will er beenden, doch er blättert vor und stellt fest, dass da noch siebzehn Seiten folgen, *zu viele.* Er gibt die Gesellschaft von Mr. Ford zugunsten von Johnnie Walker auf.

Das Glas in der Hand zieht er einen Stuhl vor die auf Milchkisten thronende Stereoanlage, schiebt eine Wechselkassette für sechs CDs in das Gerät und beginnt mit The Replacements' *Let It Be,* circa 1984. Traditionell ist freitags Resurrection Jukebox Night – die Nacht, in der die Musikbox ihre Auferstehung feiert und alte Platten abspielt. Pete glaubt so wie viele seiner Leute, dass es nichts Wichtigeres oder Bewegenderes als einen guten Rock-and-Roll-Song gibt, doch zum Glück bleibt dieser Gedanke meist unausgesprochen.

Die Akustik seines 550-Quadratmeter-Lofts ist phänomenal. Alle Wände sind aus weiß getünchtem Backstein, der Fußboden aus verschrammeltem, abgeschrubbtem Hartholz. Vier Fenster, jedes 3,70 mal 1,50 Meter, blicken auf die Elliott Bay.

Der schlichte Bassriff von „I Will Dare" vibriert in Petes Brust. Er zündet sich eine filterlose Camel an und nickt zu Paul Westerberg, „*How young are you, how old am I, let's count the rings around my eyes...*"

Pete ist sich mehr oder weniger im Klaren darüber, dass er genau genommen etwas zu alt ist, um auf Alben fixiert zu sein, deren Songs Titel haben wie „Sixteen Blue", „Unsatisfied" und „Gary's Got a Boner". Doch er denkt darüber nicht wirklich lange nach. Pete zieht das Leben dem Denken vor. Dieser Einstellung bleibt er trotz durchwachsener Erfolge treu.

Auf *Let It Be* folgt R.E M. mit *Life's Rich Pageant,* circa 1986, erst „These Days", dann „Fall on Me" und „Cuyahoga". Dann schnappt er sich *Alice Cooper's Greatest Hits,* circa 1975, und hört „I'm Eighteen", „No More Mr. Nice Guy" und den Klassiker „Teenage Lament '74".

Nach Cooper kommen The Clash, *London Calling,* circa 1979. Und nach „Lost In The Supermarket" klickt Pete weiter zu „Train In Vain", dem versteckten letzten Track – „*you didn't stand by me...*".

Um halb zehn ist Pete bei seinem dritten Glas Johnnie angekommen und dem ersten Album von Pearl Jam, circa 1991. Während „Black" läuft, fühlt er, wie Nostalgie und Einsamkeit über ihn einbrechen. Genau das wollte er vermeiden.

Er isst Friscuits Tacos mit Salsa zum Abendbrot, tauscht die Anzughose gegen eine Levi's aus, legt die Krawatte ab und schlüpft in seine alten Penny Loafers. Auf dem Boden neben dem Futon liegt eine Ausgabe von *SPIN,* die er unter die *New York Times Book Review* kickt. Er hofft heute Abend ein Mädchen zu treffen, das sich von

Letzterem, dem nun sichtbaren Titel beeindrucken ließe, weiß aber gleichzeitig, dass die Wahrscheinlichkeit ungleich größer ist, jemanden zu finden, der mit dem anderen Magazin besser vertraut ist.

Ebenso groß ist die Wahrscheinlichkeit, dass er allein nach Hause kommen wird. Doch wer wollte schon damit rechnen?

Möglichkeiten

Pete verlässt das Gebäude zur Western Avenue, nahe den Harbor Steps. Leichter Nieselregen weht mit dem Südwind und er dreht sich weg, um eine Camel anzuzünden. Er will eigentlich mit dem Rauchen aufhören, doch R.J. Reynolds gewinnt diesmal die Schlacht.

Der Abend ist noch voller Möglichkeiten. Im Süden ist Pioneer Square, mehrere Häuserblocks mit Bars und Clubs, für die man einmalig Eintritt zahlt, und die ein lauthals geselliges Publikum bevölkert. Im Osten sind das Gibson's und das Night Lite, Säuferspelunken. Im Norden ist die Belltown Area, Heimat des Frontier Room, einer weiteren Spelunke, des Sit and Spin, einem Waschsalon/Bar/ Musik-Ding, und auch des Crocodile, wo jede annehmbare Seattle-Band gespielt hat, genauso wie viele, die es nicht sind.

Egal, welchen Weg er einschlägt, er weiß, dass ihn die nervöse Befürchtung begleiten wird, etwas zu verpassen, dass irgendwo da draußen diese Möglichkeit ist, auf die er sein Leben lang wartet und nach der er nicht an den richtigen Orten sucht. *Doch eines Abends...*

Der Nieselregen tropft auf Petes abgetragenen blauen Blazer. Er schützt seine Zigarette und folgt den Straßenlaternen Richtung Norden.

Ich sah Dich

Pete legt seinen ersten Stop im Alibi Room ein, einer gut versteckten Bar in der Post Alley, gleich gegenüber vom Pike Place Cinema. Er mag nicht das protzige Essen, die Drehbücher, die statt der Romane in den Regalen stehen oder den hyperaktiven Manager, der in Nikes herumhüpft und jeden bittet, sein Handy auszuschalten. Pete kommt wegen Carol hierher.

„Hey", sagt sie, als er sich an die Bar setzt.

„Hey."

Auf der Hausanlage läuft ein Blur-Song, der Pavement nachäfft, während Carol einen Drink mixt. Sie trägt eine Schlaghose und ein farbbespritztes Tank Top, das ihr Schmetterling- und Rosen-Tattoo auf ihrer Brust entblößt. Sie ist Künstlerin.

Vor drei Monaten hatte sie ihn zu einer Ausstellung in der Upchurch Gallery eingeladen. Ihre Bilder waren düster und abstrakt, ein Anzeichen für eine ernsthaft gestörte Persönlichkeit. Das faszinierte Pete. Doch er war nicht in der Lage, seinem Interesse nachzugehen, weil sie damit beschäftigt war, ihren neuen Freund, der dem jungen Elvis Costello ähnelte, zu betatschen. Pete konnte sehen, dass sie in der anfänglichen Vernarrtheitsphase waren.

„Und? Was machst du so?", sagt Carol, als sie ihm ein Glas Johnnie Walker Black und ein Pike Place Ale bringt.

„Ach, sorge mich nur um die Zukunft."

Sie nickt. „Hast du von dieser Umfrage gehört, bei der die weiblichen Angestellten im Weißen Haus befragt wurden, ob sie mit Clinton schlafen würden? Neunzig Prozent sagten ‚Nicht noch mal.'"

Pete lächelt, nickt. „Triffst du noch den Gitarristen?"

„Wenn er in der Stadt ist. Zurzeit ist er auf Tour."

Also fängt er sich wahrscheinlich in genau diesem Moment eine Geschlechtskrankheit ein.

„Sie sind gerade in British Columbia", erklärt sie. „Danach geht es nach Toronto. Sind in Kanada sehr angesagt."

„Wann kommt er zurück?"

„In dreiundzwanzig Tagen."

Die Tatsache, dass sie die Tage zählt, versetzt ihm einen Schlag, und er leert sein Glas in einem Zug.

„Er schickt mir Postkarten und Briefe und Kassetten", fährt sie fort, „und ich mache diese Collage für ihn..."

Notfalls wäre Pete bereit, das Amt zu übernehmen, doch er weiß, dass dies teuer und zeitaufwendig sein könnte, deshalb wartet er lieber auf ein freies Mandat.

Auf der First Avenue stoppt er bei Seattle's Best Coffee, das an die Stelle von Fantasy Unlimited an der Ecke Pike Place getreten ist. Fantasy Unlimited verkaufte Dildos, coole Postkarten und Kleidung für besondere Zwecke, darunter Bodysuits aus schwarzem Leder, solche wie sie „Hinkebein" in *Pulp Fiction* trug. Wieder eine regionale Attraktion, die der Stadtentwicklung zum Opfer gefallen ist.

Als er weiter Richtung Norden zieht, vorbei an der Champ Arcade – LIVE NUDE GIRLS! –, hält er seinen doppelten Espresso mit beiden Händen und nippt daran, während er geht, und das Koffein und der Alkohol wirken schnell zusammen, was ihn wie ein schwacher Speedball aufwärmt.

Am Market Place Tower weht ihm der Wind ins Gesicht. Er spielt kurz mit dem Gedanken, einen Abstecher ins Pink Door in der Post Alley zu machen, entscheidet aber, dass er mit dem Farbkonzept nicht zurechtkommen würde, das – ziemlich überraschend – in erster Linie pink ist.

Also zieht er geradeaus weiter, und die Space Needle kommt in Sicht – das untertassenförmige Restaurant auf der Spitze glüht blau und orange über den Gebäuden davor – und der Anblick gibt ihm eine unerklärliche Behaglichkeit, sein Nordstern.

Ein ihm unbekannter Türsteher bewacht den Eingang des Frontier Room und verweigert ihm wegen seines Kaffeebechers den Eintritt. Er fragt auch nach einem Ausweis. Pete sieht jung aus für sein Alter, aber nicht so jung. Manchmal beunruhigt es ihn, dass er vielleicht wie ein Gesetzeshüter aussieht.

Donna, die durchtrainierte Barkeeperin, bringt ihm einen Scotch, bevor er danach fragt. Er gibt ihr ein großzügiges Trinkgeld.

„Wie kommt es, dass du in letzter Zeit keines von diesen süßen jungen Dingern mitgebracht hast?", sagt sie.

„Weil du sie mir ausspannen würdest."

„Ein Mädchen weiß, was ein Mädchen mag."

„Ich bin froh, dass das irgendjemand tut."

Nach der obligatorischen Neckerei nippt er an dem Scotch, Hausmarke, der ihn trifft wie Feuerzeugbenzin.

Er prüft oberflächlich, ob er etwas zum Aufreißen finden kann. Hartgesottene Trinker, früher die einzigen Gäste, haben der Musikszene Platz gemacht. Pete nimmt ein auffallend dünnes Mädchen ins Visier, helle Haut, dunkles Haar, Nase gepierct. Sie ist jedoch mit einem Kerl hier, und der sieht vage aus wie Chris Cornell von Soundgarden, ist aber Cornells kleiner Bruder von Grace.

Die Jukebox spielt „Margaritas" von Love As Laughter. Obwohl Pete es schätzt, dass seit kurzem die örtliche Musik bevorzugt wird, erinnert es ihn daran, dass man in den Achtzigern einen Revolver an die Schläfe des Barkeepers halten musste, wenn man eine lokale Band hören wollte.

Er verlagert seine Erkundungstour in den Billardraum. Die Auswahl scheint eingeschränkt, doch er erspäht eine Möglichkeit: blasse Seattle-Haut mit dunkelrotem Lippenstift, schwarzer Bubikopf, Brille. Fünf Leute sitzen an ihrem Tisch, zwei andere Frauen, zwei Typen, keine Pärchen. Gleich neben ihrem Bier steht ein leeres Schnapsglas, und sie leert einen Halben von etwas, das wie Hefeweizen aussieht, mit großen Schlucken. Zwei gute Zeichen. Er beschließt, sie zu beschatten.

Seine Beute im Blick, greift er sich eine Ausgabe von *The Stranger* – „Jeden Donnerstag gratis!" – und schlägt die „Ich sah Dich"-Rubrik auf.

EROTIC DAY GIRL @ CHA CHA 10. März
Du: "Have an Erotic Day"-T-Shirt. Ich: blondes Haar, schwarz gekleidet. Langer Blickkontakt. Doch Du bist mit einem Poser verschwunden. Single? Kaffee? Heroin?

HARVEY DANGER @ SIT AND SPIN
Valentinstag. Du: grünes/pinkes/schwarzes Haar. Ich sagte: „Schöne Frisur". Versuchte zu flirten. Fehlschlag. Lass es mich noch einmal versuchen. „I'm not sick but I'm not well."

Er überfliegt Anzeigen mit Überschriften wie ART GIRL, MINNIES ON DENNY, BILL'S ON BROADWAY und KISS ME ON THE BUS. Gewissenhaft liest er diesen Teil von *The Stranger*. Er ist berührt von diesen Hilfeschreien ins Nichts.

Inzwischen leert das TRINKENDE MÄDCHEN MIT BRILLE ihr Bier. Als sie sich flüchtig umblickt und nach einer Bedienung sucht, sieht sie, wie er in ihre Richtung schaut. Augen treffen sich. Ihre schauen sofort weg. Er blickt zurück in die Zeitung.

Sie steht. Er lässt seine Nase in *The Stranger*, bis er ihre Annäherung spürt. Er blickt auf, täuscht Überraschung vor, lächelt.

Sie erwidert das Lächeln und geht weiter.

Er wartet eine kurze Zeit und folgt ihr dann zur Bar. Sie trägt einen schwarzen Rock und ihre Beine sind entblößt, eine kühne Wahl für die schizophrene Jahreszeit zwischen Winter und Frühling. Er bewegt sich um sie herum und fängt Donnas Augen ein.

Donna reagiert mit einem schnellen Scotch on the Rocks.

„Was trinkst du?", fragt er das TRINKENDE MÄDCHEN, als er seine Brieftasche herauszieht.

Sie zögert und sagt schließlich: „Hefeweizen."

„Und ein Hefeweizen", wiederholt er an Donna gerichtet, als er zahlt.

„Danke", sagt das TRINKENDE MÄDCHEN.

„Gern geschehen."

„Und", sagt sie, „kommst du aus der Gegend hier?"

„Hier geboren und aufgewachsen."

„Ich bin gerade erst hergezogen. Habe einen Job bei Amazon.com gekriegt. Habe festgestellt, dass es Zeit war, einen richtigen Job anzunehmen, weil es ja das letzte Jahr des Millenniums ist und so."

„Genau genommen ist das nächste Jahr das letzte Jahr des Millenniums."

„Häh?"

„Zweitausend ist das letzte Jahr des Millenniums."

Verdutzter Blick als Antwort.

„Weil das erste Jahr des Millenniums 1001 war", erklärt er. „Daher ist 2000 das letzte Jahr. Zweitausendeins ist das erste Jahr des nächsten Millenniums. Deshalb hat Kubrick seinen Film ja auch *2001* genannt und nicht *2000*."

Sie starrt ihn noch immer verdutzt an, und er begreift, dass er dabei ist, sie ganz zu verlieren.

„Wo kommst du her?", versucht er.

„Vancouver."

„B.C.?"

„Washington."

„Na, willkommen in Seattle."

Das Bier kommt und sie stoßen an.

„Meine Freunde und ich denken darüber nach, ins Crocodile zu gehen", sagt sie. „Kennst du den Laden?"

Er nickt und entscheidet sich, nicht zu erwähnen, dass er ungefähr zweiundvierzig Prozent seines Erwachsenenlebens dort verbracht hat.

„Vielleicht sehe ich dich dann später?"

Er lächelt, nickt.

Draußen. Der Nieselregen hat nachgelassen und ein nahezu voller Mond steigt zwischen den leichten Zirruswolken über dem

Gebäude der Bank of America auf. Die Gehsteige füllen sich mit Nachtleben. Pete registriert jedes Pärchen, fragt sich, was der Typ getan hat, um das Mädchen zu kriegen.

Er kommt an der Bethel Church auf der Leonora und Second Street vorbei. In dem sich ständig ändernden Inhalt des Schaukastens steht: LASS JESUS DIR DEN RHYTHMUS GEBEN. Weiterer Beweis für Petes Ansicht, dass noch immer zu viele Musiker hierher ziehen.

Außerhalb des Crocodile Cafes stellt sich Pete hinter zwei Typen in die Reihe, der eine im Anzug, der andere in einer Lederjacke. Ein Überfliegen der Flyer auf der Glastür zeigt, dass die Murder City Devils und Tight Bros From Way Back When heute Abend spielen, gute Nachrichten. Kevin, der Türsteher, erkennt Pete und winkt ihn durch, eine kleine Gefälligkeit, die Pete zu schätzen weiß.

Er schlendert durch den Restaurantbereich und sieht niemanden, den er kennt, also folgt er einem Typen mit einem schwarzen und grünen Crocodile-Ordnungspersonal-T-Shirt, der einen Weg zur Halle freimacht.

In der hinteren Bar sind die willkürlich arrangierten Tische und Nischen voll. Zwischen dem alten Kram, der als Dekor gilt, sind Lüster, Neonstäbe, Pappmaché-Krokodile und Schafe mit Flügeln, die von der Decke hängen. Wie immer verwirren Pete die geflügelten Schafe. Wenn es Schweine wären, würde er es verstehen.

Er macht einen freien Barhocker aus und umgeht es somit, sich mit seinem Getränkewunsch hinten einreihen zu müssen. Jennifer, die Bedienung, bringt ihm einen Johnnie Walker Black. Sie ist lässig und hübsch, und zu viele Leute machen sich an sie heran, also tut Pete es nicht.

„Hast du gehört, dass Beth zurück in der Stadt ist?", sagt Jennifer.

„Was?"

„Beth Keller. Sie ist anscheinend zurück in der Stadt."

Vor dreizehn Jahren lebte Pete mit Beth drei Monate in einem Hotel und hat sie seitdem nicht gesehen. Er bezeichnet diese Wochen als die besten seines Lebens, zumindest wenn er betrunken ist.

Stephanie, die Eigentümerin, tritt aus dem NUR-FÜR-ANGESTELLTE-Durchgang und winkt Pete kurz zu. Sie ist groß und phantastisch und trägt roten Lippenstift, doch nicht zu haben, verheiratet mit einem Rockstar aus Georgia, der vor kurzem nach Seattle gezogen ist. Sie haben Kinder, was Pete beeindruckt.

„Jennifer", ruft er, als sie ein Bier für einen anderen Gast eingießt.

„Yeah?"

„Hast du sie gesehen?"

„Wen?"

„Beth."

„Nein, ich habe nur gehört, dass sie wieder da ist."

Pete zündet sich eine Camel an, trinkt seinen Scotch. Geschätzter Blutalkohol: 0,5 Promille, schnell steigend. Ein Typ mit einem SEATTLE-THINKS-THE-REAL-WORLD-SUCKS-T-Shirt bleibt neben ihm stehen. Pete denkt, dass das jeder weiß und es daher nicht gesagt werden muss.

Den Lärm einer Band, die die Bühne betritt, registrierend, steigt Pete vom Hocker ab. Er tritt durch die Angestelltentür, kommt durch einen schmalen Raum, der ihn immer an die Ermordung von Bobby Kennedy erinnert, und taucht im Live-Musik-Raum wieder auf. Er findet einen Platz beim Mischpult und lehnt sich mit dem Rücken an die Wand.

Der Soundmix ist muffig – die Luft ist geschwängert von Atem, Schweiß und Rauch, was die Höhen dämpft. Der Soundtechniker hat dies nicht ausgeglichen. Er ist wahrscheinlich auf Drogen und nicht auf den richtigen.

Dem Publikum ist es egal. Spencer steigt auf den Bühnenrand und schnappt sich den Mikroständer – *„I never want you to be a sailor's girl"* – und er lehnt sich über die Mädels, die ganz vorne stehen, und sie strecken ihre Hände zu ihm und sein Schweiß und seine Spucke glänzen im weißen Scheinwerferlicht.

Auch wenn Pete die Hälfte der Texte nicht verstehen kann, benimmt sich Spencer, als würde er es auch wirklich so meinen, und die Band spielt, als würde sie sich amüsieren, und das löst gemischte Gefühle in Pete aus – er vermisst die Bühne, vermisst jene Momente, doch würde lieber nicht, tut es nicht, wird nicht darüber nachdenken.

Er erspäht eine Möglichkeit an einer Wand lehnend: lang, hyperdünn, kein Make-up. Der größte Teil der jungen Menge hat sich vorgedrängt zur Pogoecke, und so ist es hinten in der Nähe der Bar nicht zu voll. Pete schiebt sich in ihre Richtung, tut so, als würde er versuchen, eine gute Sicht zur Bühne zu finden.

Als die Devils eine Pause zum Stimmen einlegen, beschließt Pete, einen Schritt zu unternehmen. Er ist noch nicht betrunken genug, um zu sagen: „Komm mit mir nach Hause, und die materielle Welt wird zerschmelzen, und es wird nicht von Bedeutung sein, falls Gott tot ist", also sagt er nur: „Hi."

„Hi."

„Wie findest du sie?"

„Ich habe sie gesehen, als sie zu abgefuckt waren, um zu stehen, also würde ich sagen, sie sind großartig heute Abend."

Pete wertet diese Fülle an Informationen als Zeichen dafür, dass sie zugänglich ist für Konversation. Er schaut flüchtig auf das halbleere Glas in seiner Hand

„Willst du einen Drink?", fragt er.

„Danke. Aber ich warte darauf, den neuen Song zu hören, von dem Derek sagte, dass sie ihn für mich spielen würden."

Derek wird wohl Derek Fudesco sein, der Bassist.

Zurück im Restaurantbereich entdeckt Pete ein Mädel, das allein ein vegetarisches Reuben Sandwich isst und dabei *The Stranger* liest. Sie trägt Ringe im Überfluss, doch nichts Eheliches.

Pete starrt besoffen. MÄDCHEN MIT RINGEN bleibt stehen, ohne ihn zu beachten. Er nippt an seinem Bier, ohne die Augen von ihr zu lassen. Schließlich bemerkt sie etwas, schaut herüber, ignoriert ihn und widmet sich wieder *The Stranger*. Er schaut weg, dreht sich dann zurück, um zu prüfen, ob sie einen zweiten Blick wirft.

Nein.

Pete sucht gewöhnlich ein Zeichen der Ermutigung, weil dies, so glaubt er, eine der subtilen Eigenarten ist, die ihn von einem Stalker unterscheiden. Ohne etwas zu entdecken, zieht er weiter.

An der Bar ordert er bei Jennifer noch einen Scotch. Mit einer rosaroten Brille starrt Kurt Cobain Pete aus einer gerahmten Fotografie über der Kasse an.

„Wer hat dir erzählt, dass Beth in der Stadt war?", fragt Pete, als sein Drink kommt.

„Hadley, glaube ich. Ich bin mir nicht sicher."

Er fühlt das Schicksal um zwei Uhr morgens über sich und weiß, dass all die elendige Fleischeslust das Erbe sein wird, das ihn zu Hause erwartet.

Allein im Bett zu liegen und an Beth zu denken, mit all dem Schmerz des Bedauerns, ist eines der schlimmsten Enden, das er sich für eine Nacht vorstellen kann, doch er weiß, wann ein Fall verloren ist, auch wenn es dabei um ihn geht.

Als er durch den Südausgang geht, erkennt er TRINKENDES MÄDCHEN – sie schlängelt sich den schmalen Flur hinunter, der die Bar vom Restaurantbereich trennt und lächelt und winkt ihm zu, als wäre er ein lange verschwundener Freund.

„Gehst du?", fragt sie.

„Naja..."

„Lass uns was trinken." Sie zerrt ihn von der Tür weg.

An der Bar wendet er sich zu ihr. „Hefeweizen?"

„Guinness."

„Hast du vorhin nicht Hefeweizen getrunken?"

„Oh", sagt sie, „und einen Jägermeister."

Sie sitzen auf Barhockern und bei der Diskussion über Filme und Musik und zu viele Leute, die nach Seattle gezogen sind, schmieden sie ein alkoholdurchtränktes Bündnis. Dabei erfährt er, dass sie Rose heißt, geboren in Renton, biologischer Vater verließ sie, als sie zwölf war, hasst ihren Stiefvater – Anspielung auf häusliche Gewalt –, sie besuchte ein Internat, flog von der University of Washington, probierte Heroin, mochte es, versucht es deshalb zu meiden, hat Stock-Options für Amazon.com.

Rose scheint sich nicht bewusst zu sein, wie hoch ihr der schwarze Rock über die Schenkel gerutscht ist. Dagegen scheint sie sich im Klaren darüber zu sein, wie sie ihr Zungenpiercing gegen ihre Zähne zu schnippen hat, die, wie Pete bemerkt, gut sind. Sie sieht eigentlich besser aus, als sich Pete aus dem Frontier Room erinnern kann, und er führt das nicht auf den Alkohol zurück.

„Letzte Runde", gibt Jennifer bekannt.

Die Zeit fließt nur so dahin.

Rose dreht sich zu Pete. „Letzte Runde? *Schon?*". Sie klingt gebrochenen Herzens.

„In meiner Wohnung ist eine Menge mehr zu trinken", sagt Pete. „Und einige gute CDs." Er versucht nicht zu klingen, als sei sie seine letzte wahrscheinliche Hoffung, um heute Nacht jemanden flachzulegen. „Nur ein paar Blocks von hier. Bar schließt nie."

Sie scheint darüber nachzudenken, braucht nur einen Anstoß.

„Das Oceanic Building", fügt er hinzu, als ob das einen Unterschied machen könnte.

„Ich sollte wahrscheinlich nach meinen Freunden sehen."

„Wo sind die?"

„Ich weiß nicht." Sie lacht.

„Ich habe Jägermeister im Eisfach."

Sie gehen in Richtung Süden auf der Second Avenue, Füße schleifend, Hüften aneinander stoßend. Als der Regen einsetzt, winkt Pete auf der Pine Street ein Taxi heran.

„Du bist kein Axtmörder oder so was", sagt Rose, als das Taxi anhält, „oder?".

„Nicht soweit du wissen solltest."

Courtney Love muss sterben

„Cool", sagt Rose, als sie Petes Loft betreten.

Pete vermutet, dass für Frauen, wenn sie mit einem Typen schlafen, das Gefühl des gesamten Erlebnisses ausschlaggebend ist. Ein Mann würde es überall mit einer Frau machen, auch in einer öffentlichen Toilette. Für Frauen ist auch die Umgebung wichtig. Das Gesamtfeeling von Petes asketischem Loft ist gut, es ist außerdem eine PR-Kampagne für Potential, das es noch zu entdecken gilt.

Rose geht zum Westfenster, stolpert beinahe über eine der unebenen Dielen. Der Mond scheint durch die dünnen Wolken über Alki Beach, die letzte Fähre der Nacht durchkreuzt auf dem Weg nach Bainbridge Island die Elliot Bay, das weiß-grüne Licht aus den Bullaugen spiegelt sich im dunklen Wasser.

„Was für eine Aussicht", sagt sie. „Ich könnte Stunden damit verbringen, hier rauszustarren. Was rauchen und nur starren."

Er inspiziert kurz ihre Beine und ihren Hintern, ist mit beidem zufrieden.

Sie dreht sich zu ihm. „Hey, hast du etwas Dope?"

„Nein, sorry."

Sie sieht sich im Raum um und nimmt die rollenden Kleiderständer mit den weißen Hemden und dunklen Anzügen wahr, Hunderte auf dem Boden gestapelte CDs und Bücher, das Futon, die Hängematte und nicht viel mehr.

„Hast du gerade eine Scheidung oder so was hinter dir?", fragt sie.

„War nie verheiratet."

„Wie lang lebst du hier schon?"

„Etwa sieben Jahre."

„Bist du Künstler? Was machst du?"

Pete hält inne, um sich eine Camel anzuzünden. Nichts an der Frage ist verwirrend, doch Pete weiß nie, wie viele Details er enthüllen soll.

„Ich war in einer Band", sagt er. „Jetzt bin ich aber Anwalt."

„Welche Band?"

„Morph."

„‚Quaalude Fellatio'?"

„Yep."

Sie starrt ihn an. „Du warst der Sänger, hast Bass gespielt?"

„Der ohne musikalisches Talent."

„Oh, yeah. *Wow!* Jetzt weiß ich's wieder: Du und Todd und Wie-hieß-er-noch. Ist nicht einer gestorben?"

„Bob."

„Überdosis?"

„Yeah."

„Meinst du, ihr könntet wieder zusammenkommen?"

„Bob ist tot", erinnert er sie.

„Einen Drummer kann man immer ersetzen."

Pete hat den gleichen unglücklichen Kommentar gegenüber Todd abgegeben und plötzlich wird ihm klar, wie das geklungen haben muss. Er öffnet das Fenster einen Spalt, schnippt seine Zigarette in die leere Straße, wo sie in orangen Funken explodiert, bevor sie in der Nässe verglimmt.

„Und jetzt bist du *Anwalt?*"

Er nickt. „Ich lege ein bisschen Musik auf."

„Wo ist dein Bad?"

Er zeigt ihr die grobe Richtung und geht hinüber zur Stereoanlage. Er wägt ab zwischen Holes *Celebrity Skin* und einem Mother-Love-Bone-Sampler mit „Chloe Dancer/Crown of Thorns". Pearl Jam wäre eine weitere Möglichkeit, da Eddie Vedder Seattle-Girls häufig in Stimmung bringt. Pete entscheidet sich für Hole, da das am besten die zwanglose Atmosphäre unterstreicht, die bei Sex mit einer fast Unbekannnten angesagt ist.

Courtneys Geschrei übertönt den Verkehrslärm vom Alaskan Way Viaduct. *„Oh, make me over..."*

Pete zieht Eis und Jägermeister aus dem Gefrierfach, das über keine automatische Entfrostung verfügt und daher im Inneren aussieht wie ein arktischer Winter.

Er nimmt einen Johnnie Walker Black auf Eis und gießt einen Kurzen Jäger ein.

Rose kommt ohne Brille aus dem Bad zurück. In der Mitte des Raumes bleibt sie stehen und starrt auf die KEF-Lautsprecher. „Courtney Love muss sterben", verkündet sie und klettert dann in die Hängematte. Plötzlich streckt sie seitlich ihre Arme aus, vermutlich, um das Schwingen zu stoppen. Physik scheint nicht ihre Stärke zu sein. Pete geht hin und stoppt die Hängematte, dann bietet er ihr den Kurzen an.

Rose setzt sich auf, schaut ihn an, übergibt sich.

Der Schwall, den Pete wie in Zeitlupe beobachtet, rauscht auf seinem Weg zu einer unerfreulichen Pfütze auf dem Boden über sein linkes Bein.

Sie versucht, aus der Hängematte zu klettern. Weil er befürchtet, dass sie hinfallen könnte, fasst er nach ihr und verschüttet dabei den Jägermeister. Ihr zweiter Schwall geht zum größten Teil über seine Schulter, doch der folgende Auswurf rinnt seinen Rücken hinunter.

„Bist du okay?", sagt er emotionslos.

„Ich bin okay", sagt sie genauso emotionslos.

Er hält sie vornehm aufrecht auf den Beinen. Plötzlich fühlt sie sich an wie ein Kartoffelsack.

„Da kommt noch mehr", sagt sie.

„Nicht jetzt", schlägt er vor.

Er hilft ihr ins Badezimmer, wo sie sich hinlegt und um die Toilette windet. Pete nimmt den roten Schlüpfer wahr, als sich ihr Rock hochschiebt, und er schaut länger, als er unter den gegebenen Umständen sollte.

„Willst du etwas Wasser?"

Sie schüttelt den Kopf, stöhnt, streckt sich dann flach auf dem Rücken aus, Augen geschlossen.

„Rose?"

Keine Antwort.

„Rose", wiederholt er.

Sie sagt nichts, doch es ist aufgrund der Bewegung der Kotzbläschen auf ihren Lippen offensichtlich, dass sie noch atmet. Er hebt sie an, indem er seine Arme unter ihre Achseln schiebt. Rückwärts schleppt er sie in die Küche, ihre Füße hinterlassen Spuren auf dem staubigen Boden. Rose gibt einige Laute von sich, die andeuten, dass sie nicht bewegt werden will, doch sie ist nicht in der richtigen Position, um zu protestieren.

Plötzlich klingelt das Telefon. Sein Anrufbeantworter schaltet sich ein und zeichnet eine Stimme auf, die Courtney das Wasser reichen kann. „Hi, ich bin's. Bin gerade mit der Arbeit fertig. Bist du da?"

Ich ist Winter, so genannt von ihren Hippie-Eltern. *Arbeit* ist das Lusty, ein Peep-Show-Schuppen direkt gegenüber dem Oceanic Building.

„Wer ist das?", fragt Rose und richtet sich auf.

Pete würde in diesem Moment liebend gern mit Winter reden, will aber auch Rose – im wahrsten Sinne des Wortes – nicht fallen lassen.

„Okay", sagt Winter, „schätze, du nimmst nicht ab. Hast wohl gerade irgendeine Schlampe da. Ruf mich später an."

„Warum sagt sie ‚she's not selling sheep'?", fragt Rose. „Das verstehe ich nicht. Warum sollte sie auch Schafe verkaufen?"

Nach einem kurzen Moment wird Pete klar, dass sich Rose auf den Song bezieht. „*Cheap*", erklärt er. „Die Strophe lautet ‚I'm not selling *cheap*'."

„Oh."

Pete richtet Rose langsam auf, sodass sie allein stehen kann. Er legt ihr den Arm um die Hüften und geht mit ihr zum Tresen in der Küchenmitte, auf den sie sich zitternd stützt.

Er füllt ein Glas mit Leitungswasser und hält es ihr hin. Rose nimmt es mit beiden Händen und trinkt es aus. Dann nimmt er das Glas zurück, bevor sie es fallen lassen kann.

„Sorry", sagt Rose, als sie sich die Nase putzt. „Ich brauchte das Heroin eigentlich nicht."

Schniefend im Badezimmer, großartig. „Ich habe keine Ahnung, wo sie das Heroin herhatte, Officer."

„Wieviel hast du genommen?"

„Nicht viel. Es war nur noch ganz wenig übrig."

„Musst du dich noch mal übergeben?"

„Nein, ich glaub' nicht."

Vor ihm taucht das Bild von ihr im Bad auf, mit dem enthüllten Schlüpfer und dem unverhüllten Fleisch, und er fragt sich, ob die Nacht noch zu retten ist.

Sie dreht ihren Kopf zu ihm, scheint langsam die Optik einzustellen.

„Ich sollte nach Hause. Könntest du mich fahren?"

„Ich glaube, ich sollte besser nicht fahren."

„Warum nicht?"

„Ich habe wohl ein bisschen zu viel getrunken."

„Stört mich nicht."

Pause.

„Ich rufe dir ein Taxi", sagt er.

Im Frachtaufzug bricht sie zusammen. Er lässt sie auf dem Boden liegen, bis der Fahrstuhl anhält und sich die senkrechten Schiebetüren öffnen. Er hebt sie auf und führt sie hinaus zur Ecke Western Avenue/University, wo, wie er sich vage erinnert, diese Karikatur eines Abends begann, wie immer mit unrealistisch großen Erwartungen.

Wieder eine Nacht vorbei, die für immer verloren ist.

Der Mond hat sich in den westlichen Horizont geschoben, knapp über die schneebedeckten Gipfel der Olympic Mountains. Eine Fähre liegt ruhig im Dock, noch immer beleuchtet. Sporadischer Verkehr auf dem für gewöhnlich belebten Alaskan Way Viaduct.

Er hilft ihr, sich auf den Bordstein zu setzen. Er zündet sich eine Zigarette an, und der wehende Tabakgeruch überdeckt zum Teil den Gestank des Erbrochenen.

Als das Taxi kommt, gibt Pete dem Fahrer die Adresse aus Roses Führerschein und einen Zwanziger. Dann lädt er sie wie einen Sack Idaho-Kartoffeln auf den Rücksitz.

„Morgen wirst du das alles vergessen haben“, sagt er und wünscht sich, er könnte das gleiche für sich sagen.

Zukunft ungewiss

„Mutter, ich bin fast vierzig."

„Peter, du bist sechsunddreißig."

„Fast vierzig. Die Zeit vergeht schneller, seit ich aufgehört habe, Drogen zu nehmen."

„Das ist nur so, weil du älter wirst. Tu nicht so, als wärst du drogensüchtig gewesen."

Bevor er dreißig wurde, nahm Pete genug Drogen, um Marilyn Manson erröten zu lassen. Seine Mutter weigert sich noch immer, diesen Teil seines Lebens, seine jugendliche Vorliebe für das Verdorbene, anzuerkennen. Über die Jahre, die er mit der Band verbracht hat, wird meist nicht gesprochen.

Auf dem Boden kniend, skizziert Pete mit Lineal und Bleistift ein 30 mal 20 Zentimeter großes Rechteck auf eine Außentür des Hauses. Seine Mutter steht mit einem Glas Wein über ihm.

„Wenn du sechsunddreißig bist", sagt seine Mutter, „muss Sandy dreizehn sein."

Sandy ist der dritte Hund seiner Eltern. Die ersten zwei, Missy und dann Sid, waren Golden Retriever. Sid starb, nachdem Pete und seine Schwester das Elternhaus verließen. Ihr Vater lehnte es ab, einen anderen zu kaufen. Doch Mutter verguckte sich in einen Welpen, den jemand in einem Supermarkt auf dem Sand Point Way ausgesetzt hatte. Dies geschah, kurz bevor Pete bei seinen Eltern wieder einzog, um sich von einer Tour zu erholen, der Tour, auf der er Beth Keller getroffen hatte. Sandy erinnert Pete immer an diese Zeit, diese Zeit, an die er nicht denken kann, ohne an Beth zu denken.

Pete legt Bleistift und Lineal zur Seite und nimmt die elektrische Kreissäge.

„Bist du sicher, dass sie da durchpassen wird?"

„Es ist mittlere Größe", sagt er.

„Vielleicht hättest du eine große kaufen sollen."

„Die sind für Bernhardiner."

„So wie Sandy älter geworden ist, ist sie auch ein bisschen, na ja, *runder* geworden." Seine Mutter schaut mit einem entschuldigenden Gesichtsausdruck auf Sandy.

Pete lässt die Säge an. „Halt sie bitte zurück."

„Es sieht klein aus", sagt sie, Sandy am Halsband greifend.

Pete drückt das Sägeblatt in den Bleistiftumriss und Späne fliegen.

„Pass auf deine Finger auf", ruft seine Mutter über den Lärm.

Er sägt vier gerade Linien, und als er die letzte vollendet, fällt ein Rechteck heraus.

„Sieht klein aus", wiederholt seine Mutter.

Er zieht den Stecker der Säge heraus und legt sie ab. Sandy kommt näher, um das Werk zu beschnüffeln.

Pete öffnet die Tür, tritt nach innen, verschließt die Tür.

„Sandy", ruft er.

Sie steckt ihren Kopf durch das Loch.

„Komm, hopp." Er schlägt sich auf die Schenkel.

Sandy watschelt durch, lächelt Pete an und dreht sich um und watschelt raus, das Prinzip offenbar begreifend.

„Es ist ein bisschen *eng*", sagt seine Mutter von der anderen Seite. „Doch es sieht so aus, als ob es funktionieren wird, danke."

Pete geht in die Küche. Die tiefe Nachmittagssonne scheint durch das Erkerfenster, erwärmt den Raum. Er zieht ein Rainier aus dem Kühlschrank und setzt sich auf einen Hocker und schaut auf die Berge, die ein Namensvetter der Biersorte sind und den südöstlichen

Horizont ausfüllen. Der Garten hinter dem Haus fällt zum Lake Washington ab, und die Nachmittagsbrise trägt den Verkehrslärm der Schiffsbrücke herüber, die seine Mutter „die neue Brücke" nennt, obwohl sie 1963 fertig gestellt wurde.

Sie kommt herein und schenkt sich noch ein Glas St. Michelle Chardonnay ein. Sandy folgt ihr und leckt an irgendetwas auf dem Kiefernholzboden.

„Kannst du dich an Beth erinnern?", fragt Pete.

„Beth? War das die Kanadierin?"

„Nein. Das war Jayne. Aber ungefähr die Zeit."

„Beth war das lange Mädchen mit den dunklen Haaren?"

„Nein, das war Sarah. Beth war die, die nach L.A. zog. Sie rief hier einige Male an?"

„Ah, ja. Richtig." Sie sitzt neben ihm. „Ich habe sie nie getroffen, aber ich erinnere mich, dass du über sie gesprochen hast."

„Ich habe gehört, dass sie in der Stadt ist."

„Du hast noch Kontakt zu ihr?"

„Nein."

„Oh."

„Denkst du, ich sollte versuchen, mit ihr Kontakt aufzunehmen?"

„Na, das könnte nett sein."

„Denkst du nicht, es könnte seltsam aussehen?"

„Warum sollte es seltsam sein?"

„Ich weiß nicht", sagt er. „Es ist mehr als zehn Jahre her."

„Was macht sie jetzt?"

Kommt darauf an, wem du glaubst. „Ich bin mir nicht sicher."

„Ist sie verheiratet?"

„Das bezweifle ich."

„Sie wird sich freuen, wenn sie von dir hört."

„Vielleicht." Sein Magen reagiert auf die Konversation, und er nimmt einen großen Schluck von dem Bier. Er sehnt sich nach einer Zigarette, aber in Gegenwart seiner Mutter raucht er nicht. Lang ist es her, als er ihr erzählte, dass er es aufgegeben hat.

„Triffst du dich noch immer mit dieser jungen Frau?"

„Welcher?"

„Die mit dem seltsamen Namen."

„Winter?"

„Richtig."

„Ja. Ja, tue ich."

„Bringst du sie mit zu Katies Party?"

Pete schüttelt den Kopf.

„Ich würde sie gern kennen lernen."

„Ich möchte sie nicht zu einer Geburtstagsparty der Vierjährigen meiner Schwester mitbringen."

Seine Mutter nickt. „Okay. Wir könnten hier ein Barbecue machen. Oder zum Essen ausgehen?"

„Was?"

Petes Gehör ist seit den Schlechten Alten Zeiten dauerhaft geschädigt. Dennoch, manchmal sagt er „was", nur um die Beantwortung von Fragen zu vermeiden. Seine Mutter ist mit dieser durchschaubaren Routine bestens vertraut und wartet auf eine Antwort.

„Ich werde mit ihr darüber reden."

„Ich finde es ein bisschen komisch, dass du dich seit einigen Monaten mit ihr triffst und weder Katie noch ich sie kennen gelernt haben."

„Sie hat einen unorthodoxen Tagesablauf."

„Was macht sie?"

„Sie ist eine Art Künstlerin."

„Meinst du es ernst mit ihr?"

„Ernst? Ich weiß nicht."

„Du weißt es nicht?"

„Nein."

Pause.

„Denkst du, dass du an irgendeinem Punkt sesshaft werden könntest, Peter?"

Pete zuckt die Achseln. In letzter Zeit ist seine Mutter ungewöhnlich philosophisch. Sie unterhalten sich normalerweise nicht über persönliche Dinge, doch seit kurzem tun sie das, und dabei hat Pete nicht die besten Karten.

„Machst du dir nie Sorgen um deine Zukunft?", fragt sie.

Er nickt. „Tue ich."

„Nun, willst du dein ganzes Leben lang Single bleiben?"

„Ich denke nicht."

„Denkst du, dass es möglicherweise einen *Grund* gibt, warum du immer noch Single bist?"

„Wahrscheinlich."

„Weißt du welchen?"

„Glück?"

„Vielleicht willst du zu viel."

„Vielleicht."

„Wenn du zu viel willst", sagt seine Mutter, „könntest du am Ende mit nichts dastehen."

Pete nickt. Er beugt sich hinunter und krault Sandy den Hals. „Ich sollte die Hundetür fertig machen und aufräumen", sagt er. „Dann muss ich gehen."

Er will bei Sonnenuntergang nicht hier sein. Sonnenuntergänge sind für ihn seit kurzem so beunruhigend wie eine fallende Guillotine.

„Ich nehme an, es macht Spaß, Single zu sein, wenn man jung ist", sagt seine Mutter. „Manchmal frage ich mich, wie das wohl sein würde." Sie nimmt einen Schluck. „Aber eins kann ich dir mit Sicherheit sagen: Du willst nicht allein alt werden."

Auch hiermit, fürchtet er, hat seine Mutter Recht.

Willkommen in der Arbeitswoche

Pete winkt mit seinem Abzeichen und seinem Ausweis, als er die Menschenschlange vor dem Metalldetektor am Eingang zum Gerichtsgebäude passiert. Niemand schaut auch nur flüchtig auf seinen Ausweis. Offensichtlich merken sie nicht, dass er nicht wirklich dazugehört.

Er schenkt dem üblichen Haufen von Anwälten, Angeklagten und Zivilpersonen keine Beachtung, als er an die Rückwand des Fahrstuhls tritt. Im zweiten Stock bemerkt Pete den Duft von Chanel-Parfüm und blickt auf, um zu sehen, wie eine schöne hellhäutige Skandinavierin einsteigt.

Sie ist blond mit grünen Augen und hält einen doppelten Starbucks in der klassisch beidhändigen Seattle-Kaffeebecher-Pose. Mit ihren Levi's und einem Shetland-Pullover ist sie keine Anwältin und wahrscheinlich auch keine Angeklagte.

Als die Tür schließt, geht sie zur östlichen Fahrstuhlwand, ein schönes Profil zur Schau stellend. Sie spürt, wie er sie anstarrt und dreht sich um.

Pete lächelt. Sie lächelt zurück, neutral.

Er könnte es mit dem alten „Suchen Sie nach der Gerichtskasse?"-Spruch probieren. Doch als er den das letzte Mal benutzte, sagte die Frau: „Nein, ich bin nur wegen der Klage gegen meinen Freund hier."

Im sechsten Stock steigt sie aus. Pete sieht zu, wie sie weggeht, hofft auf einen flüchtigen Über-die-Schulter-Blick. Die Türen schließen. Dennoch ist er guter Dinge, denn der Anblick einer attraktiven Frau erinnert ihn stets an eins: *Möglichkeiten.*

Im neunten Stock steigt er aus, gibt seinen Code an der Büro-Sicherheitstür ein und geht den Gang des Dezernats für Sexualverbrechen entlang, der mit Disney-Zeichentrick-Postern zugunsten minderjähriger Opfer geschmückt ist. Für Pete wirken die Karikaturen surrealistisch und zuweilen gruselig.

Die Bürotür ist tapeziert mit Seiten aus Polizeiberichten, besonders unterhaltsame Passagen mit einem gelben Textmarker hervorgehoben. Petes derzeitiger Favorit ist eine Notiz über einen Campingplatz-Vergewaltiger, der minderjährige Mädchen bevorzugt, insbesondere Cousinen:

> *Ich verhaftete den Angeklagten und las ihm seine Rechte vor. Als ich ihn fragte, ob er verstanden habe, sagte er: „Was sagt ein Mädchen in Eatonville nach ihrem ersten Mal?" Ich fragte ihn noch mal, ob er verstanden habe, und er erwiderte: „Sie sagt GEH VON MIR RUNTER, DAD, DU ZERDRÜCKST MEINE ZICHTEN!"*

Es hängen keine Diplome an der Wand, keine Zertifikate, kein Beweis für seine Aufnahme in die staatliche Anwaltsvereinigung von Washington. Pete findet, dass das nicht notwendig ist, da er nicht stellvertretender Staatsanwalt sein könnte ohne den erforderlichen akademischen Grad und die Aufnahme in die Anwaltsvereinigung, also wozu hat er einen Beweis nötig?

Die einzigen gerahmten Objekte sind zwei Dienstauszeichnungen zum „Prozessanwalt des Jahres", die er früh in seiner Karriere erlangt hat und die auf dem Bücherregal stehen. Er bewahrt diese auf, weil er stolz darauf ist und weil er es gelegentlich braucht, sie kurz anzusehen, um sich zu versichern, dass es kein bizarrer Fehler war, Staatsanwalt zu werden.

Die Arbeit im Gerichtssaal fiel ihm leicht. Dennoch hatte er Zweifel. Er war siebenundzwanzig Jahre alt, *fast dreißig,* als er sich seiner Lage bewusst wurde und entschied, dass er nicht bis in seine

Dreißiger – oder schlimmer seine Vierziger – mit einer überalterten Grunge-Band weiterzappeln wollte. In den seltenen Momenten, in denen er versuchte, sich seine Zukunft vorzustellen, sah er Bilder von sich, alt und allein und abgebrannt und drogenabhängig, und es ließ ihn voller Angst erschauern. Er musste nur an Mick Jagger denken, schon wollte er kotzen.

Andererseits hatte er es nicht eilig, erwachsen zu werden. Wenn er schon daran seine Zweifel hatte, sagte er sich, dann sollte er diese in aller Ruhe ausräumen.

Also begann er, Jura zu studieren. Und Jesus gingen die Augen über.

Sieben Jahre später, und Pete hat sich noch immer nicht zu einem Übergang aus seiner verlängerten Adoleszenz bekannt. Er hat sich noch nicht auf die Tatsache eingestellt, dass er ein Büro hat. Er versucht, es auch nicht als Büro zu sehen, sondern eher als einen Backstage-Bereich zum Rumhängen.

Ganz im Einklang mit dieser närrischen Vorstellung verbringt er viel Zeit in seinem alten Ledersessel, hört auf 107.7 Andy Sage und Steve the Producer, trinkt Kaffee und starrt aus dem Fenster auf den Bau des Safeco Field Stadium. Genau das macht er gerade, als Detective Bradley Tuiaia reinkommt und einen dicken Polizeibericht auf den Schreibtisch fallen lässt.

„Norm und Satterblack sind beide völlig senil", sagt Tuiaia, „also habe ich mit John über diesen Fall gesprochen, und wir sind uns einig – du bist genau richtig dafür." Der dreißigjährige Detective ist ehemaliger Linebacker der University of Washington, ein stämmiger Halbsamoaner, bekannt für seine aggressive Ader. Er und Pete haben in den vergangenen Fällen gut zusammengearbeitet. „Schau mal rein", sagt er auf den Bericht deutend.

„Ich habe keine Lust, das am frühen Vormittag zu lesen."

„Ich werde dir eine Zusammenfassung geben."

„Ist es eine Tat an einer Minderjährigen?"

Tuiaia schüttelt den Kopf. „Vergewaltigung einer Erwachsenen."

„Okay."

Der Detective beginnt zu reden, als im Radio Soundgardens „Burden in Hand" gespielt wird. „Das Opfer ist achtzehn, der Angeklagte fünfunddreißig. Treffen sich in einer Bar, dem Breakroom in Capitol Hill. Sie kennen sich, haben gemeinsame Freunde, aber keine gemeinsame sexuelle Vergangenheit. Nach der letzten Runde lädt er sie in seine Wohnung ein, um dort weiter zu trinken. Die Sperrstunde unseres Bundesstaates wieder einmal als Faktor bei einer Vergewaltigung unter flüchtig Bekannten."

„Sie ist achtzehn, und sie trafen sich in einer Bar?"

„Gefälschter Ausweis."

„Wunderbar."

„In seiner Wohnung trinken sie weiter, beschließen dann, ein Video zu schauen. Der Fernseher ist im Schlafzimmer, also legen sie sich zum Gucken aufs Bett. Er zieht seine Klamotten bis auf die Unterhose aus und klettert unter die Decke. Sie fragt, ob sie sich ein T-Shirt ausleihen kann und steigt damit und ihrem Slip, den sie noch immer anhat, ins Bett. Etwa zu diesem Zeitpunkt verliert er das Interesse an dem Film, fängt an, sie zu befummeln. Sie sagt, dass sie anfangs seine Küsse erwidert, doch dann wandern seine Hände geradewegs in ihren Schritt und sie reißt seine Hände weg. Die Sache beginnt zu eskalieren. Er versucht mit einer Hand, ihr den Schlüpfer auszuziehen, doch sie zieht ihn wieder hoch, dann benutzt er beide Hände und zieht ihn runter. Sie kämpft, strampelt mit den Beinen, versucht ihn wieder hochzuziehen, doch er kriegt ihn ganz runter. Er ist ungefähr 1,80 Meter groß, vielleicht 75 Kilo. Sie ist wirklich groß für ein Mädchen, allerdings auch wirklich dürr. Sobald er ihren Schlüpfer runter hat, zieht er seine Unterhose aus und wälzt sich auf sie. An diesem Punkt versucht er, in sie einzudringen. Ab jetzt schreit sie. Zuerst presst er ihr die Arme über dem Kopf zusammen, eine Hand an jedem ihrer Handgelenke, doch sie tritt mit den Beinen und zuckt mit den Hüften. Er lässt ihre Handgelenke los und packt ihre Beine, reißt sie auseinander. Ihre Hände sind jetzt frei und sie schlägt und boxt ihm auf den Kopf, aber er duckt sich bloß und steckt die Schläge ein. Mit seinen Händen hält er ihre Beine fest und schafft es schließlich, in sie einzudringen und beginnt, sie zu vergewaltigen. Als er in ihr ist, gräbt sie ihre Nägel in seine Schultern, so stark sie kann, doch er macht weiter, und sie ist kurz davor aufzugeben. Dann merkt sie etwas und sagt zu ihm: ‚Du benutzt ja nicht mal ein Kondom.'

Daraufhin hört er tatsächlich auf. Er steigt von ihr herunter und greift hinüber zum Nachttisch, offensichtlich um ein Kondom zu holen. Sobald er jedoch runter ist, läuft sie ins Badezimmer, verschließt die Tür hinter sich. Sie ist panisch. Sie sitzt auf dem Boden, Rücken zur Tür, ihre Beine gegen die Toilette gestemmt, falls er versuchen sollte, die Tür aufzubrechen. Doch einige Minuten lang passiert nichts. Dann, nach einer Weile, klopft er an. Und plötzlich ist er total entschuldigend, das erste, was er sagt: ‚Hey, das war nicht sehr cool von mir.' Er schiebt es auf die Sauferei, spielt es runter. Er bittet sie, die Tür aufzumachen. Zunächst tut sie es nicht. Doch er fährt fort, sich zu entschuldigen, überredet sie schließlich, die Tür zu öffnen."

Tuiaia setzt sich hin. „Und hier ist das Problem."

Pete wartet. „Burden in Hand" geht über in „Push" von Matchbox 20, zwei gute Songs, die sich mit häuslicher Gewalt befassen, und Pete widersteht dem Versuch, das anzumerken.

„Er überredet sie irgendwie, ins Bett zurückzukommen. Sie sagt, sie wusste nicht, was sie sonst machen sollte. Jedenfalls gehen sie beide schlafen oder werden ohnmächtig. Sie wacht früh auf, während es draußen noch dunkel ist, und schafft es zu gehen, ohne ihn zu wecken. Ihre Mitbewohnerin ist zu Hause, als sie zurück in ihr Apartment kommt und sie erzählt ihr, was geschehen ist. Ihre Mitbewohnerin rät ihr, sofort eine Anzeige zu machen. Macht sie aber nicht. Sie duscht, steigt ins Bett und schläft ein. Gegen Mittag steht sie auf. Und sie ruft immer noch nicht die Polizei an. Allerdings ruft sie eine Hotline für Vergewaltigungsopfer an. Und der Telefonberater überzeugt sie, eine Anzeige zu machen. Jetzt komme ich ins Spiel. Ich fahre rüber zu ihrer Wohnung, und sie erzählt mir, was ich dir erzählt habe. Ich fragte sie nach ihrer Unterwäsche. Sie war ausgeleiert und zerrissen. Ich sagte ihr, sie soll ins Krankenhaus gehen, um sich untersuchen zu lassen, obwohl es dafür wahrscheinlich schon zu spät war."

„Wie wird sie als Zeugin rüberkommen?"

„Sie ist schüchtern, jung, gutaussehend in dieser Capitol-Hill-Punk-Art. Sie wird gründlich zurechtgemacht."

„Und er? Was hat er zu sagen?"

„Zuerst sprach ich mit einigen Leuten, die an dem Abend im Breakroom waren, einer davon Chad, Booking-Agent und ein einigermaßen zuverlässig, und der bestätigte, dass das Opfer und der Angeklagte den Laden zusammen verließen. Ich bin dann zu seinem Apartment gefahren. Sonntagmorgen, ungefähr zehn Uhr. Habe ihn aufgeweckt. Ich fragte ihn, ob er wüsste, warum ich hier sei. Er sagte, er habe keine Ahnung. Fragte ihn, ob er Freitagabend mit Amber Nickerson verbracht hat. Er darauf: ‚Mit wem?' Ich wiederholte ihren Namen. Da sagte er: ‚Vielleicht.' Ich starrte ihn bloß an. Dann sagte er: ‚Okay, ja.' Also fragte ich ihn, ob sie den Breakroom zusammen verlassen hätten. Er sagte erst nichts und dann: ‚Yeah.' Ich fragte ihn, ob sie mit zu ihm wäre. Er machte wieder eine Pause, diesmal für etwa zehn Sekunden, und dann: ‚Sollte ich mir einen Anwalt nehmen?'"

Pete stöhnt.

„Ich erwiderte also das Übliche ‚Wie Sie wollen, ich kann keinen juristischen Rat erteilen." Zum ersten Mal lächelt Tuiaia. „Ich hätte noch mehr sagen können, von wegen, ich sei nur da, um seine Geschichte zu hören, doch ich sagte: *‚Hey, wenn du mir deine Seite der Geschichte nicht erzählen willst...'* Dann hat er geredet. Im Wesentlichen hat er die gleichen Sachen erzählt wie sie, außer dass er sagte, dass sie auf ihn stand, dass sie beide aber keinen Geschlechtsverkehr hatten, weil sie wollte, dass er ein Kondom benutzt und er keins finden konnte. Ich fragte ihn nach dem Bluterguss in der Nähe seines Auges. Er wusste nicht, woher das kam. Er fügte freiwillig hinzu, dass er häufig mit Blutergüssen aufwacht, wenn er vorher getrunken hat. Jedenfalls erklärte er sich bereit, aufs Revier mitzukommen, um eine

Aussage zu machen. Und hör' dir das an: in der Aussage sagte er etwas Neues – nämlich dass sie doch Geschlechtsverkehr hatten und es sei *möglich,* dass er nicht im gegenseitigen Einvernehmen stattgefunden habe.

„Möglich?"

„So viel hat er zugegeben. Er kam wieder darauf zurück, wie betrunken er war. Er sagte, es wäre möglich, dass es nicht in gegenseitigem Einvernehmen geschah, aber er wäre wirklich betrunken gewesen und seine Erinnerung verschwommen. Dennoch ist er sicher, dass er aufhörte, als sie ihn bat, ein Kondom zu benutzen und er keins finden konnte. Hörte sich so an, als würde es ihn beunruhigen, dass wir beweisen könnten, sie hätten Geschlechtsverkehr gehabt, und dass er es deshalb zugegeben hat. Nachdem wir die Aussage beendet hatten, dankte ich ihm und nahm ihn fest."

„Eins hast du mir nicht erzählt."

„Doch, das fasst es alles zusammen."

„Warum willst du dann, dass ich den Fall übernehme?"

„Du bist der Beste, wenn es darum geht, abgefuckte Opfer glaubhaft der Jury zu verkaufen. Ich habe es erlebt, wie du Verzögerungen der Aussage, fortgesetzten Kontakt mit dem Täter, all die Lehrbuchreaktionen, erklärt hast. Du verstehst die Psychologie dieser Dinge." Der Detective grinst.

„Verarsch mich nicht. Für Scott oder jeden anderen in dieser Abteilung wäre das ein Kaffeekränzchen."

Tuiaia zeigt auf den Polizeibericht. Pete nimmt ihn in die Hand und liest den Namen des Angeklagten: JOHNSON, KEITH E.

Ach du Scheiße.

„Es ist deine alte Welt, Pete."

Scott Foss

Pete tritt über mehrere Bücher und Notizhefte auf dem Boden, als er das Büro von Scott Foss betritt. Scott dreht seinen Kopf langsam vom Bildschirm weg, blinzelt ihm entgegen.

„Guten Morgen", sagt Pete.

„Was ist los?"

„Krank?"

„Durchhänger. Schätze, dass ich auf dem Messgerät 0,7 Promille blasen würde. Hatte gestern Abend ein Date mit was Neuem."

Scott benutzt *Neu* als Substantiv.

Er ist ein paar Jahre jünger als Pete, macht äußerlich einen ordentlichen Eindruck, ist gut im Gerichtssaal und gewann auf der Jahresfeier schon zweimal den Titel „Mitarbeiter des Jahres, der am wahrscheinlichsten seinen Job wegen krimineller Machenschaften verlieren könnte".

Pete legt die Keith-Johnson-Akte auf den Schreibtisch zwischen einige andere, in keiner erkennbaren Ordnung verstreute Akten.

„Muss ich da reinschauen?", fragt Scott.

„Du übernimmst heute Nachmittag die Anklage. Es ist eine Vergewaltigung zweiten Grades. Vergewaltigung unter entfernt Bekannten."

„Ich übernehme die Anklagevertretung?"

„Ja, aber sag erstmal nichts zur Presse."

„Presse?" Scott beginnt aufzuwachen. Er schenkt sich einen Becher Kaffee aus einer alten Mr. Coffee-Maschine ein.

„Angeklagter ist Keith Johnson. Alias Keith Junior."

„Der Gitarrist?"

„Yeah."

„Du kennst ihn?"

„Nur vage", sagt Pete. „Wir spielten beide in den späten Achtzigern, aber ich ging mit meiner Band nach L.A., er blieb mit seiner hier, unterschrieb bei Sub Pop."

„Sind sie immer noch zusammen?"

„Nein, sie haben sich letztes Jahr aufgelöst, und ich weiß nicht, womit er sich seitdem beschäftigt hat."

„Offenbar mit Sexualverbrechen."

Pete geht rüber zu Scotts Mr. Coffee-Maschine und schenkt sich eine Tasse ein. Er nippt, schreckt vor dem Geschmack zurück. „Was ist denn mit dem Kaffee los?"

„Jack Daniel's. Ich habe vor ein paar Nächten lange gearbeitet und etwas Jack dazugegeben, und der Nachgeschmack ist nicht ganz weggegangen."

Pete kostet noch einmal und stört sich diesmal nicht daran. Er schaut sich nach einem Sitzplatz um, doch eine abgesägte Schrotflinte und zwei Taschen mit Beweismaterial, wahrscheinlich Drogen, nehmen den Stuhl in Beschlag.

„Wer ist das Opfer?", fragt Scott.

„Amber Nickerson."

„Amber? Klassischer Opfername. Wer ist sie?"

„Mädchen, das neu in der Szene ist. Sie ist mit einigen Typen aus Bands befreundet. Ich weiß nicht viel über sie."

„Wie alt?"

„Achtzehn."

„Gutaussehend?"

„Weiß ich nicht."

Scott lugt auf das Titelblatt des Polizeiberichts. „Einsdreiundsiebzig, fünfundfünfzig Kilo. Ich frage mich, ob sie wohl mehr auf Heroin oder Speed steht?"

„Ich gehe heute früher. Wir sprechen morgen darüber."

„Der Fall könnte spaßig werden."

„Nein. Wir versuchen, eine hohe Kaution rauszuhandeln, sodass er in Haft bleibt, und dann werden wir die Klage ausarbeiten."

„Und wozu brauchst du mich?"

„Moralische Unterstützung."

New Kid in Town

Als Pete aus dem Gerichtsgebäude schreitet, blickt er hinauf zum Himmel. Die Nimbuswolken haben sich etwas aufgelöst, und man sieht blaue Flecken, dennoch erwartet Pete Regen. Er glaubt, dass es in Seattle jetzt mehr regnet als während seiner Kindheit, was er – im Gegensatz zu lokalen Umweltschützern – nicht dem bevorstehenden Untergang des Millenniums zuschreibt.

Er knöpft seinen Burberry zu und geht Richtung Norden zu McCormick and Schmicks, auf dem Weg nimmt er bei Buzzard Disc *The Stranger* mit. Die Empfangsdame kennt Pete und setzt ihn an seinen gewohnten Tisch in der südöstlichen Ecke des Barraums, von wo aus er den Straßenverkehr beobachten kann. Seine Bedienung ist Dank ihrer jugendlichen Gesichtszüge und der glatten Haut attraktiv. Sie trägt den üblichen schwarzen Rock mit weißer Bluse, dazu allerdings lila Strümpfe.

„Hab dich hier noch nie gesehen", sagt er.

„Ich versuche, nicht zu viel zu arbeiten."

„Guter Plan."

Er bestellt ein Pyramid Pale Ale mit Zitrone, ein Dutzend Jährling-Austern aus Quilcene und einen Teller Venusmuschelsuppe.

„Übrigens, ich bin Gina."

„Pete."

„Du wirst die Austern mögen", sagt Gina lächelnd, möglicherweise flirtend. „Bin gleich zurück."

Im *The Stranger* überfliegt er die Kolumne von Dan Savage, erfährt etwas über Genitalpiercing, blättert dann zu „Ich sah Dich".

BUS STOP GIRL
Nähe Seattle Art Museum, 10. März, mit Büchern und Rucksack. Ich: hinten im Bus, hoffend, du würdest einsteigen. Du: Hast mich angelächelt, als der Bus anfuhr.

SUPERSUCKERS IM CROCODILE
Ich: blond, Brille, vorn an der Mitte der Bühne. Du: dicht am Mischpult, Bowlingshirt. Siehst mich an? Berühr mich lieber. Ruf an, wenn du willst.

Aufgrund des Hinweises auf das Bowlingshirt vermutet Pete, dass sie John Schilling sah, den Road-Manager einiger lokaler Bands. Pete fragt sich, warum sie nicht *ihn* sah. Er ist größer als Schilling.

Im Laufe des Mittagessens hat Pete drei Pyramids, danach einen Scotch und eine Camel als Nachtisch. Es existiert eine Vorschrift, die es Angestellten des Öffentlichen Dienstes untersagt, während der Arbeitszeit Alkohol zu trinken, doch Pete betrachtet sich für den Tag als fertig. Nichts zu tun zu haben, macht Pete für gewöhnlich nervös, aber heute genießt er die Dröhnung am Nachmittag und wundert sich über Gina.

„Wie lang ist deine Schicht", fragt er, als er ihr seine Mastercard reicht, die Frage als beiläufige Neugier herabspielend.

„Hab' ich's mir doch gedacht", sagt sie, während sie seine Kreditkarte prüft.

„Was?"

„Du bist Pete Tyler". Sie schaut zurück zu ihm. „Meine große Schwester brachte mich auf eure erste CD."

„Einzige CD", sagt er, jetzt den Flirt begreifend.

„Sie wird *so* neidisch sein, wenn ich ihr erzähle, dass ich dich bedient habe." Noch bevor Pete darüber nachdenken kann, etwas zu sagen, fragt sie: „Warum trägst du einen Anzug?"

„Lange Geschichte."

Gina nickt. „Bin gleich zurück."

Draußen zischt das Straßenlicht mit einem orangen Glühen an, und der Bürgersteig füllt sich langsam mit den Nine-to-Fivers, dem Teil der arbeitenden Bevölkerung mit einem pünktlichen Feierabend. Pete bemerkt die Männer in Brocks-Brothers-Anzügen und Schuhe mit Flügelklappen und erinnert sich daran, wie sie sich mit der Band um diese Zeit zu Denny's zum Frühstück schleppten, genau diese Sorte Leute bedauernd.

Jetzt ist er einer von ihnen, und es ist ihm egal. Er glaubt, Anzug und Flügelklappen stehen ihm gut, und er mag es, in der Lage zu sein, sich ein gutes Mittagessen an einem Ort leisten zu können, wo eine hübsche Kellnerin mit ihm flirtet, und er mag es, klar im Kopf zu sein oder zumindest semi-klar.

„Meine Schicht ist zu Ende", verkündet sie, als sie mit seiner Kreditkarte und der Quittung wiederkommt.

Abschied vom Bauernhof
In einem anderen Land

Ginas Apartment in First Hill ist ein kleines Atelier mit Kiefernholzboden und einem Erkerfenster zur südlichen Innenstadt hin. Die Dekoration ist ganz klar im Stil Liberal Arts Collegiate, bis hin zu einem Schwarzweiß-Poster von Kurt Cobain mit Akustikgitarre.

Pete trinkt ein Rainier und sitzt auf der Couch und klickt mit der Fernbedienung den Fernseher an, zappt zwischen Kanal vier, fünf und sieben, nach Keith Juniors Anklage suchend, doch stattdessen laufen noch *Rosie O'Donnel, Oprah* und *Inside Edition.*

Sie haben ein Taxi hierher genommmen, weil sich Gina etwas anderes anziehen wollte, doch sie kommt im selben Outfit aus dem Badezimmer zurück. Pete deutet das als gutes Zeichen. Er sieht nicht einen einzigen Grund zu gehen.

Töricht, gewonnenen Boden preiszugeben.

„Sorry, dass die Couch nicht bequemer ist", sagt sie, setzt sich neben ihn und streckt ihre Füße auf den Couchtisch. Der Rock fällt ein bisschen zurück. *The Rocket* liegt offen auf dem Tisch, aufgeschlagen bei Johnny Rentons Klatschkolumne „Lip Service". „Meine Schwester würde *sterben,* wenn sie wüsste, dass du hier bist." Sie kippt ihr Bier. „Normalerweise würde ich sie anrufen und es ihr erzählen, aber ich rede nicht mit ihr. Sie lebt immer noch in Boise und hat jetzt geheiratet und hat ein Kind und eine Farm und alles, und sie ist ziemlich eifersüchtig auf mich. Ich bin nach Seattle gezogen und so,...sie aber nicht..."

Pete zündet sich eine Camel an, und während sie über ihre Schwester redet, prüft er ihre Beine – zwischen ihren halterlosen lila Strümpfen und ihrem Rock sind ein paar Zentimeter Fleisch zum Vorschein gekommen.

„Und", fährt Gina fort, „sie hat es auch gehasst, dass ich Heilen konnte, Gesundbeten, und sie nicht."

Er sieht auf. *Gesundbeten?* Sie hat entweder einen eigenartigen Sinn für Humor *oder sie ist nicht mehr bei Verstand.*

„Ich kann es nicht mehr", erklärt Gina. „Unser Vater war ein Geistlicher. Ein wirklich fanatischer Pfarrer. Und er sagte, ich hatte die Gabe." Sie zuckt die Achseln. „Aber als Teenager habe ich sie verloren, weil ich den Glauben verloren habe. Ich bin nach Seattle gezogen und habe angefangen, Drogen zu nehmen und zu trinken und all das Zeug." Sie lächelt. „Die Dinge, die du so machst, wenn du Gott verlierst. Richtig?"

Pete starrt sie an. In den Achtzigern war Seattle eine Stadt, aus der die Leute geflohen sind, doch in den Neunzigern wurde daraus eine Stadt, in die die Leute fliehen – Hunderte von jungen gestörten Seelen sind nach dem Ende von Nirvana hierher gezogen, und Pete fragt sich, wie er es irgendwie fertig gebracht hat, die meisten von ihnen zu treffen.

„Jedenfalls", fährt sie fort, „ich habe sie verloren. Weg."

„Eine Sekunde."

Pete stellt den Fernseher lauter, als ein skurriler Anti-Drogen-Spot läuft – so in etwa wie: Dein Gehirn ist ein Ei, und die Bratpfanne ist das Heroin, und all deine Freunde sind zerbrochenes Geschirr – und der Spot weckt in ihm den Wunsch, sich eine Nadel in den Arm zu stecken.

Darauf folgt die Nachrichtensprecherin Kathi Goertzen, die berichtet: „Grunge-Rocker Keith Johnson wird beschuldigt, eine junge Frau aus der lokalen Musikszene vergewaltigt zu haben". Pete denkt zurück an Kathi G. während der Schlechten Alten Zeiten im Watertown Tavern. Kurz wird ein Clip von Keith eingespielt, bei einem Auftritt im Lollapalooza, der dann als kleines Eckbild weiterläuft, während seine Anklage den Rest des Bildschirms ausfüllt.

„Keith muss das Mädel wirklich verarscht haben", sagt Gina. „Wenn sie das der Polizei so gemeldet hat."

Pete schaltet den Fernseher aus, als Dan Lewis zu einer Story über lokale Navy-Flieger überleitet, die in die NATO-Bombardierung von Belgrad involviert sind.

„Magst du Flop?", fragt Gina, als sie aufsteht. „Die waren in deiner Zeit auch unterwegs, oder?"

Flop war eine exzellente Seattle-Band der Neunziger, deren Karriereverlauf leider dem Bandnamen in nichts nachstand.

„Nein, die kamen ein wenig später", sagt er. „Wir waren mehr zu der Zeit von Pure Joy, Rustys voriger Band."

Pete schaut zu, wie sie sich vorbeugt, um die CD in den Ghettoblaster zu schieben, und sein Verlangen nach ihr hat durch die hirnrissige Unterhaltung oder die Ablenkung durch Keith Junior nicht abgenommen.

„Diese Wohnung ist zu klein", sagt sie, als sie sich wieder hinsetzt. „Nächsten Monat ziehe ich um."

„Größere Wohnung?"

„Haus. Ich ziehe nach Bellevue. *Ächz.*" Sie trinkt ihr Bier aus. „Ich werde heiraten. Noch ein Bier?"

„Danke", sagt er, ihre linke Hand prüfend und sich bestätigend, dass sie keinen Ring trägt.

„Ich trage meinen Ring nicht bei der Arbeit", erklärt sie seinen Augen folgend. „Ohne kriege ich besseres Trinkgeld."

„Eigentlich will ich doch noch ein Bier, denke ich."

Während sie einen kurzen Ausflug zum Kühlschrank macht, fragt sich Pete, ob hier immer noch eine Möglichkeit besteht.

„Glaubst du an Schicksal?", fragt Gina und setzt sich, diesmal ein wenig näher.

Pete hasst solche Fragen.

„Ich glaube, es war Schicksal, dass ich dich traf", sagt sie. „Ich bin nervös wegen diesem Hochzeitsding, und die Tatsache, dass ich dich hierher eingeladen habe, zeigt, dass ich nervös sein *sollte.* Oder?"

Pete macht das frische Bier auf und weiß, dass er besser nichts antworten sollte.

„Ich meine, ich habe daran gedacht, na ja, mit dir Sex zu haben, aber das sollte ich nicht, oder?"

Sie setzt die Flasche an ihren Mund. Pete bewundert ihre Lippen und denkt einen nahe liegenden Gedanken.

„Vielleicht hat uns das Schicksal miteinander bekannt gemacht", sagt sie nach einem großen Schluck, „um mich in Versuchung zu führen."

Solltest du versuchen, sie zu etwas zu überreden, das sie den Rest ihres Lebens bereuen könnte? Dich dafür vielleicht hassen könnte? Sich dafür vielleicht sogar rächen würde?

„Vielleicht", sagt er.

„Willst du hören, wie ich ihn kennen gelernt habe?"

Nein. „Sicher."

„Also, vor ungefähr sechs Monaten kam er eines Tages zum Mittagessen, und ich bemerkte ihn nicht wirklich, bis er ein großes Trinkgeld hinterließ. Dann kam er ein paar Tage später wieder, und ich plauderte mit ihm, und er war ziemlich charmant, auf eine unbeholfene Art und Weise, und ich fing an zu überlegen, ob ich ihm irgendwie mitteilen sollte, dass ich noch zu haben bin. Aber ohne zu dreist zu sein, ich wollte mich nicht wie eine hechelnde Nutte aufführen, du verstehst schon..."

Pete zündet sich eine Camel an, ist hängen geblieben bei dem Wort *Nutte*.

„...jedenfalls passierte alles sehr, sehr schnell, und ich denke: ‚Oh mein Gott, ich soll den Rest meines Lebens mit diesem Typen zusammen sein?' Und ich weiß es nicht, weißt du?"

Pete nickt. „Ich weiß." Er löscht die Zigarette in seiner leeren Bierflasche, erinnert sich, dass er versucht aufzuhören.

Sie lehnt sich leicht an ihn, die Lippen geöffnet, ihre Blicke treffen sich. Für einen ganz kurzen Moment spielt Pete mit dem Gedanken, einen Abgang zu machen, bevor es zu spät ist, entschließt sich jedoch, sie zu küssen, während er es überdenkt. Sie reagiert, indem sie ihre Arme um seinen Hals wirft und ihren Mund öffnet und ihre Zunge über seine Vorderzähne wischt. Seine freie Hand wandert reflexartig unter ihren Rock und hinauf zu ihrem unverhüllten Bein, gleitet nur mit seinen Fingerspitzen sanft die Schenkel hoch und dann betastet er die Rundheit ihres Arschs und ihre Haut ist weich und glatt, und er wird wieder einmal daran erinnert, wie wundervoll Frauenkörper sind – *aber sie ist verlobt und halb verrückt und dies ist eine sehr, sehr schlechte Idee.*

Aber ihre Hand arbeitet sich in seine Leistengegend vor, und damit hat sich's...

Wir sehen uns im nächsten Millennium

Der bläuliche Schimmer, der vor dem Morgengrauen durch das Erkerfenster fließt, weckt Pete auf. Er rutscht leise aus dem Bett, beginnt sich anzuziehen.

„Guten Morgen", sagt Gina, was ihn überrascht.

„Guten Morgen", sagt er. „Ich muss nach Hause, bevor ich ins Büro gehe."

„Oh."

„Sorry, dass ich dich aufgeweckt habe." Er küsst sie auf die Wange. „Schlaf weiter."

„Was machst du dieses Wochenende?"

Büßen? „Ich bin mir nicht sicher."

„Willst du zu einem Filmfestival gehen?"

„Eigentlich habe ich Freitag zu tun. Und Samstag sehe ich mir die Fastbacks im Crocodile an." Pause. „Ich kann dich auf die Gästeliste setzen lassen."

„Muss man da nicht einundzwanzig sein, um reinzukommen? Oder zumindest achtzehn?"

Rauchen

Pete trifft Scott am Morgen kurz vor dem Gerichtsgebäude auf der Third Avenue, rauchend in der Nähe eines Kaffeestandes. Im Gebäude ist das Rauchen nicht erlaubt, daher hängen hier draußen Anwälte, Richter, Polizisten, Geschworene und Angeklagte rum und rauchen. Pete zündet sich eine Camel an, als er sich zu Scott gesellt. Die dunklen Wolken hängen tief, aber es regnet noch nicht.

„Wie hoch wurde die Kaution festgesetzt?"

„Fünfzigtausend. Der Richter hat geschwächelt. C.J. hat noch am Abend die Kaution für ihn gezahlt."

„Hast du die Polizeiberichte durchgesehen?"

Scott nickt. „Klingt nach einer routinemäßigen Rock-and-Roll-Nacht."

„Was glaubst du, wie schwer der Fall ist?"

„Aussage gegen Aussage. Aber wir haben ihn mit zwei Lügen, einschließlich der großen, als er zuerst sagt, dass sie keinen Verkehr hatten, dann später auf Band zugibt, dass sie welchen hatten. Und die klitzekleine Lüge, er sei nicht imstande gewesen, ein Kondom zu finden, obwohl verstreut im Apartment *drei verdammte Dutzend* herumlagen. Wir gewinnen, wenn sie im Zeugenstand glaubhaft ist. Wir haben die zerrissene Unterwäsche, die Blutergüsse auf ihren Beinen, den Bluterguss an seinem Auge, und wir können wahrscheinlich seine DNA unter ihren Fingernägeln finden."

Das passt zu Petes Einschätzung. Er nickt.

Scott lässt seine Zigarette fallen und tritt sie aus. „Und ich mag es, wie er vorgibt, nicht zu wissen, von wem Tuiaia anfangs spricht, dann eine Pause macht, als er gefragt wird, ob sie zusammen mit ihm nach Hause gegangen ist und dann fragt, ob er einen Anwalt braucht."

„Wir bekommen diese Anwaltssache nie vor die Jury."

„Eventuell in diesem Kontext?"

Pete schüttelt den Kopf. „Der Richter würde die Jury auffordern, dem keine Beachtung zu schenken. Und unsere Kollegen wären es leid, in einem Revisionsverfahren zu argumentieren, dass wir einen ‚harmlosen Fehler' gemacht haben."

„Ja, ja, ja, aber wir könnten die Zehn-Sekunden-Pause einwerfen."

„Kommt auf den Richter an."

Scott schaut sich um. „Lass uns weiter über zurückgehaltene Beweismittel sprechen, nur für den Fall, dass hier draußen ein paar Geschworene sind, die wir vorbelasten können."

Pete lacht. „Trotzdem werden wir uns nicht darauf berufen."

„Warum?"

„Denk drüber nach. Auf der relativen Skala der Dinge ist das nicht so anstößig."

„Ich weiß, ich weiß, aber in der Gnade Gottes..." Scott steckt sich mit seinem Zippo noch eine Lucky Strike an. „Wirst du den Ärger deiner alten Gang von Nichtsnutzen auf dich ziehen?"

Pete nickt.

„Du weißt", sagt Scott, „dieser Fall könnte uns gewissermaßen eine Zeit lang berühmt machen."

„Nur, wenn er vor Gericht kommt."

„Wir könnten ihn vor Gericht bringen. Wenn wir hart bleiben."

Pete schüttelt den Kopf.

„Komm schon", sagt Scott. „Wir könnten damit eine schöne Zeit haben. Ein bisschen Ärger auf sich zu ziehen ist ein kleiner Preis, um unsere Visagen ins Fernsehen zu bringen."

„Es wird nicht nur ein bisschen Ärger sein. Seattle ist immer noch eine kleine Stadt."

„Was meinst du? Machst du dir wirklich um so was Sorgen?"

„Bevor wir irgendetwas tun, sollten wir ein Gespräch mit dem Opfer arrangieren."

Opfer von Verbrechen zu treffen, bestätigt oft Petes Glauben daran, dass seine Rolle als Staatsanwalt richtig und gut und sinnvoll ist, solange sie ihre Geschichten nicht ändern und er sie verprügeln möchte.

Going to Bakeries

Freitagabend kommt Pete spät nach Hause und schleudert seinen Burberry und sein Jackett in die Hängematte, trocknet sein Haar mit einem Küchentuch.

Gewöhnlich wirkt die Leere seines Loft auf ihn wie eine Verpflichtung zu minimalem Besitz, wie die Fähigkeit, seinen ganzen Besitz nach Lust und Laune in sein Auto zu packen und in einen neuen Hafen auszulaufen, obwohl er nicht die Absicht hat, solchen Launen nachzugeben. Zu anderen Zeiten, zum Beispiel wenn er betrunken ist, bedrückt ihn die Leere, als sei sie eine Metapher für sein Leben.

Er zieht ein Bier aus dem Kühlschrank, macht es auf. Er schnippt den Kronkorken mit Zeigefinger und Daumen schnalzend, und er fliegt wie ein Mini-Frisbee quer durch den Raum, prallt nahe der Uhr von der Wand ab.

Heute wird die Resurrection Jukebox Night ein Motto haben: *die deprimierendsten Songs aller Zeiten.*

Die erste Wahl fällt leicht. Er legt Jonathan Richman and the Modern Lovers auf, circa 1976, erstes Album, achter Song, „Hospital".

„When you get out of the hospital, let me back into your life..." Der Song beginnt wie der Klagegesang einer Beerdigung und wird von da an nur noch düsterer. *„I go to bakeries all day long, there's a lack of sweetness in my life..."*

Gegen Ende beschließt er, Winter eine Nachricht auf ihren Pager zu schicken. Er hämmert seine Nummer ein, ruft aber einen Moment später bei ihr an und hinterlässt eine Voice-Mail für den Fall, dass sie ihren Pager nicht dabei hat.

Nach Jonathan Richmann dann die Brains, „Money Changes Everything", circa 1982. *„She said sorry, baby, I'm leaving you tonight..."* Dieser Song erzielt Extrapunkte auf der Skala der Depression und Ironie, da er beinahe nie im Radio gespielt wurde, bis Cyndi Lauper ihn gecovert hat.

Als nächstes „This Is the Day" vom Album *Soul Mining* von The The, circa 1983. *„You watch a plane fly across the clear blue sky, this is the day your life will surely change..."*

Er spielt mit dem Gedanken, hierauf U2 folgen zu lassen – *"nothing changes on New Year's Day"* – circa 1983, aber U2 haben etwas immanent Optimistisches. Ebenso in Betracht kommen The Cure mit „How Beautiful You Are", circa 1987, „Los Angeles" von X, circa 1980, und sogar „Dover Beach" von den Bangles, circa 1984, aber Pete stellt fest, dass die Achtziger heute überrepräsentiert sind. Aus den Siebzigern gibt es „Behind Blue Eyes" oder „How Many Friends" von The Who, circa 1971 und '75, doch schließlich gräbt er eine alte Single aus, „The Worst That Could Happen" von Brooklyn Bridge, circa 1969. Auf den ersten Blick ist das kein deprimierender Song, aber für Pete war er immer ein zuverlässiger Downer.

Die Nadel trifft auf das Vinyl der 45er und es gibt Knackgeräusche und ein Schrammen, und die Stimme des Sängers leiert ein bisschen wegen der leichten Verwölbung der Scheibe. *„Maybe it's the best thing for you, but it's the worst thing that could happen to me. I'll never get married..."* Mit einem donnernden Crescendo von Hochzeitsmarschhörnern klingt der Song aus.

Für den heutigen Abend sollte das Wälzen in Depression hiermit seinen Höhepunkt erreicht haben, doch nach ein paar weiteren Rainier und keinem Rückruf von Winter lotet Pete neue Tiefen aus. Den Einstieg machen Joy Division mit „Love Will Tear Us Apart", circa 1979. *„Seeking different roads, love, love, will tear it apart, again..."*

Das erinnert an Beth und die Show in Portland, bei der sie sich kennen lernten. Aufgrund einer für die Planung typischen Tragödie trat Petes Band mit Christian Death und Tones on Tail auf, so genannten Death-Rock-Gruppen, und das komplette Publikum bestand aus einem Haufen Grufties.

Petes Band begann mit einer Fun-Punk-Version von Neil Diamonds „Solitary Man", die das Publikum verwirrte. Dann gingen sie über zu ihren Songs, lauter, aber melodischer Pop mit einer schweren Basslinie und mysteriösen Texten. Die Atmosphäre im Raum entwickelte sich von verwirrt zu gleichgültig. Um wenigstens sich selbst zu unterhalten, hörten sie mit einer besonders düsteren Version von D.I.'s *„Richard Hung Himself"* auf, die erstaunlich gut ankam. Sie gingen mit Applaus von der Bühne und verbrachten den Rest des Abends backstage, um sich zuzudröhnen.

Nach den Konzerten ging Pete manchmal in den Pogobereich, um nach Dingen zu suchen, die Leute verloren hatten. Er fand dort Ohrringe, Uhren, Perlen, Geld, Drogen und andere Sachen. Nach diesem Konzert fand er nichts, aber er sah Beth, die sich entweder vor den Schlägertypen des Sicherheitspersonals versteckte oder diese verzaubert hatte.

Sie trug Schnürschuhe und einen schwarzen Ledermantel über einem schwarzen, ärmellosen Hippiekleid. Ihr Haar war blauschwarz gefärbt und hob sich von ihrer blassen Haut ab. Kreuze hingen von ihren gepiercten Ohren. Sie war einige Tage vorher von zu Hause abgehauen und nun auf der Durchreise nach Los Angeles und hoffte, in dem Club zu übernachten, in der Erwartung, dass er wärmer und geräumiger sein würde als ihr VW Karmann Ghia.

Es war der letzte Gig auf der Tour, und die Band wollte in der Nacht zurück nach Seattle, also blieb Pete mit Beth zurück, und sie nahmen sich ein Hotelzimmer in der Innenstadt von Portland. Der Nachtportier verlangte, dass Pete im Voraus zahlte.

Ihr Zimmer war klein und schmutzig und mit braunem Teppich. Sie schreckten beide zusammen, als er das Licht anmachte, also knipste er es aus. Sie saßen bei offenem Fenster auf dem Bett und teilten sich eine Flasche Mickey's Big Mouth und eine Schachtel Camel.

Innerhalb von zwei Stunden ihres Zusammenseins wusste Pete mehr über Beths Familie als über seine eigene. Gewalttätiger Vater, neurotische Mutter, Kleinkriminelle in der Nachbarschaft – nicht anders, als viele der Geschichten, die er von Mädchen hörte, die er unterwegs getroffen hatte, aber an Beth beeindruckte ihn, dass sie das alles relativ unversehrt überstanden hatte. Außerdem war sie bereit, das Risiko einzugehen, ihre Verletzbarkeit zu zeigen, und sie verliebte sich schnell und restlos. Das flößte ihm Ehrfurcht ein. Er hatte immer eine Schwäche für Mädchen wie sie gehabt, davor und danach. Besonders danach.

Er hatte nicht vor, mit ihr zu schlafen, zumindest nicht in der ersten Nacht. Sie zogen sich aus, um ins Bett zu gehen, als ob sie einfach Freunde wären, die sich ein Zimmer teilten, obwohl er aus dem Augenwinkel sehr genau beobachtete, wie sie sich auszog, und er bemerkte das Tattoo mit dem zerrissenen Herzen auf ihrem Knöchel und das ägyptische Auge – „Das Auge des Horus" – am Ende ihres Rückens. Sie stiegen auf getrennten Seiten des Doppelbetts in die steifen, sauberen Laken, er in weiten, weißen Boxershorts, sie in einem ausgefransten, weißen Slip.

Dann rutschte sie plötzlich herüber und legte ihren Kopf auf seine Schulter. Nach einem Moment wickelte er seinen Arm um sie. Sie machte es sich mit ihrem Kopf auf seiner Brust weiter gemütlich. Er fragte sich, ob sie sein Herz hören konnte, das schnell schlug. Dann küsste sie eine Rippe, und er fühlte es in seiner Wirbelsäule, und er konnte nicht herausfinden, warum es sich so intensiv anfühlte, doch er war in der richtigen Stimmung, sich darüber nicht zu sehr zu wundern. Er lehnte sich zu ihr und küsste ihre Stirn und küsste sie dann noch einmal, länger, dann wendete sie ihr Gesicht zu ihm hoch und er küsste ihre Lippen und es war ein Kuss, der fühlen ließ, wie bedeutsam er war.

Er hatte ein unbändiges Verlangen, jeden Teil ihres Körpers zu berühren, und er begann damit, den Kuss zu beenden und sich zurückzulehnen und seine Hände leicht um ihren Hals zu legen und sie dann langsam hinunter zu ihrem Busen, über ihre Brüste, bis zum Bauch gleiten zu lassen, beide Hände in Richtung ihres Nabels, und dann nahm die Stärke seiner Berührung ab, und er ließ seine Hände über das Ende ihres Schamhaars zur Innenseite ihrer Schenkel gleiten und den ganzen Weg hinunter zu ihren Knöcheln und Füßen und Zehen. Dann küsste er den Weg zurück den Körper hinauf, der mit einer Gänsehaut überzogen war und unter kleinen Krämpfen zuckte. Sie schien nicht sehr viel sexuelle Erfahrung zu haben, überraschend für Pete, doch sie ließ sich von ihm führen, ihre Hände kopierten letztlich sein eigenes Handeln, berührten ihn in der gleichen neugierigen Art und Weise wie er sie berührte. Dies ging weiter und weiter und weiter, bis ihr entblößtes Verlangen sie gänzlich fertig gemacht hatte.

Am nächsten Tag fuhren sie raus zum Cannon Beach und gingen in ein Motel mit Wochentarif und Küche. Sie füllten den Kühlschrank mit Orangensaft, Tequila und zwei Kisten Mickey's. Die Wände waren weiß und blau mit billigen Drucken von Treibholz und stürmischer See. Tagsüber gingen sie am Strand spazieren und redeten über die Vergangenheit und die Gegenwart, jedoch nicht über die Zukunft. Nachts aßen sie Brötchen mit Aufschnitt und einer Menge Senf, und sie tranken und hatten Sex. The Cure, Joy Division, Tears For Fears, Love And Rockets, Talking Heads, Psychedelic Furs und The Smiths rotierten im Ghettoblaster. Von März bis Mai, bis die Preise für die Sommersaison begannen und Pete kein Geld mehr hatte, spielten sie Familie.

„There's a taste in my mouth as desperation takes hold…" Die letzte Zeile des Songs reißt ihn aus den Gedanken. Seine Augen sind auf seltsame Weise verschwommen, und er beschließt, einen Scotch auf das Rainier zu kippen. Der Großteil der Flüssigkeit landet trotz allem im Glas. Der Rest, so stellt er sich vor, wird irgendwann verdunsten.

Eines der Dinge, die ihn an der Sache mit Beth quälen, ist, dass sie sich niemals wiedersahen. Als sie auseinander gingen, versprachen sie zu schreiben. Sie hielt ihr Versprechen.

Ihr erster Brief kam im Haus seiner Eltern an, wo er zeitweilig wohnte. Er fühlte einen stechenden Neid, weil sie den Nordwesten für irgendetwas Neues verlassen hatte. Er störte sich an einer Menge grammatikalischer Fehler und an der Tatsache, dass sie gedruckt nicht so schwärmerisch und liebevoll war wie im wirklichen Leben. Dennoch las er den Brief wieder und wieder und war dankbar, dass er unterzeichnet war mit „Love Always".

Er schrieb zurück und bat sie, ihm eine Telefonnummer zu schicken, sobald sie sich irgendwo niedergelassen hatte. Ein paar Wochen später tat sie es. Seine Mutter löschte die Nachricht auf dem Anrufbeantworter, sodass er ihre Stimme nicht zu hören bekam, doch sie hatte die Nummer aufbewahrt. Eine weitere Woche versuchten sie, sich anzurufen. Als er sie schließlich spät in der Nacht erreichte, konnte er im Hintergrund Musik und Geplapper hören. Das Gespräch wurde mehrmals unterbrochen, und es fehlte irgendetwas.

Zu dieser Zeit begann Pete, sich öfter mit Jayne zu treffen, einem Model aus Vancouver, B.C., in Kanada, das er in der Watertown Tavern kennen gelernt hatte. Er wollte unbedingt vom Haus seiner Eltern wegkommen, also verbrachte er eine Menge Zeit in B.C. Beth, vermutete er, lernte neue Leute kennen, einschließlich Typen aus Bands. Sie versuchten beide, in diesem Sommer anzurufen, aber nur ein paar Mal, und sie kamen nicht mehr zusammen.

Irgendwann im Herbst, nachdem Todd und Bob ein geeignetes Haus angemietet hatten, zog er bei seinen Eltern aus. Er rief Beth an, um ihr die neue Nummer zu geben, doch sie war umgezogen, und ihre Mitbewohnerin wusste nicht wohin oder wollte es ihm nicht erzählen. Irgendwann um Weihnachten hinterließ Beth auf dem Anrufbeantworter seiner Eltern eine Nachricht, aber er war zu dieser Zeit immer noch mit Jayne, der Kanadierin, zusammen und rief nicht zurück. Einer der TOP-TEN-FEHLER seines Lebens.

Plötzlich beschließt er, den Brief von Beth zu suchen. Mit der Flasche Johnnie in der Hand steigt er in den begehbaren Kleiderschrank und zieht eine Milchkiste, voll mit Briefen und Postkarten der letzten zwanzig Jahre, heraus.

Ohne Sinn und Verstand fängt er an, wie wild Briefumschläge herauszuziehen und sie zur Seite zu schleudern. Er ist sich nicht vollkommen sicher, dass er ihn aufgehoben hat, aber warum sollte er es nicht getan haben? Er war schon immer nostalgisch, wie die Hunderte von Briefen, durch die er sich gräbt, beweisen. Namen alter Freunde blitzen auf, und da ist die Versuchung, mehr als ein paar Briefe zu lesen, aber er sträubt sich dagegen. Obwohl einige zusätzliche Minuten nicht von Bedeutung sein sollten, um einen dreizehn Jahre alten Brief zu finden, scheint ihm plötzlich die Zeit wegzulaufen.

Als er ihn sieht, weiß er es sofort – erkennbar an der geschwungenen Schrift. Er stellt die Flasche ab und öffnet den abgegriffenen Umschlag.

LIEBSTER PETE,
WIE GEHT ES DIR? MEIN LEBEN IST NICHT WENIGER IM ARSCH ALS ES SEIN KÖNNTE, SCHÄTZE ICH. ICH WOHNE MIT DIESEN MÄDELS ZUSAMMEN, PLEASANT UND JENNIFER, DIE ALLE NUR „FER" NENNEN!! SIE IST VERRÜCKTER ALS ICH UND NIMMT EINE MENGE SPEED UND WILL DEN MUND NICH HALTEN, ABER SIE IST EINE GUTE SEELE. SIE HAT VON DEINER BAND GEHÖRT. ICH VERSUCHE IHR VON DIR ZU ERZÄHLEN, ABER ES IST SEHR SCHWER. PLEASANT UND JENNIFER LASSEN LEUTE HIER WOHNEN, WENN SIE ETWAS ZUR MIETE BEISTEUERN. BELINDA CARLISLE WOHNTE AUCH MAL HIER! ALLE NENNEN DAS HAUS „DISGRACELAND", ZU EHREN VON GRACELAND.

Sie schreibt über einige Dinge, die sie zusammen gemacht haben, und an manche erinnert sich Pete, aber einige hatte er bereits vergessen, und die geben ihm einen Stich, als wenn man einen lange verlorenen Schatz wieder findet.

ALS ICH ANFING, DIESEN BRIEF ZU SCHREIBEN, WOLLTE ICH EINIGE GEFÜHLSDUSELEIEN AUFSCHREIBEN, WEIL ICH MICH SENTIMENTAL FÜHLTE, ABER ES IST SCHWER, WEISST DU. ICH WEISS NICHT, WIE DU SCHREIBEN KANNST, WIE DU ES TUST. ICH GLAUBE, ES IST VIEL HÄRTER, DINGE ZU SCHREIBEN ALS SIE ZU SAGEN, WEIL ICH NICHT WEISS, WIE DU REAGIERST. DENKST DU MIT DEN ANDEREN IMMER NOCH DRÜBER NACH, HIER NACH L.A. ZU KOMMEN?

Sie fährt fort, Pete Dinge über L.A. zu erzählen, die er zwei Jahre später selbst herausfinden sollte, als die Band dort hinging. Er hoffte, dass sie bei einem der Konzerte auftauchen oder er sie in einem Club wie dem Rainbow oder dem Whiskey oder Madame Wong's sehen würde, doch es geschah nicht.

Später hörte er, dass sie eine Stripperin geworden und nach Portland gezogen wäre. Es gingen Gerüchte um, dass sie in Portland oder Los Angeles oder Seattle gesehen wurde, doch Pete sah sie nie.

Auf dem Küchentisch klappt er das IBM-Laptop auf – das gleiche Modell, für das Richter Ito während des O.J.-Prozesses warb. Er schließt das Telefonkabel an und loggt sich im Microsoft Network ein. Er sucht mit dem MSN-Person-Finder nach Beth Keller.

Pleased to Meet Me

Pete glaubt, dass er fast noch nüchtern ist. Ungeduldig wartet er darauf, dass sich die Metalltür aufschiebt, schaukelt dann den blauen 1980er Volvo raus auf die Western südlich zur Madison Avenue. „Psychocandy" von Jesus And The Mary Chain läuft über die Blaupunkt-Anlage mit ADS-Lautsprechern, die mehr kosten als der Volvo zurzeit wert ist.

In Capitol Hill könnte Beth leben, also vertraut Pete darauf, dass die Adresse von B. Keller, Boylston Place, ihre sein muss. Als er bei Dick's vorbeifährt, bemerkt er Streifenwagen auf den Parkplätzen und erinnert sich an die Zeit, als er in den Augen der Gesetzeshüter noch eine verdächtige Person war.

In der Nähe des Cornish College of Arts macht er das Apartmentgebäude aus. The Hanging Gardens ist ein U-förmiger, zweistöckiger Bau mit Efeu, der an den Ziegelsteinen der Bauteile hochklettert, die dem offenen Innenhof gegenüberliegen – gerade die Art von Ort, die Beth gefallen würde. Wie üblich in Capitol Hill gibt es keine Parkplätze, also hält Pete in zweiter Reihe und schaltet seine Warnblinker ein.

Er geht über den betonierten Pfad, vorbei an einem bläulich schimmernden, runden Brunnen, in dessen Mitte ein angeschlagener Beton-Delphin sitzt und Wasser spuckt. Beth mochte Wasser. Sogar die abscheuliche Darstellung des Ozeans an der Wand des Motelzimmers gefiel ihr.

Es hat den Anschein, als befänden sich in jedem Flügel des Gebäudes vier Apartments, zwei oben, zwei unten. Pete checkt den Briefkasten des mittleren Flügels, und da ist es: KELLER, 2B.

Plötzlich fragt er sich, was zum Teufel er hier überhaupt macht? Wie wird sie aussehen? Was wird sie sagen? Was wird *er* sagen?

Es ist eine Weile her, aber du warst immer die Beste und...

Er beschließt, dass er besser daran tut, nicht darüber nachzudenken und einfach die Treppe rauf zu marschieren. Er bleibt an der mit 2B gekennzeichneten Tür stehen – *2B or not 2B...* Er lauscht. Nichts. Er klopft.

Von drinnen kommen Geräusche. Pete fühlt den Anstieg der Nervosität, aber es ist keine unangenehme Aufregung.

Der Türspion zeigt Licht, wird dann dunkel. Einen Moment später öffnet sich die Tür und ein Typ Anfang zwanzig mit einem Spitzbart steht da.

Neuer Freund?

„Was?", sagt der Typ.

„Ist Beth zu Hause?"

Pete ist sich plötzlich seiner Kleidung bewusst – er trägt immer noch einen blauen Anzug, wenn auch ohne Krawatte.

„Sie ist umgezogen", sagt der Spitzbart-Typ.

„Wann war das?"

„Letzten Monat."

„Weißt du, wohin sie gezogen ist?"

„Nein. Irgendwo tanzen, nehme ich an."

Strippen.

„Wer bist du?", fragt der Typ schließlich.

„Ich bin ein alter Freund von ihr."

Der Typ nickt. „Sie hat viele alte Freunde."

„Kommt sie zurück?"

„Ja, aber nicht hierher."

„Weißt du vielleicht, wie ich sie erreichen kann?"

Der Typ schüttelt den Kopf. „Sie zieht viel herum."

„Kann ich meinen Namen und meine Nummer hier lassen, nur für den Fall, dass sie eincheckt?"

„Sicher. Wie du willst."

Pete ist dabei, ihm seine Visitenkarte der Staatsanwaltschaft zu geben, besinnt sich dann aber etwas Besseren. „Hast du einen Stift?"

Der Typ sieht genervt aus, geht aber weg und kommt mit einem Bleistift zurück. Pete schreibt seinen Namen und seine Nummer auf ein Streichholzheft des Romper Rooms.

Geschnappt vor dem Cha Cha

Pete wird von einer Mischung aus Müdigkeit und leichter Depression eingeholt, als er den Broadway hinunterfährt. Er dreht The Cure auf, „In Between Days", Track 15 der Single-Collection. *"Yesterday I got so old I felt like I could die..."*

Aus der Kleidung der Kids, die den Bürgersteig entlanggehen, könnte man nicht schließen, dass The Cure bereits 1976 aufkreuzten und dass *Never Mind the Bollocks, Here's the Sex Pistols* schon 1977 herausgekommen ist oder dass die Fastbacks auch schon 1979 gegründet wurden, *vor zwanzig Jahren.*

Pete bemerkt ein besonders punkmäßiges Pärchen: Dünner Typ mit eingerissenen Levi's und Flock-of-Seaguls-Frisur, der seinen Arm um ein mageres Mädchen mit zerrissenen Levi's und blauen Haaren geschlungen hat. Pete fragt sich, über welche Bands sie sich wohl unterhalten? Er würde es lieben, noch mal in dem Alter zu sein und mit dem blauhaarigen Mädchen über Nick Cave oder Ziggy Stardust oder irgendjemanden zu reden.

Als er bei Bimbo's Bitchin Burrito Kitchen vorbeifährt, verringert er die Geschwindigkeit und reckt seinen Hals, um zu sehen, was drinnen los ist. Er erinnert sich an ein dunkelhaariges, cooles Mädchen aus der Band Carissa's Weird, die ihn bediente, als er das letzte Mal dort war. Er fragte nicht nach ihrer Telefonnummer und wünschte sich später, dass er es getan hätte. Sie würde sich bestimmt nicht mit einem Staatsanwalt verabreden, aber könnte sich mit dem ehemaligen Sänger von Morph betrinken.

Plötzlich leuchtet Blaulicht hinter ihm auf. Pete fährt an die Seite, damit der Streifenwagen vorbeifahren kann. Er fährt jedoch auch an die Seite, direkt hinter Pete.

Leck mich doch.

Pete schaltet das Autoradio aus und nutzt die Erfahrungen aus seiner früheren Karriere als Ankläger in Fällen von Körperverletzung im Straßenverkehr und Trunkenheit am Steuer, um rasch seinen Alkoholpegel zu errechnen: drei oder vier Bier zum Mittag, ein Scotch. Weitere drei Bier zu Hause? Und noch drei oder vier kleine Scotch? Insgesamt ungefähr 330 Milliliter, aber die Verbrennung des Alkohols liegt bei circa 0,15 Promille pro Stunde, und Pete trinkt seit etwa sieben Stunden, das bringt ihn auf etwa 1,1 bis 1,3 Promille?

Er wusste immer, dass er seinen beruflichen Ruin einer Frau verdanken würde, aber es überrascht ihn, dass es eine Frau ist, die er seit Jahren nicht gesehen hat.

„Führerschein und Fahrzeugpapiere, bitte."

Petes Ausweis der Staatsanwaltschaft steckt glücklicherweise neben seinem Führerschein. Unglücklicherweise fummelt er spastisch in seiner Brieftasche danach.

Er kann sich den Polizeibericht bereits vorstellen: *Angeklagter fingerte betrunken nach Führerschein.*

„Pete Tyler?" Der Polizist sieht vertraut aus. War er ein Zeuge in einem Fall? Auf dem Namensschild steht TOMARAS.

„Hey", sagt Pete, „wie geht's?"

„Gut. Wie geht es *Ihnen*? Sie sind über die ganze Straße geschlängelt."

„Oh, ich wollte nur sehen, ob dieses Mädchen, das ich kenne, da drüben bedient."

Pete gestikuliert Richtung Bimbo's. Tomaras folgt seinem Blick. Pete ergreift die Gelegenheit, um vorsichtig seinen Führerschein aus der Brieftasche zu ziehen.

„Ich brauche Ihre Papiere nicht zu sehen."

Pete legt seinen Führerschein und seine Brieftasche auf den Beifahrersitz, um weitere Geschicklichkeitstests zu vermeiden.

„Haben Sie viel getrunken?"

Pete starrt zurück, ohne Zweifel mit glasigen Augen. Es gibt nur zwei geschickte Auswege, wenn ein Polizist eine belastende Frage stellt: die Wahrheit erzählen oder nichts sagen.

„Was?", sagt Pete.

„Wieviel haben Sie getrunken?"

Pete sagt langsam: „Ich bin mir nicht ganz sicher."

Tomaras betrachtet ihn genauer und Pete weiß, dass der Polizist all die Anzeichen erkennt, die er bei Leuten sieht, die über der legalen Grenze liegen.

„Warum fahren Sie nicht vor zum Parkplatz und kommen aus dem Fahrzeug raus."

Pete bringt vorsichtig den Volvo in Gang, bewegt sich zentimeterweise vor, zieht die Handbremse an. Beim Aussteigen achtet er auf sein Gleichgewicht.

Tomaras benutzt das Funkgerät in seinem Streifenwagen. Pete wartet, steckt sich eine Zigarette an. Er wünscht sich, dass er nicht geschwitzt hätte, denn er weiß, dass er nach Rauschmitteln stinkt.

Vor der Cha Cha Lounge, die neben dem Bimbo's liegt, taucht plötzlich Kim Warnick auf. Sie winkt und schreit: „Pete! Komm schon rein! Ich bin an der Bar!" Sie trägt ein schwarzes Ramones-T-Shirt.

Tomaras steigt aus seinem Wagen aus.

„Hey!", schreit Kim zu dem Polizisten herüber. „Geben Sie ihm keinen Strafzettel!"

„Bin in fünf Minuten da", ruft Pete Kim zu, erstaunlich deutlich sprechend.

Kim zuckt die Achseln und geht zurück nach drinnen.

Tomaras legt seine Hand auf Petes Schulter, sodass Pete beinahe das Gleichgewicht verliert. „Warum gehen Sie nicht da rüber." Er zeigt zu Kim, die jetzt ihr Gesicht gegen das runde Fenster des Cha Cha drückt. „Und trinken etwas Kaffee."

Es dauert einen Moment, bis Pete das offensichtliche Verständnis des Polizisten für widersprüchliche menschliche Triebe wahrnimmt.

„Haben Sie verstanden, was ich gesagt habe?"

„Danke."

Kiss of Beth

„Doppelter Scotch für dich", schreit Kim, als er hereinkommt.

Das Cha Cha ist eine Mischung aus einem mexikanischen Dorf und einem Punk-Club. Kim ist hinter der Bar, einer Tropenhütte in der Mitte des schlecht beleuchteten Raums. Sie hält Pete ein großes Glas hin. Er greift zu und nimmt einen großen Schluck. „Debaser" von den Pixies dröhnt aus diversen Lautsprechern.

„Hey, Pete!" Andrew aus der Band Shuggie gibt ihm mit erhobenem Cocktail ein Zeichen. Andrew ist mit einer Staatsanwältin verheiratet, aber heute Abend ist er unterwegs mit Sam von Love As Laughter und Mike, einem Drummer aus mehr Bands, als Pete sich erinnern kann, und Danielle, der hübschesten Stripperin im Lusty, einer großen, echten Blondine.

Pete gesellt sich zu ihnen, rutscht neben Danielle.

„Hat er dir eine Vorladung oder irgendwas ausgestellt?", fragt Andrew.

Pete schüttelt den Kopf, zündet sich eine Camel an.

„Vetternwirtschaft", sagt Danielle. Sie steckt eine Marlboro Light zwischen ihre glänzenden roten Lippen und Pete nimmt ihr BIC-Feuerzeug vom Tisch und klickt es an. Sie hält seine Hand, als er ihre Zigarette anzündet.

„Also, erzähl uns, was mit Keith Junior abgeht", sagt Sam.

„Ich kann euch zu diesem Zeitpunkt wirklich nichts erzählen."

„Keine Chance, dass er das Mädchen vergewaltigt hat", sagt Mike.

„*Du* weißt es nicht", sagt Danielle zu Mike.

„Ich habe gehört, dass sie die Nacht mit ihm verbracht hat und dann einen Tag später behauptet hat, sie sei vergewaltigt worden."

Danielle wendet sich zu Pete. „Ist es so passiert?"

„Zu diesem Zeitpunkt kann ich wirklich nichts dazu sagen."

„Was soll *das* denn bedeuten?", sagt Andrew. „Hör auf, dich uns gegenüber so verdammt *offiziell* zu benehmen."

„Keith ist ein Trinker und ein Drogenabhängiger und ein abgefuckter Loser", bemerkt Mike. „Aber kein Vergewaltiger. So ambitioniert ist er nicht."

In der Hoffnung auf einen Themenwechsel gestikuliert Pete Richtung Kim, dass sie dazukommen soll, dann wendet er sich Danielle zu, die plötzlich bedrückt aussieht. „Hast du irgendwas darüber gehört, dass Beth in der Stadt ist?", fragt er.

Sie schüttelt den Kopf.

„Beth?", sagt Kim, als sie in die Nische neben Pete rutscht, der weiter zu Danielle rüberrutschen muss. „Hast du *Beth* gesagt?"

Pete nickt, schiebt den Aschenbecher zwischen sich und Danielle.

„Beth", wiederholt Kim, „what can I do?" Sie rutscht heraus und eilt zurück zur Bar.

„Und, wie geht's dir so?", sagt Pete zu Danielle.

Danielle zuckt die Achseln. „Deprimierend."

„Irgendein besonderer Grund?"

„Die Wolken. Dreiundneunzig gottverdammte Regentage – ein neuer Rekord in diesem Winter –, oder was auch immer es war. Die alte Leier. Ich weiß es nicht."

„Bist du noch mit Wie-heißt-er-nochmal zusammen?"

Wie-heißt-er-nochmal ist ein Amtsinhaber, der nicht weiß, wie gut er es hat und der Pete den Song von Joe Jackson ins Gedächtnis ruft, „Is She Really Going Out With Him?".

„Auseinander und zusammen." Danielle zuckt mit den Achseln. „Zurzeit zusammen."

Plötzlich werden die Pixies in der Stereoanlage abgestellt, und der Raum ist sonderbar still. Pete schaut zu Kim, die sich über den CD-Player beugt.

Das Piano-Intro von „Beth", dem Kiss-Klassiker, wird eingeblendet, und Kim dreht lauter. *„Beth, I hear you callin'..."*

Pete lacht, so wie alle anderen am Tisch.

Kim kommt zurück zur Nische, hält eine Scotchflasche an ihren Mund, singt mit. Andrew macht mit – *„Me and the boys are playing and we just can't find the sound"* – und Kim füllt Petes Glas mit Scotch, und er nimmt einen Schluck und fängt dann an, mit Andrew und Kim mitzusingen – *„Oh, Beth, what can I do for you?"* – und andere in der Bar schließen sich an, und es erhebt sich ein betrunkener Chorgesang, der dank der Vielzahl anwesender Musiker, von denen mehrere bei seattlesounds.com aufgelistet sind, größtenteils in einer Tonart bleibt.

Die Idee

Ein durchdringender Schmerz weckt Pete um etwa fünf Uhr morgens. Sein Kopf schreit wegen eines Schmerzes, bei dem man Gott geloben möchte, nie wieder Alkohol zu trinken, wenn Er einem nur helfen wird, Fehler und Reue der letzten Nacht zu überleben.

Aber Gott hilft denen, die sich selbst helfen, und Pete begreift, dass er etwas tun *muss*, obwohl er nicht in der Verfassung ist, mehr zu machen, als sich zu übergeben.

Blau funkelt die Vordämmerung durch die Fenster und droht, Pete zu Staub zerfallen zu lassen. Er vergaß, die Jalousien zu schließen, natürlich. Es überrascht ihn zu sehen, dass er zumindest die Kleidung ausgezogen hat.

Er setzt sich auf, und plötzlich ist da ein totaler George-Lucas-THX-Surround-Sound-Schmerz. Ungeschickt befreit er sich aus den Laken und pflanzt seine Füße auf den Boden. Er atmet schwer in Erwartung der nächsten Anstrengung: stehen.

Alles wirkt lila und gelb, als er sich in eine affenartige Hockstellung begibt. Er entscheidet sich zu krabbeln, der Erkenntnis folgend, dass er besser damit fährt, wenn er seinen Kopf knapp über dem Fußboden hält.

Dreckkörnchen drücken sich in Petes Knie. Er schleppt sich zum Kühlschrank und greift hoch nach einer Flasche Wasser. Er saugt die Flüssigkeit hinunter, und das kalte Wasser scheint gerade das zu sein, was er braucht. Jedoch ist die Kälte plötzlich zu kalt, und sein Kopf beginnt zu schreien. Er lässt die Flasche fallen.

Kodein ist im Badezimmer. *So nah und doch so fern.* Abwägend, dass Kriechen zu lange dauern würde, legt er seine Hand auf den Küchentresen und zieht sich hoch auf die Beine.

Seine Füße, *Gott segne sie,* tragen ihn ins Badezimmer, wo er die Flasche 222, kodeinhaltiges Aspirin aus Kanada, findet. Er schlingt vier hinunter. Die Sicht wird klarer, er erkennt eine alte Flasche Vikodin.

Vikodin, die gleiche elementare Drogenfamilie wie Kodein?

Röhrchen mit Vitaminen kippen um, als er nach der rezeptpflichtigen Flasche tastet. Er ringt mit der kindersicheren Verschlusskappe, dann zerkaut er eine wie ein Football geformte Pille.

Das Medikament ist bitter auf seiner Zunge, daher schiebt er seinen Kopf unter den Wasserhahn. Hier bemerkt er, dass im Abfluss Kotzklumpen sind. Vermutlich seine eigenen aus der letzten Nacht, *hoffentlich* seine eigenen. Wenigstens hatte er es bis zum Waschbecken geschafft.

Schemenhaft erinnert er sich an das Cha Cha und an Kim, die ihm mehrfach Scotch eingießt und an Leute, die ihm Fragen über Keith Junior stellen. Dann begann irgendjemand bei „Beth" mitzusingen, und er kann sich nicht erinnern, wer, aber er ahnt, dass er daran schuld sein könnte.

Zurück im Bett wartet er regungslos auf die Wirkung der Medikamente. Er beobachtet Wolken, die von Süden her über die Elliot Bay treiben, ihre Schatten verdunkeln das weißgekrönte Wasser.

Minuten vergehen, und das blaue Licht verlässt das Spektrum und schwächt ab zu grau.

Regen kommt, *der schamanische Seattle-Regen.*

Häufig hat er in den frühen Morgenstunden wach gelegen, und Ideen gingen ihm durch den Kopf, die brillant erschienen, doch dann schlief er ein, und am nächsten Tag waren die Ideen entweder vergessen oder sie hatten ihren Glanz verloren.

Pete ist sich vage dieses Schemas bewusst. Dennoch begrüßt er diese frühmorgendlichen Ideen. Nach einigen hat er tatsächlich gehandelt, zum Beispiel die Band zu gründen, Jura zu studieren und einem Erwachsenenleben nachzugehen. Während ihm das Erwachsenenleben noch immer ausweicht, rechnet er sich die Band und das Jurastudium als Leistung an.

Donner kracht, und Pete hält nach Blitzen Ausschau, sieht aber keine. Der Regen beginnt heftiger zu fallen, und der Südwind peitscht die Tropfen gegen die Fenster. Da ist ein Aufblitzen über den Olympic Mountains, eine Verdunkelung des Himmels und ein weiteres Donnern. Er schließt seine Augen – was die Naturgewalten verstärkt –, und ihm kommt eine neue frühmorgendliche Idee.

Tochter

„Pete? Pete. *Pete!*"

Aufgeweckt vom Anrufbeantworter tastet er nach dem schnurlosen Telefon, das neben dem Futon auf dem Boden liegt.

„Hallo?", murmelt er.

„Habe ich dich geweckt?", sagt Winter.

Petes Kehle schmerzt, sein Kopf fühlt sich dumpf an, sein Magen übel – all die normalen Lebenszeichen an einem Sonntagmorgen. In verschwommenen Bildern kehrt die letzte Nacht zurück. Er stöhnt.

„Ich habe dich geweckt."

„Schon okay. Was ist los?"

„Pete, es kotzt mich einfach an." Klingt, als hätte sie geweint.

„Was ist los?"

„Ich habe gerade mit meiner Mom gesprochen, und sie macht mich einfach scheißwütend, und ich versuche es weiter, weil ich denke, dass es eines Tages anders zwischen uns sein wird, aber stattdessen ist es immer die gleiche Scheiße." Sie redet schnell, außer Atem. „Sie kritisiert immer, aber wenn du es wagst, *sie* zu kritisieren, schafft sie es, dass du dich restlos schuldig fühlst. Ich weiß gerade nicht, worüber zur Hölle wir heute gestritten haben. Es begann mit der üblichen Scheiße darüber, dass ich mir niemals einen Mann angeln werde, wenn ich weiter in einem Stripteaselokal tanze – und sie begreift auch nicht, dass es *kein* Stripteaselokal ist – und ich erinnerte sie daran, dass sie nie einen Freund länger als ein Jahr behalten hat, und die, die sie länger hatte, waren Psychos oder Perverse, und ich erinnerte sie an den einen, den sie hatte, als ich zwölf war und die Scheiße, die er tat, wenn sie nicht da war, und sie fing nur an zu *schreien*, dass ich versuchen würde, ihr Schuldgefühle einzureden, und von da an wurde alles total verrückt." Endlich macht Winter eine Pause. „Gottverdammt, sie macht mich einfach verdammt *wütend* und ich weiß, ich sollte mir nicht so viel daraus machen, aber..."

Das geht für einige Minuten so weiter, und Pete sagt fast nichts, erinnert sich an *die Idee.*

„Danke fürs Zuhören", sagt Winter, als sie fertig ist.

„Jederzeit."

„Du glaubst doch nicht, dass ich ein schlechter Mensch oder so was bin, oder?"

„Hey", sagt er, „du bist die Beste".

„Das sagst du nur so."

„Winter, falls du jemals eine Nierentransplantation brauchst, werde ich dir eine von meinen geben."

Geschwister wissen es besser

Das Erste, was Pete hört, als er zur Vordertür des Hauses seiner Schwester hinaufgeht, ist sinnloses Kindergeschrei in der Ferne. Bunte, an das Verandageländer gebundene „Happy Birthday"-Ballons quietschen im Wind, und sein gerade abklingender Kater wird wieder schlimmer.

„Du bist nicht so spät wie erwartet", sagt Katie, als sie die Tür öffnet.

Als er eintritt, überreicht er ihr ein großes Paket, das in eine Lebensmitteltüte aus braunem Papier eingewickelt ist.

„Hübsch eingepackt", sagt sie.

„Es ist ein Ghettoblaster. CD und Kassette."

„Er ist *vier.*"

„Ich habe eine Mudhoney-CD mit reingetan." Er zieht seinen ausgefransten Shetland-Pullover aus und hängt ihn an den Kleiderständer. „*Every Good Boy Deserves Fudge.* Ein Klassiker."

„Falls du jemals ein Kind hast, kaufe ich ihm ein Schlagzeug", sagt Katie. „Willst du einen Drink?"

„Nein." Pause. „Hmm, okay."

Pete folgt ihr die Diele entlang. Er kann noch immer Kinder hören, aber sieht nichts von ihnen. „Wo sind die kleinen Nervensägen?", fragt er.

„Unten im Spielzimmer."

Das Haus seiner Schwester ist in Medina, auf der Eastside vom Lake Washington in der Nähe von Bill Gates' Ungeheuerlichkeit. „Eastside" war ein Wort, das Pete und Katie in der Highschool benutzten, um das besonders Spießige und Uncoole zu beschreiben. Und doch lebt Katie hier in einem weißen Kolonialhaus am See, mit fünf Schlafzimmern, einem Speisezimmer für formale Anlässe, einer großen Landhausküche, einem Spielzimmer mit Billardtisch und Videospielen und dem Arbeitszimmer ihres Mannes.

Das Arbeitszimmer erinnert Pete an das seines Vaters, allerdings hatte sein Vater mehr Bücher und weniger Computer-Equipment. Der Vorrat an Scotch ist jedoch annähernd äquivalent.

Katie schenkt Pete ein Glas Laphroaig ein, pur, und eins für sich selbst, dem sie einen Eiswürfel hinzufügt.

„Als wenn Gott in deinen Mund spuckt", sagt Pete kostend.

„Wenigstens hat uns Dad beigebracht, guten Scotch zu schätzen."

„Nicht zu vergessen, dass er ihn umgebracht hat."

„Tja, auf sein Wohl."

Sie stoßen an. Pete sitzt in einem waldgrünen Ledersessel beim Kamin. Er schaut aus dem Sprossenfenster auf den See und den Kai mit dem festgemachten Wasserskiboot.

Pete hatte nicht erwartet, dass seine kleine Generation-X-Schwester jemals so leben würde. In der Highschool war sie „alternativ", dunkles Haar, das sogar noch dunkler gefärbt war, strenger schwarzer Eyeliner, schwarze Rollkragenpullover mit schwarzen Röcken und schwarzen Leggings an langen, dünnen Beinen. Sie las Dichter wie Rimbaud, Blake und Ginsberg, bevor sie einen Führerschein hatte. Als er in der elften Klasse Junior auf der Nathan Hale Highschool war, fing sie mit der siebten Klasse schräg gegenüber auf der Jane Addams an, und manche seiner Freunde sagten, dass sie eine Streberleiche sei, aber Pete fand, dass sie cool war und verteidigte sie. Sie brachte ihn auf verschiedene Bands, einschließlich Sonic Youth, Violent Femmes und diejenige, die ihn dazu inspirierte, seine eigene zu gründen: The Replacements oder, wie sie sie nannte, The Mats.

Nachdem sie das Evergreen State College absolviert hatte, zog sie mit vier Kommilitonen in ein Eastlake-Haus nahe der Zoo Tavern. Sie hing mit Xana La Fuente herum, der Freundin von Andy Woods, dem Sänger von Mother Love Bone. Drei Monate nach dem Ende der Achtziger starb Woods an einer Überdosis Heroin.

Bei der Totenwache für Woods, die im Paramount Theatre abgehalten wurde, erzählte Katie Pete, sie hielte es für „sexy", wenn ein Mann berufstätig sei. Sie sagte, sie würde sich jetzt einen „Mann im grauen Flanell" wünschen, in Anspielung auf den Film mit Gregory Peck. Pete vermutete, dass sie auch jemanden wie ihren Vater meinte, eine angesehene politische Persönlichkeit und ein Anwalt, ungeachtet seines Alkoholproblems.

Mit Ende zwanzig nahm sie einen Job in der Abteilung für Grafikdesign bei Microsoft an und traf und heiratete William, einen leitenden Angestellten, der – so vermutet Pete – Myriaden verdient. Pete weiß nicht genau, was Williams Job beinhaltet, doch William ist offensichtlich begeistert, dass ein so cooles Mädchen wie Katie ihn haben will und er behandelt sie gut, also denkt Pete, dass er in Ordnung ist. Pete weiß auch, dass Microsoft dabei ist, die Welt zu übernehmen, und er ist froh, Beziehungen zum kommenden Regime zu haben.

„Wer wird den Keith-Junior-Fall bearbeiten?"

„Ich. Und Scott Foss."

Katie nickt. „Ich habe von einigen Mädchen ein paar Dinge über ihn gehört. Solche Dinge."

„Über Keith oder Scott?"

Sie lächelt. „Über Keith."

„Ich bezweifle, dass es das erste Mal für ihn ist."

„Sind Alkohol und Drogen im Spiel?"

„Alkohol. Von Drogen weiß ich nichts."

„Er hat sie wahrscheinlich auf ein paar Drinks in seine Wohnung eingeladen, einige Drogen, Musik, das übliche Gelaber."

Pete nickt. *Klingt bekannt.*

„Bei dem Weg, den er eingeschlagen hat", sagt Katie, „war es nur eine Frage der Zeit, bis so was passiert." Sie schaut ihn an.

„Für dich wird das heftig werden, oder? Jemanden aus der Szene anzuklagen?"

Er stemmt sich für einen weiteren Scotch aus dem Sessel. Nachdem er sich ein paar Zentiliter eingeschenkt hat, hält er Katie die Flasche Laphroaig hin.

„Danke", sagt sie.

Er schenkt ihr drei Zentiliter ein, bleibt stehen und beschließt, seine Idee bekannt zu geben: „Ich werde heiraten."

Katie starrt ihn an. „Oh mein Gott."

„Ganz recht."

Sie lächelt. „Du wirst heiraten?"

Er nickt.

„Wen? Winter?"

„Nein."

„Wen?"

„Ich weiß noch nicht."

„Was?"

„Ich bin mir nicht sicher, wen genau ich heiraten werde."

Katies Lächeln verblasst. „Hast du irgendjemanden im Sinn?"

„Nein."

„Ich dachte, mit dem Alter wärst du normaler geworden, aber das ist wohl doch nicht der Fall. Ganz und gar nicht."

„Hey, ich werde heiraten. Das ist ziemlich normal."

„Die meisten Leute haben dabei eine bestimmte Person im Sinn."

„So einfach ist das nicht. Ich kann nicht auf einen Sprung bei Seven-Eleven anhalten und eine Braut mitnehmen. ‚Entschuldigen Sie, ich hätte gern etwas Frischfleisch zum Mitnehmen'." Pete greift nach seinen Camels.

„Ich dachte, du wolltest aufhören."

„Tue ich." Er steckt eine Zigarette in den Mund.

„Versuch bitte, den Rauch draußen zu halten."

Er kurbelt das Fenster auf. Es weht eine frische Brise herein, die nach Zedernholz duftet. Er zündet die Zigarette an und wirft das Streichholz aus dem Fenster.

„Pete?"

„Ja?"

„Du bist zu einsam – ich glaube, es fängt an, dich zu quälen. Du bist vermutlich die einsamste Person, die ich je gekannt habe."

Pete überlegt. „Zählst du den Bruder von Lori James dazu?"

„Was redest du da? Dass du nicht so einsam bist, wie ein sechzehn Jahre alter Junge, der sich umgebracht hat?"

„Es war kein Selbstmord. Es war auto-erotische Erstickung."

„Du meinst erotische Autoerstickung?"

„Ich glaube, es hieß auto-erotische Erstickung."

„Nein, ich bin ziemlich sicher, dass es erotische Autoerstickung heißt."

„Würde auto-erotisch nicht mehr Sinn ergeben?"

„Nein, es heißt erotische auto, nicht auto-erotisch."

„Wo ist der Unterschied?"

„*Halt.* Hast du gesagt, dass Loris Bruder... das getan hat?"

„Richtig."

„Woher weißt du das?"

„Lori hat es mir erzählt."

„Wann?"

„Eines Nachts, als wir in den Golden Gardens getrunken haben. Im Abschlussjahr."

„Wow." Katie schüttelt den Kopf. „Ich kann nicht glauben, dass das in der Schule nie die Runde gemacht hat."

„Lori hat jedem erzählt, dass er sich erhängt hat. Sie hat nur den Teil mit der Masturbation rausgelassen."

„Mädchen haben dir immer Geheimnisse anvertraut", sagt sie. „Wie hast du sie dazu gebracht, das zu tun?"

„Sie wollten es."

„Aber du hast ihnen nie wirklich etwas erzählt."

„Ich habe dir immer alles erzählt."

„Ich zähle nicht. Ich bin deine Schwester."

Pete schnippt die Asche aus dem Fenster.

„Also, was hat dich dazu gebracht?", fragt sie.

„Wozu?"

„Zu diesem Heiratsgeschwätz." Sie mustert ihn einen Augenblick. „Hat das etwas mit Keith Junior zu tun?"

„Ich habe in letzter Zeit nur über die Zukunft nachgedacht, das ist alles."

Pete schätzt es sehr, dass seine Schwester gut in Selbstanalyse ist, aber er will nicht akzeptieren, dass das vielleicht der Grund ist, warum sich ihr Leben entwickelt hat, seins dagegen im Wesentlichen nicht. Ein kontrolliertes Leben zu führen, hat seine Vorteile, allerdings würde Pete gern darauf hinweisen, was mit Ödipus geschah, als er zu viele Fragen stellte.

„Denkst du, ich sollte Beth heiraten?"

„Machst du Witze?"

„Bin mir nicht sicher."

„Seit wann seht ihr euch wieder?"

„Tun wir nicht."

„Nicht?"

„Aber ich habe gehört, dass sie zurück in der Stadt ist."

„Pete", sagt sie, „machst du Witze?"

„Nein."

„Das klingt nicht sehr durchdacht."

„Sicher tut es das. Genau wie ich entschieden habe, eine Band zu gründen. Ich hatte keine Ahnung, was ich da tat, aber wenige Monate später spielten wir in Clubs, und Mädchen schrieben ihre Telefonnummern auf meine Hände. Dann beschloss ich, Jura zu studieren. Ich hatte keinen Plan, was ich mir dabei dachte, aber jetzt, ein paar Jahre später, schicke ich Leute ins Gefängnis."

„Das ist ein kleiner Unterschied."

„Und schau dich an. Du hast plötzlich festgestellt, dass du es satt hast, mit Losern rumzuhängen und *Bumm*, bist du verheiratet und hast dieses ganze Erwachsenenleben."

„Da war mehr als das."

„Okay, ich höre."

„Pete, wenn du *die eine* triffst, wirst du Angst haben."

„Angst haben? Toll."

„Du wirst Angst haben, weil du wissen wirst, dass sie es sein könnte", sagt Katie geduldig. „Und das wird dir Angst machen."

„Rosie O'Donnell macht mir Angst – soll ich *sie* heiraten?"

„Ich freue mich, dass du darüber nachdenkst zu heiraten, aber du bist noch nicht so weit. Noch nicht. Zuerst musst du dich dem Gedanken öffnen, jemanden vollkommen zu lieben und zuzulassen, geliebt zu werden, was ein angsteinflößendes und verrücktes Gefühl ist."

„Hey, ich werde alles einmal ausprobieren."

„Und du musst bereit sein, ein richtiges Opfer zu bringen."

„Opfer? Ich bin es gewohnt, welche zu bringen."

„Du denkst, dass du welche bringst. Aber du tust es nicht. Manchmal bedeutet es, das Glück eines anderen vor dein eigenes zu stellen, und das ist besonders schwierig für jemanden, der in seinen eigenen Wegen festgefahren ist."

„Ich erzähle dir eine Sache, die mich stört."

„Okay."

„Wenn du erst einmal einen Ehepartner und Kinder hast, kannst du dich nicht mehr guten Gewissens umbringen."

„Sicher kannst du das." Katie lächelt. „Du musst sie nur zuerst umbringen."

„Okay, das hilft jetzt."

„Lass mich dir etwas Ermutigendes sagen. Ernsthaft."

„Das ist es in etwa, wonach ich suche."

„Es ist eine riesige Erleichterung, wenn du mit jemandem zusammen bist und erkennst, dass sich das Leben nicht mehr länger nur um dich selbst dreht."

Als Pete einen nachdenklichen Zug von seiner Zigarette nimmt, öffnet sich die Tür und William tritt ein. Pete erstarrt, *erwischt*.

„Hi, Pete. Was macht die Rock-and-Roll-Staatsanwaltschaft?"

Pete ist sich nicht sicher, ob das eine Anspielung auf den Keith-Junior-Fall ist oder normales Geplänkel. Er wirft seine Zigarette aus dem Fenster.

„Wie läuft es unten?", fragt Katie.

„Der Clown ist angekommen, und alle sind draußen."

„Entschuldige, dass ich so lange hier oben bin, aber Pete macht sich Sorgen um seine Zukunft."

„Wusstest du, dass Arkansas stolz auf Clinton ist?", sagt William zu Pete. „All die Frauen, die mit ihm Sex hatten, haben sich gemeldet – und keine von ihnen war seine Schwester."

Pete lächelt. „Und, wie geht es mit dem Microsoft-Plan für die Weltherrschaft voran?"

„Du weißt doch, dass ich darüber nicht sprechen darf." William spielt das Spielchen stets mit.

Katie nimmt Williams Hand und küsst ihn kurz auf die Lippen, und Pete ist berührt von dieser spontanen Geste der Verbindung und Zuneigung.

Fears of a Clown

Der Clown im Garten hinter Katies Haus ist zurechtgemacht wie die Seattle-Legende J. P. Patches: zerlumpte Kleider, schlottrige Schuhe, mehrfarbiger Porkpie-Hut, riesiger Mund. In den Sechzigern und Siebzigern war J.P. im lokalen Fernsehen. Pete erinnert sich, dass J.P. mit Küchenpfannen Krach machte und einen Kumpanen namens Gertrude hatte, ein Mann, der nicht sehr überzeugend als Frau verkleidet war – selbst ein Fünfjähriger konnte sehen, dass Gertrude ein Mann war, der einen Mopp als Perücke trug.

Was könnte komischer sein?

Zu dieser Zeit schaute fast jedes Grundschulkind morgens J.P. Dennoch wurde J.P. abgesetzt, ungefähr zu der Zeit, als *Sesamstraße* startete, daher können sich nur die Eltern an diesen Look erinnern.

Der Clown unterhält den Halbkreis der Kinder, indem er Tücher aus einer Vielzahl von Körperöffnungen zieht.

Am Rande der Versammlung gesellt sich Petes Mutter zu ihm.

„Hast du Beth besucht?", fragt sie.

„*Was?*", fragt er aufgeschreckt.

„Wolltest du sie nicht besuchen – Beth?"

Dann erinnert er sich an die Unterhaltung. „Oh, richtig. Nein, nein, noch nicht."

„Hast du mit Winter eine Zeit zum Abendessen abgemacht?"

„Tut mir leid, ich hab's vergessen."

„Peter, ich würde wirklich gern diese Frauen kennen lernen mit denen du ausgehst. Ist das zu viel verlangt?"

„Kennst du den Namen des Clowns?"

„Den Namen des Clowns?"

„Ja."

„Bippo, glaube ich."

„Nein, ich meine den Namen des Mannes. Wer ist er? Haben wir Referenzen?"

„Referenzen? Für einen *Clown?*"

Pete fragt sich, ob der Clown ein Pädophiler sein könnte. Das ist nicht die Art von Gedanken, über die Pete erfreut ist, wenn sie in seinen Kopf kommen, und er fragt sich, ob er vielleicht schon zu lange im Dezernat für Sexualverbrechen arbeitet.

„Vergiss es", sagt er.

„Katie hat ein gutes Leben hier", sagt seine Mutter, „nicht wahr?"

„Ja. Es ist schön, dass ihr Ehemann myriadenschwer ist."

„Das meinte ich nicht. Peter."

Pete starrt auf den Clown, als ob er sich tatsächlich dafür interessieren würde, wie viele farbige Tücher der miese Bastard aus seiner Nase ziehen kann. Der Clown beendet den Tuchtrick, indem er sie zu einem Ball zusammenpresst, den er dem Anschein nach hinunterschluckt. Die Kinder klatschen und quieken.

Katie kommt herüber. „Möchte einer von euch beiden einen Drink aus dem Haus?", fragt sie.

„Hast du die Visitenkarte des Clowns?"

„Peter!", sagt seine Mutter.

„Warum?", sagt Katie.

„Kennst du seinen Namen?"

„Bippo."

„Nein, den Namen des Mannes."

„Jimmy."

„Jimmy?"

„Warum?"

„Was weißt du über ihn?"

„Er ist ein Clown?"

„Wie bist du auf ihn gekommen?"

„Die O'Conners hatten ihn zum Geburtstag ihrer kleinen Tochter engagiert."

„Besorg mir seinen Namen", sagt Pete. „Vollständiger Name. Und Geburtsdatum, wenn's geht."

„*Warum?*"

„Damit ich eine Personenüberprüfung durchführen lassen kann."

„Oh mein Gott."

„Ich meine es ernst. Pädophile lieben Jobs wie diesen."

„Hör auf mit dem Mist."

„Sorry, es ist reine Spekulation. Aber besorg mir seinen Namen."

Katie seufzt. „Willst du einen Drink?"

„Nein danke. Ich muss sehr bald fahren."

„Willst du nicht wegen des Kindesmissbrauchs in der Nähe bleiben?"

„Würdet ihr beide *bitte* aufhören", sagt ihre Mutter schließlich, hauptsächlich zu Pete. Sie dreht sich zu Katie. „Ich habe Peter gefragt, ob ich eine dieser Frauen kennen lernen könnte, mit denen er ausgeht, deshalb versucht er das Thema zu wechseln. Und könnte ich noch ein Glas Merlot haben, danke."

Mittlerweile verdreht der Clown einen Ballon in die Form eines Wiener Würstchens. Dann streichelt er den Wiener-Ballon, was zu einem hohen Quietschton führt. Das erfreut die Fünfjährigen, einige lachen, und andere halten ihre Ohren zu und schreien.

Pete und sein Kater können nicht länger stehen. „Wir sprechen später, Mutter." Er zeigt auf seine Ohren als Erklärung für seinen frühen Abgang.

Seine Hand wandert zu den Camels, als er die lange Rasenfläche zum See hinuntergeht, aber er stoppt sich selbst, weil er immer noch in Sichtweite seiner Mutter ist.

Der Garten erstreckt sich über sechzig Meter runter zum Dock, das weitere zehn Meter lang ist, und die Geräusche der Kinder verklingen zum Glück, als Pete sich auf den vertrauten Klang des Wassers konzentriert, das gegen die Pfähle plätschert.

Ein grünes Licht in einer Schiffsarmatur aus Messing ist am Ende des Docks befestigt. Das ist einer der Gründe, warum Katie das Haus kaufen wollte. „Gatsby vertraute dem grünen Licht.", sagt Katie gern, wenn sie betrunken ist. William, stets der Praktische, wies darauf hin, dass eine Fünfzig-Dollar-Vorrichtung nicht der ausschlaggebende Punkt bei einem 5,8-Millionen-Dollar-Kauf sein sollte.

Boote gegen den Strom, die unaufhörlich in die Vergangenheit gezogen werden.

404 B

Detective Tuiaia kommt rein und wirft einen Polizeibericht auf Petes Schreibtisch, dann nimmt er sich einen Starbucks.

Pete schaut auf. „Ich habe noch immer zu viele unerledigte Fälle."

„Das sind nur neue Erkenntnisse zum Keith-Johnson-Fall."

Pete greift nach den Seiten. Tuiaia setzt sich.

„Ich schätze deine Arbeit", sagt Pete, nachdem er zu Ende gelesen hat. „Aber wir können es nicht verwenden."

„Warum nicht?"

„Der erste Grund ist, dass sie darauf besteht, keine Aussage machen zu müssen."

„Du hast früher schon Zeugen überreden können."

„Bradley, ich kenne Danielle, und ich werde sie hierzu nicht überreden. Vor allem, wenn ich nicht glaube, dass die Zeugenaussage überhaupt zulässig ist."

„Er hat im Grunde das Gleiche mit ihr gemacht."

„Im Grunde, aber es ist nicht auffällig genug, um es als Verhaltensmuster gemäß 404 B anzusehen. Ich werde das nicht einreichen und sie in einer Anhörung vor der Verhandlung in den Zeugenstand bringen – sie so bloßstellen –, wenn ich weiß, dass in diesem Gebäude kein Richter ist, der das als Aussage für die Jury zulassen wird."

Tuiaia starrt. „Wo ist dein alter Eifer? Du wirst mich doch hier nicht enttäuschen, oder?"

Sometimes in Winter

Sie machen es auf dem Boden nah bei der Stereoanlage, und Pete schiebt eine Hand unter ihren Arsch und umschlingt mit seiner anderen Hand ihren nackten Rücken, der vom Schweiß glitschig ist, dann hebt er sie hoch, zieht sie bis zu seinen Knien und steht schließlich. Die ganze Zeit ist er in ihr, während Offsprings „Self Esteem" dröhnt.

Sie gleitet mit ihren Händen zu seinen Schultern, greift zu, massiert; ihre roten, halterlosen Strümpfe reiben sich an seinen Rippen, als er versucht, den Raum zu durchqueren und gleichzeitig in ihr zu bleiben.

Er schafft es bis zum Futon, wo er sie auf den Rücken fallen lässt, ohne die Ankopplung zu verlieren, und sie bewegt ihre Hände zu seinen Hüften, drückt und zieht seinen Körper heran.

Als das Tempo zunimmt, beginnt Winter zu schreien: „Fick mich, fick mich, *fick mich als wären wir in Tacoma...*"

Dann werden die Dinge richtig schmutzig.

Five Years

Nackt, abgesehen von ihren halterlosen Strümpfen, geht Winter zum Kühlschrank. Sie ähnelt Bettie Page mit ihren schwarzen Haaren und ihrer Ponyfrisur. In der Nase, in der Zunge, durch den Bauchnabel und das rechte Ohr hat sie diverse Piercings, die Pete an Fischköder erinnern.

„Wer ist Gina?", fragt sie, als sie eine Flasche Wasser aus dem Kühlschrank zieht.

„Wer?" Pete liegt noch immer gewunden auf dem Futon.

Sie nimmt einen langen Schluck, wischt das Wasser von ihrem Kinn. „Gina. Ihre Nummer liegt auf dem Tresen."

„Oh. Eine Kellnerin."

„Hast du sie gefickt?"

„Ja."

„Triffst du sie noch?"

„Nein. Nein. Definitiv nicht."

Winter greift in ihre Baguettehandtasche, die dort auf dem Boden steht, wo ihre sexuellen Eskapaden vor einer Stunde oder so begannen. Sie zieht Zigaretten und einen Zettel heraus.

Pete wischt sich mit einem Kissen den Schweiß aus dem Gesicht. Das Bettlaken und die Daunenbettwäsche liegen als ein zerzauster Haufen am Fußende des Futons.

Winter kommt herüber und setzt sich. Sie reicht ihm den Zettel. „Habe es heute bei der Arbeit geschrieben."

Die Seite ist in winziger Handschrift beschrieben, alles in Großbuchstaben, ohne Absätze oder Leerzeichen.

BETTIE WAR NICHT GUTER STIMMUNG, UM ANZUFANGEN. DIE DINGE WURDEN SCHLIMMER, ALS IHRE MANAGERIN SIE WEGEN „EINEM MANGEL AN PÜNKTLICHKEIT" ZUSAMMENSCHISS UND IHR ERZÄHLTE, DASS SIE HEUTE NICHT ARBEITEN KÖNNE, WEIL SIE ZU SPÄT WAR. BETTIE FRAGTE, OB SIE NOCH BLEIBEN KANN, BIS SIE IHRE NÄGEL ZU ENDE GEFEILT HAT, DOCH DAS MISTSTÜCK WOLLTE IHR SELBST DIESES KLEINE STÜCK AN WÜRDE NICHT LASSEN. BETTIE RASTETE AUS. SIE STACH DIE MANAGERIN MIT DER NAGELFEILE IN DEN HALS UND BLUT SPRITZTE HERAUS UND ES ERINNERTE SIE AN EINEN MANN, DER ABSPRITZT, DENN ALLES IM LUSTY ERINNERTE SIE DARAN. BETTIE WAR FROH ABZUHAUEN, FROH DEN GERUCH VON LYSOL UND SPERMA HINTER SICH ZU LASSEN. SIE GING, SIE LIEF NICHT, ZU PETES WOHNUNG, UND AUF DEM WEG BEMERKTE SIE EINEN BLUTFLECK AUF IHRER BLUSE UND DAS ERINNERTE SIE AN EINEN JUNGEN, ALS SIE SECHZEHN WAR. SIE HINGEN BEI DEN FELSEN IN DEN GOLDEN GARDENS HERUM, BEOBACHTETEN DIE BOOTE, DIE HEREINKAMEN UND SIE KÜSSTEN SICH DAS ERSTE MAL UND ALS SIE MIT DEM KNUTSCHEN AUFHÖRTEN, BEMERKTE SIE MEHRERE BLUTFLECKEN AUF IHREM LOLLAPALOOZA-T-SHIRT. SIE BRAUCHTEN EINE WEILE, BIS SIE FESTSTELLTEN, DASS ER SICH SEINE HAND AN EINEM FELSEN AUFGESCHNITTEN HATTE UND ÜBERALL, WO ER SIE BERÜHRTE, EINEN SPRITZER HINTERLIESS.

Als er fertig ist, schaut Pete auf. Winter starrt ihn an, spielt mit einer nicht angezündeten Zigarette.

Was soll man da sagen? „Gefällt mir."

„Ich sollte wahrscheinlich die Namen ändern", sagt sie und legt die Geschichte weg, „für den Fall, dass das meine Managerin sieht." Bettie ist Winters Künstlername. „Eines Tages schreibe ich eine Geschichte über dich, Pete."

„Ja?"

„Ich denke darüber nach, einen Schreibkurs zu belegen."

„Solltest du machen."

„Glaubst du wirklich?"

„Ja."

„Ich habe eine Menge Geschichten gespeichert."

„Ich weiß."

„Du bist die einzige Person, der ich die meisten davon gezeigt habe."

Zum ersten Mal in all den Monaten haben sie sich in regelmäßigen Abständen gesehen. Er versucht sich ein Leben mit Winter vorzustellen. Obwohl das nicht einfach ist, ist es nicht unmöglich.

„Winter", sagt er, „was möchtest du gern in fünf Jahren machen?"

„Etwas anderes."

„Anders als was?"

„Als das, was ich jetzt mache."

„Hm, was zum Beispiel?"

„Ich würde gern Kinder haben", sagt sie. „Aber zuerst würde ich gern heiraten."

„Ich hatte gar nicht bemerkt, dass du so altmodisch bist."

Sie lächelt. „Es gibt viel, was du nicht weißt."

„Das bezweifle ich nicht."

Schließlich zündet sie sich die Zigarette an.

„Du rauchst Menthol?", beschwert sich Pete.

„Ja, ich dachte es könnte mir helfen aufzuhören, doch stattdessen ist es, als wäre man die ganze Zeit beim Nachtisch."

Er schnappt sich einen Aschenbecher und eine Schachtel Camels vom Boden.

„Kinder?", sagt er. „Warum hast du gesagt, dass du Kinder haben möchtest?"

„Ich weiß nicht", sagt sie. „Fünf Jahre sind eine lange Zeit. Erinnerst du dich an den Song ‚Five Years' von Bowie? ‚I thought I saw you in an ice cream parlor'..."

„... ‚Drinking milkshakes cold and long'."

„Ich habe nie verstanden, worum es verdammt noch mal in dem Song geht, aber ich habe ihn geliebt."

„Er handelt von Tod und Sex."

„Du denkst, dass *alles* von Tod und Sex handelt."

„Tut es."

Winter lächelt und nimmt dann einen langen Zug von ihrer Menthol, atmet langsam aus. „Ich habe mit Leuten über die Keith-Junior-Sache gesprochen."

„Ja?"

„Viele seiner Freunde sind wirklich stocksauer. Sie denken, dass Amber die Polizei nicht hätte beteiligen sollen."

„Hätte die Polizei bei einer Vergewaltigung nicht beteiligen sollen?"

„Na ja, sie denken, dass sie übertreibt."

„Was denkst du?"

„Sie hat sich selbst in eine blöde Situation gebracht – ich sage nicht, dass er keinen Fehler gemacht hat, denn es war einer. Aber dennoch, manchmal passieren beschissene Dinge, wenn du dich in eine beschissene Situation bringst. Jedes Mädchen hier weiß, wenn du mit Keith einen trinkst... na ja, hey, alles ist möglich. Weißt du? Jeder weiß das von ihm."

„Sie ist achtzehn."

„Ich weiß. Ich weiß, wer sie ist. Ich fühle mich schlecht wegen ihr, ich fühle mich schlecht wegen der Scheiße, mit der sie fertig werden muss, aber die entscheidende Sache ist, damit fertig zu werden, und ich weiß nicht, ob es ihr die Sache irgendwie einfacher macht, dass sie es der Polizei gemeldet hat. Ich glaube nicht, dass ein öffentliches Spektakel irgendjemandem hilft." Sie drückt ihre Zigarette aus.

„Ich habe mal eine Geschichte über eine Vergewaltigung geschrieben. Habe sie dir nie gezeigt."

„Machst du es jetzt?"

„Ich weiß nicht. Wahrscheinlich nicht."

„Ich würde sie gern lesen, wenn du sie mir zeigen möchtest."

„Pete, es ist cool, dass du meine Geschichten magst, aber ich möchte nicht, dass du *alle* kennst."

Sie kriecht zum Ende des Futons und nimmt ein Video von dem Stapel auf dem kleinen Sony-Fernseher, *Chasing Amy*.

„Schon wieder?"

„Bitte."

Winter liebt die Postsex-Szene, in der Ben Affleck Joey Lauren Adams fragt: „Warum ich?". Und sie redet über die Suche nach jemandem, der „dich wirklich versteht" und erklärt, wie „sorgfältig" sie bei ihrer Suche war. Winter weint immer an dieser Stelle.

Sollen es zum Angebot der Verteidigung noch Pommes sein?

„Hier ist meine Vollmacht", sagt Shane Sundfell, der Pete eine Prozessvollmacht für den Keith-Johnson-Fall übergibt.

Pete und Scott sitzen in „The Pit", einem überfüllten offenen Bereich zwischen den Gerichtssälen, der mit zwei Dutzend zusammengewürfelter Tische und Stühle voll gestellt ist. Der Raum steht Staatsanwälten und Strafverteidigern für Vorbesprechungen zur Verfügung, damit die Anwälte über Fälle diskutieren und verhandeln können, allerdings wird der größte Teil der Zeit mit bloßem Smalltalk verbracht. Um sie herum brummen Unterhaltungen mit Sätzen wie „im unteren Bereich der Skala", „den Waffenbesitz fallen lassen", „er versucht sein Leben vollständig zu ändern" und „am neunten Loch war ich nur drei über Par."

„Scott", sagt Pete, „habt ihr beide euch schon mal getroffen?"

„Nicht offiziell."

„Shane Sundfell", sagt Sundfell und streckt seine Hand aus. Scott steht auf, schüttelt sie und setzt sich dann wieder hin.

„Mr. Sundfell ist der Satan", sagt Pete zu Scott.

„Ich weiß", sagt Scott.

Sundfell kichert.

Pete macht keine Witze. Sundfell und seine drei Partner – bekannt als Beelzebub, der Günstling und Satans Little Helper – sind die am meisten gehassten Anwälte im Bezirk. Sie machten sich ihren Namen, indem sie sich auf die Vertretung von Kinderschändern, herkömmlichen Vergewaltigern oder Mördern spezialisierten und erweiterten ihr Tätigkeitsfeld dann auch auf das Zivilrecht und hier in erster Linie auf das Verklagen anderer Anwälte.

Sundfell ist bestens bekannt durch sein dreistündiges Kreuzverhör eines zwölfjährigen Vergewaltigungsopfers, welches damit endete, dass das Mädchen heulend den Zeugenstand verließ und sich auf dem Boden des Marmorgangs zu einem Knäuel zusammenrollte und sich weigerte, noch weiter auszusagen. Der Angeklagte wurde freigesprochen. Pete war der stellvertretende Staatsanwalt in diesem Fall.

Sundfell setzt sich. „Also", sagt er, „seid ihr beide an dem Fall? Man braucht doch nicht wirklich zwei von euch, um mit diesem Hund Gassi zu gehen?". Als Pete nicht reagiert, fährt Sundfell fort. „Ihr wollt doch nicht tatsächlich mit so was Lächerlichem vor Gericht, oder?"

„Nein. Ich möchte, dass dein Klient wie ein Mann vortritt und Verantwortung übernimmt."

Sundfell kichert.

„Ich denke an Vergewaltigung dritten Grades", fährt Pete fort, „am oberen Ende der Skala. Du kannst für das untere Ende argumentieren." Das Strafmaß für eine Vergewaltigung dritten Grades liegt zwischen sechs und zwölf Monaten, während es für den zweiten Grad zwischen achtundsiebzig und hundertundzwei Monaten liegt.

„Er ist unschuldig."

„Oh Gott."

„Das ist mein Ernst. Denkt mal darüber nach, Jungs. Sie ist betrunken – sie gibt zu, dass sie betrunken war. Sie geht aus freien Stücken mit in seine Wohnung. Er ist ein Rockmusiker. Sie ist ein Groupie. Sie haben Sex. Sie sagt ihm, dass er ein Kondom überziehen soll. Was tut er? Er hört auf, um ein Kondom überzuziehen! Aber die Stimmung ist weg, sie sind beide betrunken und sie schlafen ein. Kommt schon, Jungs, das ist keine Vergewaltigung. Das ist *Reue*. Sie bereut es, mit ihm Sex gehabt zu haben, fühlt sich benutzt, was sie wahrscheinlich auch wurde, aber wir hätten dann alle ein Problem, denn wir würden alle immer dann in Schwierigkeiten geraten, wenn eine Frau Sex bereut und es Vergewaltigung nennt."

Sundfell unternimmt den plumpen Versuch, eine Verbindung zwischen Männern herzustellen, was ihm Pete in diesem Zusammenhang prinzipiell übel nimmt. Dennoch will er die Theorie der Verteidigung hören und ermutigt Sundfell fortzufahren.

„Was ist mit den Schrammen auf seinem Rücken und den Blutergüssen auf ihren Beinen?"

„Harter Sex. Na und?"

„Und das erklärt den Bluterguss an seinem Auge?"

„Ich werde Keith danach fragen."

Übersetzung: Wir werden uns etwas ausdenken, um es zu erklären.

„Und die zerrissene Unterwäsche?"

„Kann passieren, wenn Leute sich die Kleider vom Leib reißen."

„Und warum hat dein Klient erzählt, dass er keine Kondome mehr hatte, obwohl sein Apartment damit voll gestopft ist?"

„Wie er schon erklärt hat: er war betrunken, er suchte welche, konnte aber keine finden."

Pete nickt. „Und warum erzählt dein Klient zuerst, dass kein Geschlechtsverkehr stattgefunden hat, und später in der festgehaltenen Aussage erzählt er dann, dass doch?"

„Okay, das ist ein Problem. Ich weiß. Aber er war *betrunken*, er war im *Vollsuff*. Er erinnert sich nicht genau an die Dinge, aber er weiß, dass er sie nicht vergewaltigt hat."

„Eigentlich sagte er, dass es möglich sei, dass es nicht in beiderseitigem Einvernehmen geschehen ist."

„Na ja, jetzt sagt er, dass es definitiv in beiderseitigem Einvernehmen geschehen ist."

„Und warum erzählt sie etwas anderes?"

„Wer weiß? Wie ich schon sagte: Reue. Sie war auch total voll. Und ich habe Zeugen, die sie an dem Abend sahen und die sagen, dass es mehr als nur Alkohol war."

„Hast du Zeugen, die sie mit Drogen gesehen haben?"

„Noch nicht."

Übersetzung: Mein Klient hat Freunde, die im Zweifelsfall lügen werden.

„Also hat sie sich das alles ausgedacht? Warum genau?"

„Vielleicht glaubt sie wirklich, dass sie vergewaltigt wurde, aber das macht es nicht zur Vergewaltigung. Ihr bietet eine Abmachung an, wenn wir uns auf eine Vergewaltigung zweiten Grades verständigen, die immerhin gewaltsamen Zwang voraussetzt. Selbst eine Vergewaltigung dritten Grades setzt noch voraus, dass sie deutlich mitteilt, dass sie keinen Geschlechtsverkehr will."

Pete nickt.

Sundfell fährt fort. „Vielleicht wollte sie tatsächlich keinen Sex, aber sie hat es meinem Klienten *nie* mitgeteilt, nicht bis sie artikulierte, er solle ein Gummi rüberziehen, *und er hörte auf, als sie ihm das sagte* – und das gibt sie zu. Wisst ihr was?". Sundfell wirkt jetzt selbst überzeugt. „Ich sollte das einfach vor Gericht bringen. Je mehr ich mich selbst höre, desto mehr erkenne ich, dass das ein Sieg im Gerichtssaal wird. Ich würde es *lieben,* euch mit diesem Fall vor Gericht in den Arsch zu treten – die Fakten sind auf meiner Seite, und es kommt nicht oft vor, dass die Fakten für die Seite des Strafverteidigers sprechen, also sollte ich diese Gelegenheit beim Schopfe packen, aber ich mache das schon eine Weile und ich weiß, dass eine Jury verdammt nochmal alles machen kann. Und um meinem Klienten das Risiko zu ersparen, auch wenn es ein minimales ist, werde ich ihm vorschlagen, auf einen Handel einzugehen, *falls* es ein Angebot gibt, das er einfach annehmen muss."

„An was denkst du?"

„Na ja..."

„Nur raus damit."

„Tätlichkeit vierten Grades mit sexueller Motivation."

Ein minderes Delikt.

„Das ist es, woran du gedacht hast?", sagt Scott. „Pete würde eher deinen Schwanz lutschen, bevor wir auf ein minderes Delikt eingehen."

„Vergewaltigung dritten Grades.", wiederholt Pete. Er zieht in Betracht, eine Tätlichkeit zweiten Grades mit sexueller Motivation anzubieten, falls das für Sundfell besser klingt.

„Ich werde ihn nicht überreden, sich einer Straftat schuldig zu bekennen, sofern es ein Sittlichkeitsverbrechen ist oder sexuelle

Motivation beinhaltet. Ich will ein minderes Delikt. Ihr könnt bei diesem Sachverhalt eine Tätlichkeit vierten Grades begründen. Und denk daran," – Sundfell versucht Pete anzulächeln, kann aber nichts annähernd Echtes hervorbringen – „du könntest vermeiden, es dir mit all deinen Kumpels zu versauen."

Billig und plump. „Lass es uns vor Gericht bringen." Pete schlägt seinen Kalender auf, um einen Termin auszuwählen.

„Ich will deine Zeugen befragen", sagt Sundfell und schaut in seinen eigenen Kalender.

Übersetzung: Ich muss etwas für mein Honorar tun, bevor ich ernsthaft daran denke, auf den Handel einzugehen.

„Und ich werde einige Anträge stellen müssen", fährt er fort.

Übersetzung: Und ich werde auf die Wahrheit pissen, als wäre es ein Feuer in meinen Shorts.

„Und ich werde euch eine Liste meiner Zeugen geben, sobald ich weiß, wer sie sein werden."

Übersetzung: Und ich werde Beweise vor euch verstecken, solange ich damit durchkomme.

Sie einigen sich auf Termine für die allgemeine Anhörung, Anträge, Zeugenbefragungen und auf den Gerichtstermin.

„Eine Sache noch", sagt Scott zu Sundfell.

„Ja?"

„Wir wissen alle, dass du nicht mehr als eine Zirkusaufführung bist, aber dieser Mann" – Scott gestikuliert in Petes Richtung – „ist ein Künstler. Und ich will nicht mit ansehen müssen, wie du versuchst, ihn auf dein Niveau runterzuziehen. Ich dagegen freue mich schon darauf, mich mit dir in der Scheiße zu wälzen."

Sundfell starrt Scott an, dann Pete. „Ihr werdet diesen Fall verlieren. Ich versuche, das nie zu sagen, aber ich sage es jetzt hier." Er nimmt sich einen Terminzettel. „Ich werde meinen Mandanten die Termine unterzeichnen lassen."

„Was auch immer passiert", sagt Scott zu Sundfells Rücken, „nach Stilpunkten werden wir gewinnen."

Pete sagt: „Tolle Verhandlungstaktik, Foss."

Al und Sunni, Staatsanwälte an den Nebentischen, schneiden schmerzverzerrte Fratzen, als Sundfell den Raum verlässt.

„Ungeziefer", sagt Al.

„Ihr Typen seid jetzt total verpestet", sagt Sunni. „Geht euch waschen."

„Kriegen wir es nicht hin, dass ihm die Polizei Drogen unterjubelt oder so was?", schlägt Scott vor.

Sundfell bringt nicht gerade das Beste im Menschen zum Vorschein.

„Er war vornehmer, als ich ihn je gesehen habe", sagt Pete. „Er weiß einiges, was wir nicht wissen – er wird uns aus dem Hinterhalt angreifen."

„‚Einer, der imstande ist, durch die Änderung seiner Taktik im Einklang mit dem Gegner den Sieg zu erreichen, möge als göttlich gelten'."

„Bist du derjenige, der sich das Sun-Tzu-Buch ausgeliehen und nie zurückgebracht hat?"

„Ich dachte mir nach einigen Monaten, dass du dir wahrscheinlich ein neues gekauft hast. Also, wer wird das Eröffnungsplädoyer halten?"

„Du."

„Was wirst du machen?"

„Mit der Gerichtshelferin oder der Gerichtsreporterin flirten."

„Was ist los? Du scheinst nicht aufgedreht genug, um dich für unseren Fall zu bemühen."

„Ich habe da ein paar andere Dinge zu regeln."

„Was zum Beispiel?"

Pete senkt seine Stimme. „Tja, ich werde heiraten."

„Du wirst *was?*"

„Heiraten."

Scott scheint alarmiert. „Wann?"

„Weiß nicht."

„Wen?"

„Nicht sicher."

„Okay." Scott überlegt. „Und, gehst du heute noch weg, um was Neues aufzureißen?"

Wishin' and Hopin'

Scott holt Pete mit seinem schwarzen Dodge Diplomat ab, Baujahr 1985, mit der kompletten Luxus-Sonderausstattung, inklusive des vor dem Kühlergrill befestigten Insektenschirms aus Plexiglas.

„Ins Croc will ich heute irgendwie nicht", sagt Pete. „Oder ins Cha Cha. Oder in die Lava Lounge. Oder ins Linda's. Oder ins Five Point oder den Baltic Room oder Mekka oder Speakeasy oder... irgendwohin, wo wir auf die üblichen Leute treffen."

„Hey, ich habe das alles schon geregelt."

Scott parkt bei Diamond, östlich vom Totempfahl am Pioneer Square, sodass sie bis zum Eingang der Back Door Ultra Lounge in der James Street nur einen kurzen Spaziergang machen müssen.

Sie zahlen vier Dollar Eintritt an einen Mann in einem weißen Smoking. Als sie die baufällige Treppe hinaufgehen, hören sie die Musik, ein ganzes Orchester, das Frank Sinatra unterstützt, der da singt: *„This town is a love-you town, and a shove-you town..."*

Sie gehen zur Haupt-Etage hoch und bahnen sich einen Weg zur Bar. Mehrere Männer tragen Anzüge, meist alte Modelle im Fünfziger-Jahre-Stil, Röcke und Pullover scheinen der bevorzugte Look bei Frauen zu sein.

Scott, der im Büro keine Anzüge trägt, es sei denn er hat einen Gerichtstermin, trägt einen hellblauen Tropenanzug mit schmalem Revers und eine Krawattenklammer. Pete trägt wie üblich einen navyblauen Anzug und hat das Gefühl, dass er der Einzige in dem ganzen Raum ist, der dieselben Sachen trägt wie acht Stunden zuvor.

„Johnnie Walker Black und einen Jack mit Coke", schreit Scott. „Doppelte."

Im Fernseher über der Bar sieht Frank Sinatra im Fahrersitz eines Cabriolets der späten fünfziger Jahre elegant aus. Auf der Beifahrerseite sitzt Dean Martin, eine Hand an einer kurvenreichen Blondine, die andere an einem Flachmann. Sinatra klopft auf das Lenkrad im Takt zu einem Song, den Pete nicht hören kann. Die Szene wirkt auf Pete wie das perfekte Abbild des Junggesellenlebens: Wein, Weib und Gesang – *Möglichkeiten*.

Scott reicht Pete ein Glas, auf dem das lila-goldene Emblem der University of Washington abgebildet ist. „Sehr fünfzigermäßig", erklärt Scott.

Der Drink ist stark, also beklagt sich Pete nicht.

„Siehste", sagt Scott und klopft mit einer geübten Ein-Hand-Bewegung eine Lucky Strike aus der Packung. „Nach diesem Ort hast du gesucht." Scott zündet die Zigarette mit einem Zippo an. „Die ganze Retro-Geschichte. Du könntest mit deiner Heiratsidee eine Vorreiterrolle haben. Es hat ein Comeback. *Alles* hat ein Comeback – Heirat, Ehebruch, sexuelle Freizügigkeit, Alkoholismus, Sinatra, die Dinge, die dieses Land groß gemacht haben."

Pete fragt sich, ob er Scotts Autoschlüssel an sich nehmen sollte.

„Und es gibt hier heute Abend was zum Aufreißen", fügt Scott hinzu.

„Ich glaube, dass ich meine Maßstäbe anpassen muss", sagt Pete, „jetzt, wo ich vorhabe zu heiraten."

„Welche *Maßstäbe?* Zwei Titten und ein schlagendes Herz?"

Pete bemerkt eine Frau, allein, Zigarette im Mund, die ihre Handtasche nach Streichhölzern durchsucht.

„Zippo", sagt Pete zu Scott.

Scott, der die gleiche Sache sieht, händigt das Zippo schnell wie ein Chirurg aus.

Pete klackt das Zippo an und trägt die Flamme zu ihr. In dem Moment, als sie ihre Streichhölzer findet, sieht sie das Feuer. Nach einem Augenblick des Zögerns verbirgt sie die Streichhölzer in ihrer Hand, neigt sich zum Zippo und saugt an der Flamme.

Sie trägt eine schwarze Caprihose, örtlich auch bekannt als Muschelsammler, eine weiße Bluse und eine lange unechte Perlenkette. Glattes Haar fällt ihr bis zum Kinn, umrahmt ihre hohen Wangenknochen. Obwohl sie hellhäutig ist, ist da noch ein anderer Einschlag, den Pete nicht recht einordnen kann. Die vage Exotik von Cameron Diaz kommt einem in den Sinn.

„Danke", sagt sie.

„Gern geschehen."

Ihre Augen treffen sich, und er stellt fest, dass sie mit ihm flirtet, obwohl er unmöglich erklären kann, wie er zu dieser Schlussfolgerung kommt.

Einen Augenblick später kommt ein Kerl, der drei bis fünf Zentimeter kleiner ist als sie, einssechzig oder so, mit zwei Martinis. Pete schenkt ihr ein Weggeh-Lächeln und geht hinüber zu Scott, gibt ihm das Zippo zurück.

„Der Ohrring von diesem Kerl ist so gar nicht fünfzigermäßig", sagt Scott ein wenig zu laut.

„Lass uns nicht in eine Schlägerei geraten."

„Hinterlass sie als künftigen Bezugspunkt. Es ist zu früh am Abend, um sich festzulegen."

Scott führt Pete in den Raum, wo die meisten Leute rumhängen und der an einen überdimensionierten vorstädtischen Erholungsraum erinnert; mit schlechter billiger Kunst, nicht zusammenpassenden Sofas, großen ausgestopften Sesseln und einer offenen Linoleumfläche in der Nähe der Jukebox. Pete nickt einen Gruß zum Sänger des Dudley Manlove Quartetts, der allein trinkend in einem nachgemachten La-Z-Boy-Sessel kauert.

Nur ein Paar tanzt. Der Mann trägt weiße Hosen, Docsteps, einen blauen Blazer und eine Kapitänsmütze. Er führt ein Mädchen zu Dusty Springfields „Wishin' and Hopin'".

„Armer Bastard", sagt Scott und nickt in Richtung des Mannes im blauen Blazer. „Hat wohl seine Yacht verloren."

Sie nehmen am Rand der Tanzfläche Platz. Mehrere leuchtend bunte Aschenbecher stehen auf dem Kaffeetisch vor ihnen, zusammen mit alten Ausgaben von *Esquire* und *Vogue*.

„Später geht's hier ab", sagt Scott.

„Hast du hier viel Erfolg?"

„Warum sollte ich sonst wieder herkommen?"

Scott stürzt seinen Drink hinunter, winkt einer Kellnerin zu, die ein Cocktailkleid in voller Länge und Motorradstiefel trägt.

„Hi", sagt sie. „Was darf ich euch bringen?"

„Wo habe ich dich schon mal gesehen?", fragt Scott. „Arbeitest du irgendwo anders?"

„Ich habe im Deja Vu gearbeitet."

Das Deja Vu ist ein Stripteaselokal in der Innenstadt, das bei lokalen Musikern und Geschäftsleuten beliebt ist.

„Du siehst anders aus", sagt Scott.

„Die Kleidung."

„Kennst du zufällig Beth Keller?", fragt Pete. „Ich habe gehört, dass sie im Deja Vu gearbeitet hat."

„Der Name kommt mir bekannt vor. Wie war ihr Künstlername?"

„Künstlername? Weiß nicht."

„Ich kannte die richtigen Namen der meisten Mädchen nicht."

„Und wie ist *dein* Name?", fragt Scott.

„Shannon."

„Shannon, ich bin Scott, und das ist Pete."

„Nett, euch kennen zu lernen."

„Weißt du, warum Clinton Boxershorts trägt?", fragt Scott.

„Um seine Knöchel warm zu halten."

„Wir werden uns klasse verstehen, Shannon. Was ist das für ein Tattoo? Eine Schlange?"

„Ja", sagt sie und dreht sich zu Scott, damit er besser auf die schwarz-grüne Schlange schauen kann, die sich oberhalb ihres Ellbogens mit einem Apfel im Mund den ganzen Weg um ihren Arm wickelt.

„Cool", sagt Scott.

„Danke. Und was kann ich euch bringen?"

„Einen Johnnie Walker Black und einen Jack mit Coke. Doppelte."

„Kriegt ihr", sagt sie und lächelt im Weggehen Scott an, als ob er kein Schwein wäre.

„Was zum Teufel war das?", sagt Pete zu Scott.

„Was?"

„Wie kommst du damit durch?"

„Sie kam mir wirklich bekannt vor. Und Cocktailkellnerinnen haben *immer* noch einen anderen Job oder sie sind Studenten oder so was."

„Also willst du den Abend damit verbringen, sie anzugraben?"

„Mit Unterbrechungen. Es ist immer gut, was in der Hinterhand zu haben." Scott drückt seine Zigarette aus. „Aber du kannst sie haben, wenn du sie willst. Will sagen: Du bist derjenige, der heiraten will, und ich will hier keine Ehe zerstören."

„Danke, aber ich glaube nicht, dass sie etwas zum Heiraten ist."

„Woher willst du das wissen? Du hast noch nicht mit ihr geschlafen."

Pete nimmt sich eine *Vogue.* Auf dem Cover ist ein Mädchen mit dunklen lockigen Haaren, die ihre von einem Pullover bedeckten Schultern berühren. Sie hat seeschaumgrüne Augen und makellose, weiße Haut mit einer angemessenen, schwachen Röte auf ihren vollkommenen Wangenknochen.

„Sie sieht inzwischen wahrscheinlich aus, als käme sie aus der *Hölle*", sagt Scott und zeigt auf das Covergirl. „Und ist unglücklich deswegen."

„Oder sie ist verheiratet, hat Kinder und ein Haus und einen Range Rover und ist glücklich."

„Oder sie hat sich vielleicht schon umgebracht."

Sinatra, ein eindeutiger Deejay-Favorit, kommt noch einmal. *„When I was twenty-one, it was a very good year..."*

Perfekte Musik zum Trinken und Rauchen, denkt Pete, als er einen Zug von seiner Zigarette nimmt und einen großen Schluck seines Drinks hinterhergießt.

Als der Song zu Ende ist, dreht er sich zu Scott. „Wärst du gern noch mal jung?"

„Ich *bin* jung."

„Jünger."

„Hm, ja, ich denke, es wäre nett noch mal fünfzehn zu sein, dann könnte ich mit Fünfzehnjährigen schlafen."

„Wie *süß*", sagt Shannon, die schnell mit den zwei Doppelten zurückgekehrt ist, diesmal in Chevrongläsern.

„Danke", sagt Pete, zahlt für beide und gibt als eine Art Entschuldigung für Scott ein großzügiges Trinkgeld.

„Also", sagt Scott, „wo kommst du her, Shannon?"

„Woodinville."

„Woodinville High School?"

„Leider ja."

„Und du bist nach deinem Abschluss nach Capitol Hill gezogen?"

„Ja, ich fing an, Vorlesungen an der Seattle Central zu besuchen."

Scott nickt. „Das ist eine sehr überzeugende Geschichte", sagt er mit der Stimme eines misstrauischen Detectives.

„Passt alles sehr schön zusammen", stimmt Pete im gleichen Tonfall zu.

Shannon lacht. „Wo kommt ihr denn her?" Sie stellt ihr Tablett ab und tippt eine Camel Lights aus ihrer Schachtel.

„Einheimisch", sagt Pete.

„Tacoma", sagt Scott und gibt ihr Feuer.

„*Jeder* aus Tacoma zieht hierher."

„Aus gutem Grund", sagt Scott. „Wo gehst du so mit deinen Leuten hin?"

„Ins Re-Bar, in die Art Bar, das 2218, manchmal sind wir im Downunder."

„Was meinst du, wo man am besten Frauen angraben kann?"

„Bei Elliot Bay Books oder in jedem Lebensmittelgeschäft."

„Was meinst du, wie unsere Chancen hier stehen?"

„Ihr solltet es eigentlich leicht haben. So gegen Mitternacht trägt doch jeder seinen Alkoholschleier."

Scott grinst. „Damit sehe ich am besten aus."

„Ohne siehst du auch nicht übel aus."

„Wann sagtest du, hörst du auf zu arbeiten?"

Shannon lacht, steckt ihre Zigarette in den Mund, nimmt das Tablett und geht weiter.

Scott dreht sich zu Pete. „So. Jetzt werden wir *dir* eine Frau besorgen."

„So ging mal ein Song von Todd Rundgren: ‚*We Gotta Get You A Woman*'."

Scott ignoriert das und starrt auf den Arsch eines vorbeigehenden Mädchens in Schlaghosen, dann dreht er sich wieder zu Pete. „Na, mein Freund, du bist ja jetzt richtig gut dran, was?"

„Warum das?"

„Kennst du den Woody-Allen-Film, wo er darüber redet, dass die Ehe der Tod der Hoffnung ist?"

„*Der Stadtneurotiker?*"

„Ich bin mir nicht sicher. Vielleicht ist es kein Woody-Allen-Film. Egal, der Punkt ist, dass wir, wenn wir Single sind, die Hoffung haben, dass wir eines Tages unserer wahren Liebe begegnen. Aber sobald du deiner wahren Liebe tatsächlich begegnet bist, ist damit Schluss. Dann gibt's nichts mehr zu hoffen." Er kippt sich den letzten Eiswürfel in den Mund und kaut. „Und Hoffen ist besser als Haben."

„Danke für solch aufmunternde Worte in diesem kritischen Stadium meines Liebeslebens."

Musiker tanzen nicht

Um Mitternacht lehnen Pete und Scott an der Wand bei der Jukebox, während Dean Martin singt: *„You're nobody 'til somebody loves you..."*. Obwohl die neue Position eine taktische Verbesserung darstellt, scheinen sie sie nicht zu ihrem Vorteil zu nutzen, da nach wie vor die meisten Dialoge füreinander verschwendet werden.

„Ich bin es nicht gewohnt, im Team zu arbeiten", sagt Scott. „Als wir jünger waren, war es die bessere Methode. Mädchen waren immer mit ihrer Freundin zusammen, und man brauchte einen Mann zur Verstärkung, um die von ihr zu lösen. Aber wenn du älter wirst, hast du als Einzelkämpfer die besseren Karten, glaube ich."

Dann lehnt sich Scott gegen die Jukebox, doch er verkalkuliert sich und stolpert, knallt mit dem Ellbogen auf den Glasdeckel. „Whoa, nicht einen Tropfen verschüttet", sagt er, richtet sich auf und hält sein Glas hoch.

„Das habe ich gesehen", sagt Shannon lächelnd, als sie vorbeigeht.

„Mein Reserveplan sieht mit jeder Minute besser aus", sagt Scott zu Pete.

Doch Pete ist auf das RAUCHENDE MÄDCHEN MIT PERLEN fixiert, die den Raum betreten hat. Sie hat noch immer den Kerl dabei, der ihr den Drink ausgegeben hat, aber ein weiterer Typ hat sich ihnen angeschlossen.

„Was zum Aufreißen auf zwölf Uhr", sagt Scott.

„Ich weiß. Lass das anzügliche Grinsen."

„Warum versuchst du nicht, sie friedlich zu übernehmen", schlägt Scott vor, „und wenn das nicht funktioniert, gehst du in die Vollen und startest einen Angriff. Ich gebe dir Rückendeckung."

Pete versucht, die Beziehung zwischen dem RAUCHENDEN MÄDCHEN MIT PERLEN und den zwei Männern zu beurteilen. Ist einer von ihnen ihr Freund? Gehören die beiden Männer zusammen?

Nach Dino beginnt der nächste Song mit einem Riff von Blasinstrumenten, den Pete erkennt, aber nicht ganz zuordnen kann, und dann dröhnt Perry Comos Stimme heraus, *„The bluest skies you've ever seen in Seattle..."*

Mit übertriebener, aber aufrichtiger Begeisterung reagiert die Menge auf „Seattle", besser bekannt als Titelsong der Fernsehserie *Here Come The Brides.* Die Tanzfläche füllt sich schnell und die Leute, die am Rand stehen und trinken, drehen sich hin, um zuzuschauen, und viele nicken zum Beat und einige bewegen ihre Lippen zur Musik.

„Full of dreams to last the years in Seattle..."

Pete spielt mit dem Gedanken, für das RAUCHENDE MÄDCHEN MIT PERLEN eine „Ich sah Dich"-Anzeige zu verfassen, und dann erinnert er sich plötzlich an ein Mädchen mit vollkommenen Knöcheln, die vor Sean and Jon's Bar auf der Melrose saß, als er in Los Angeles war. Er bemerkte sie, begehrte sie, aber ging einfach an ihr vorüber und sah sie nie wieder. Er fragt sich, ob das MÄDCHEN MIT VOLLKOMMENEN KNÖCHELN die Liebe seines Lebens war und er es verpennt hat.

Er leert sein Glas, stellt es ab, geht los.

Das RAUCHENDE MÄDCHEN MIT PERLEN schaut sich die fröhliche Tollerei auf der Tanzfläche an, als Pete ihr mit der Hand, in der er seine Zigarette hält, auf die Schulter klopft. Asche fällt auf ihre weiße Bluse.

Sie dreht sich um, bemerkt die Asche nicht.

„Möchtest du tanzen?", fragt er, während er dezent seine Kippe fallen lässt.

Sie starrt ihn für einen Augenblick an.

Einer ihrer Begleiter mustert ihn, der andere schenkt ihm keine Beachtung.

„Ich tanze eigentlich nicht", sagt sie schließlich.

„Ich auch nicht."

Sie schaut ihn an, als wäre er durchgeknallt.

Er hält inne, um eine Camel aus seiner zerknitterten Packung zu klopfen, dann bietet er sie ihr an.

Sie hält die Zigarette hoch, die sie schon raucht.

„Es ist nie zu früh, auf Filterlose umzusteigen", ist alles, was ihm dazu einfällt.

Sie lacht, bewertet seine Reaktion offenbar eher als Humor denn als Trunkenheit. Er zündet sich eine Zigarette an, bemüht, den Rauch nicht in ihr Gesicht zu blasen.

„Letzte Runde", sagt der Deejay. „Letzte Alkoholrunde."

„Willst du mir einen Drink ausgeben?"

Fangfrage?

Er schaut sie an.

Sie lächelt.

„Würdest du gern einen Drink haben?", sagt er, als käme die Idee von ihm.

„Danke, gern."

Sie lässt ihre Zigarette fallen und tritt sie aus. Pete bewundert ihre Knöchel.

Er nimmt sie an der Hand und führt sie zur Bar, und ihre Hand erwidert den Druck in einer Art Code, bei dem er sich nicht sicher ist, wie er ihn zu entschlüsseln hat.

„Wir müssen uns über die Tanzfläche kämpfen, um zur Bar zu kommen", erklärt sie.

Das ist eine unheimlich treffende Beschreibung der Situation, eine, die Pete nicht in den Sinn gekommen ist.

Er lässt seine Zigarette fallen und nimmt ihre Hände, als ob sie tanzen wollten, dann fangen sie an, seitwärts Schritte durch die Menge zu machen, hüpfen, stocken, weichen aus, kommen jedes Mal ein paar Meter voran.

Sie erreichen die gegenüberliegende Seite mit dem Höhepunkt des Refrains. „*The bluest skies you've ever seen...*"

„Martini und einen Johnnie Walker Black", sagt Pete zum Barkeeper und lässt ihre Hand los, als sie die Bar erreichen, da es unvernünftig wäre, sie wegen der Tatsache in Alarmbereitschaft zu versetzen, dass ihn schon der geringe Fleischkontakt erregt.

Sie zieht ein Hardpack Camel Lights aus ihrer Hosentasche. Pete gibt ihr Feuer.

„Übrigens, ich bin Pete Tyler."

„Pete Tyler? Woher kenne ich den Namen?"

Er zündet seine Zigarette an. „Allerweltsname."

Sie mustert ihn. „Bist du in einer Band?"

„Ich war in einer."

„Welche Band?"

„Morph."

Sie lächelt. „‚Fremont Bridge Swan Dive'."

Er nickt, fasziniert von ihrem Verständnis für regionale Rock-and-Roll-Trivialitäten.

„Ihr habt bei einem der Majorlabels unterschrieben, oder?"

„Bei Polygram."

„Ich bin übrigens Esmé." Sie streckt ihre Hand aus, und sie schütteln sich die Hände.

„Schön, dich kennen zu lernen."

„Wann war das? Das ist schon eine Weile her, oder?"

„Es fing 1986 an. Ich war im fünften Jahr an der UW." Pete spricht das UW als *U-Dub.* „Wir spielten eine Zeit lang in lokalen Clubs – dem Central, dem Rainbow, dem Vogue, dem Ditto –, dann sind wir nach L.A. gegangen und dann wieder zurückgekommen."

„1986. Da war ich dreizehn."

Was für ein Gedanke. „Also hast du wahrscheinlich von den meisten Bands von damals nie gehört", sagt er.

„Oh, ich habe von einigen gehört. The Moberlys, Young Fresh Fellows, The Cowboys, die Heats, Moving Parts, die Allies, Dynette Set, Girl Trouble, Life in General, Bikini Kill, Sky Cries Mary,

U-Men, Blood Circus, Visible Targets, Gas Huffer, Gruntruck, die Gits, Melvins, Love Battery, Cat Butt, Enemy, Coffin Break, Fitz of Depression, natürlich Tad, Green River…"

"Okay, okay. Aber weißt du, wer bei Green River dabei war?"

„Mark Arm und Steve Turner, die dann zu Mudhoney gingen, und Stone Gossard und Jeff Ament, die zu Pearl Jam gingen."

„Und in welchen anderen Bands hat Gossard gespielt?"

„March of Crimes, Temple of the Dog."

„Und wer war bei den Melvins der Busfahrer?"

„Cobain natürlich."

„Und wie hieß die Band von Duff McKagan vor Guns N' Roses?"

„Das ist zu einfach. Es gab einige. Ten Minute Warning, Silly Killers, Vains, Fartz, Fastbacks."

„Und die Fastbacks bestehen aus…?"

„Lulu, Kurt und Kim und wer gerade der Drummer des Monats ist. Zuletzt war es Mike Musburger, ein entfernter Cousin von Brent Musburger."

„Und wo waren Lulu, Kurt und Kim in der Highschool?"

„Okay…, da muss ich passen, jetzt hast du mich. Wo?"

„Nathan Hale."

„Und, habe ich dein Quiz über lokale Musikgeschichte trotzdem bestanden?"

„Eine Frage noch, diesmal alles oder nichts. Woher kommt das Wort *Grunge?*"

„Lester Bangs. Benutzte es, um Kiss zu beschreiben. Und dann benutzte es Mark Arm alias Mark McLaughlin, um Mr. Epp and the Calculations, seine eigene Band, zu beschreiben. Und dann, na ja, den Rest kennst du ja."

Beeindruckend. „Wo kommst du her?"

„Olympia. Von hier nicht mehr als eine Stunde mit dem Auto. Und ich hatte einen guten gefälschten Ausweis, als ich sechzehn war."

„Bei Rock-and-Roll-*Jeopardy* wärst du Champion."

„Deshalb hat Sub Pop mich auch angeheuert."

„Sub Pop? Was machst du da?"

„Allen möglichen Quatsch", sagt sie. „Was ist also mit Polygram passiert? Wie sind eure Platten gelaufen?"

„Es gab nur diese eine. Und das sagt dir, wie es gelaufen ist."

„Na, zumindest habt ihr einen Platz in der Musikgeschichte als eine der ersten Grungebands."

„Nur dass wir nicht wirklich Grunge waren."

Dennoch, das Plattenlabel stimmte und Pete fragt sich, ob es das ist, worauf es am Ende in seinem Leben hinausläuft – *Pete Tyler, Leadsänger einer der ersten Grungebands, wurde heute tot aufgefunden* – und betet zu Gott, dass es nicht so kommen wird. Während er darüber nachdenkt, kommen die Drinks, und er fummelt in seiner Brieftasche herum.

Esmé nimmt etwas Silbern-Aufblitzendes wahr. „Was ist das?"

„Was?"

„Ist das eine *Marke?*", fragt sie darauf zeigend.

Er betrachtet die Marke neben seinem Führerschein, als hätte er sie nie zuvor gesehen: *STELLVERTRETENDER STAATSANWALT.*

„Ich bin jetzt Anwalt", erklärt er. „Stellvertretender Staatsanwalt."

Esmé lächelt hierbei. „Ich bin noch nie zuvor mit einem Typen mit einer Marke ausgegangen", sagt sie. „Ich kann mich nicht einmal daran erinnern, je mit einem Typen mit einem *Job* ausgegangen zu sein."

Pete schätzt, dass er ausgespielt hat. Er hat nicht genug über sie erfahren und zu viel von sich erzählt *und* er hat sie nicht auf die Staatsanwaltssache vorbereitet.

Anfängerfehler.

Plötzlich bemerkt er, dass sie ihn anstarrt.

„Ich weiß, warum mir dein Name bekannt vorkam", sagt sie. „Du bist der Staatsanwalt. Der, der Keith Junior anklagt?"

Er nickt.

„Wow", platzt sie heraus.

„Ich hatte gehofft, das Thema heute Abend vermeiden zu können."

„Du weißt, dass er bei Sub Pop unter Vertrag ist?"

„Ja. Die Publicity sollte dem Absatz gut tun."

Pete kann ihren Blick nicht deuten, aber er hat etwas von einem Verhör, sodass Pete sich nicht wohl fühlt.

Schließlich sagt sie: „Das muss komisch für dich sein, Keith anzuklagen."

„Ja, wenn ich darüber nachdenke, glaube ich das auch."

Esmé leert ihren Drink, nimmt die Olive mit einem Zahnstocher auf und benutzt mehr ihre Lippen als ihre Zähne, um die Olive abzuziehen, die sie im Mund herumwandern lässt, bevor sie sie schluckt. Er würde sterben, um diese Lippen zu küssen.

Plötzlich dröhnt „Retro World" von den Black Halos und ist ein paar Kerben lauter, als die Musik in der Lounge und einige Dekaden neuer. Eine schroffe Erinnerung daran, dass es 1999 ist und eine weitere Nacht überstanden und vergangen ist.

„Zeit nach Hause zu gehen", fügt der Deejay für die hinzu, die zu betrunken sind, um es zu verstehen. „Hier könnt ihr weder bumsen noch pennen."

Eine weitere Nacht voll strahlender Erwartungen verloschen? Pete nimmt einen langen Zug von seiner Zigarette und fragt sich, ob er sich die Mühe machen und versuchen sollte, eine Telefonnummer zu ergattern.

„Wie wäre es mit einem Schlummertrunk?", sagt Esmé.

Plötzlich ist die Nacht wieder jung.

Die Regeln

Als sie auf der Jackson Street in Richtung Süden gehen, wird das Nieseln zu Regen und Pete nimmt Esmés Hand und sie fangen an zu joggen und ihr Regenmantel mit rotem Schottenmuster flattert wie ein Umhang. Sein Regenmantel ist noch im Dodge Diplomat, um wahrscheinlich bald stummer Zeuge von allen möglichen kleineren Sünden zu werden.

Sie laufen über die Main Street, als düster gekleidete Grufties aus dem Catwalk Club auftauchen, der bis vor kurzem besten Adresse für öffentliche Demütigungen, bevor das Gesundheitsamt dem Freizeit-Schrägstrich-Unterhaltungsangebot einen Riegel vorschob.

Pete winkt einem STITA-Taxi zu, das sich vor ein Yellow Cab drängelt. Als sie sich auf dem Rücksitz niederlassen, zieht Esmé ihre Beine, eins nach dem anderen, hoch, um den Schaden an ihren flachen Lederschuhen zu begutachten. Kleine Wasserbäche fließen ihre Stirn und ihre Wangenknochen herunter. Mit einem Adrenalinstoß wird Pete plötzlich klar, dass er sich in Gesellschaft einer attraktiven Frau befindet und er fühlt sich hellwach.

Sie halten ein paar Blocks nach dem Occidental Park. Pete bezahlt den Taxifahrer und sie steigen vor einem alten Backsteingebäude aus, dessen schmiedeeisernes Tor in einen Hof führt.

Ihr Apartment ist ein Atelier im ersten Stock mit poliertem Hartholzboden, einem Holzschrank für die Stereoanlage, einem weiteren Holzschrank mit einem Fernseher, einer Bar mit altmodischen

Martinishakern und einem Nierentisch, der vor der Couch steht. Das Messingbett steht in der Nähe der hohen, gewölbten Fenster. Ihr Sinn für Inneneinrichtung beeindruckt Pete, da er selbst keinen hat.

„Sehr filmmäßig", sagt er.

„Sehr billig", sagt sie. „Es ist alles Second-Hand-Zeug. Was kann ich dir zu trinken anbieten? Scotch?"

„Mit Wasser, bitte."

Sie geht in einen Raum, von dem Pete annimmt, dass es das Badezimmer ist. Er geht direkt zu ihrem Hi-Fi-Schrank, in dem Schallplatten, CDs und Bücher untergebracht sind. Pete mag es für gewöhnlich, aus diesen Dingen Anhaltspunkte über die Person, mit der er schlafen wird, herauszufinden.

Die meisten CDs sind Promo-CDs von Sub Pop, allerdings auch einige von PopLlama, so zum Beispiel eine mit den ersten beiden Alben von Young Fresh Fellows, Favoriten von Pete, außerdem von dem Label Kill Rock Stars – aus Olympia – Sleater-Kinneys *The Hot Rock*, eines der Alben, das Pete sich schon immer mal anhören wollte, ohne es je getan zu haben. Weitere Indie-CDs sind Liz Phairs *Exile in Guyville*, Elliot Smiths *XO*, Sunny Day Real Estate, Quasi, Juno und Modest Mouse. Die Majorlabels sind vertreten mit Standardkost wie den Dandy Warhols, Oasis, Garbage, Fiona Apple und *To The Faithful Departed* von den Cranberries, das – wegen der Songs „Hollywood" und „I'm Still Remembering" – das einzige Cranberries-Album ist, das Pete mag. Er hebt eine schwere Messingnachbildung der Space Needle hoch, die die CDs von den Büchern trennt, und begutachtet sie.

„Als ich klein war, wollte ich in Seattle leben", sagt Esmé, als sie aus dem Badezimmer zurückkommt und zur Bar hinübergeht. „Weil ich dachte, dass ich in Seattle in der Space Needle leben würde."

Pete stellt die Nachbildung zurück und überfliegt die Buchrücken: Clark Humphreys *Loser – The Real Seattle Music Story, Ein Amerikanischer Sommer* von Ann Beattie, Raymond Carvers *Wovon wir reden, wenn wir von Liebe reden*, A. M. Homes' *Die Verlässlichkeit der Dinge* und, etwas seltsam, Bret Easton Ellis' *American Psycho*. Sie hat auch Hardcover-Ausgaben, einschließlich *Das Tagebuch der Bridget Jones, Das Herz der Narren* und *The Rules,* Untertitel: *Die Kunst, den Mann fürs Leben zu finden.* Er hält Esmé diesen kleinen blass-rosa eingebundenen Bestseller vor die Nase.

„Hab ich geschenkt gekriegt", erklärt sie, während sie Eis in den Shaker gibt. „Sehr ironisch. Ein ‚Rules Girl' würde nie jemanden nach Hause mitnehmen, wenn sie ihn gerade erst kennen gelernt hat."

„Ein Rules Girl?"

„Ein Rules Girl folgt den von den Autorinnen aufgestellten Regeln. Sachen wie ‚Nach einem Mittwoch nie eine Verabredung für Samstagabend annehmen' und ‚Niemals den Mann anrufen' und sogar ‚Niemals zurückrufen' und ‚Nicht zu schnell über Gefühle reden'." Sie gießt Wodka und Wermut in den Shaker. „Ich bin mehr ein Break-the-Rules-Girl."

Sie schüttelt den Martini. Er beobachtet ihre Brüste.

Nachdem er das Buch zurückgestellt hat, tritt er ans Fenster. Zwischen den Gebäuden kann er einen Teil der Elliott Bay und einen Schimmer des Mondlichts sehen, während die Wolken über den Himmel ziehen. Er vermutet aufgrund der Helligkeit des Lichts, dass Vollmond ist. Esmé bringt ihm den Scotch und geht zur Stereoanlage.

Das deutliche Kratzen einer Nadel auf Vinyl, und Pete erkennt sofort die eröffnenden Blasinstrumente von Petula Clarks „Sign Of The Times".

„Man kann das jetzt auf CD kaufen", sagt Esmé, „aber ich bin noch nicht dazu gekommen."

Sie stellt sich zu Pete ans Fenster und kippt es an. Er zündet ihre Zigarette an.

„It's a sign of the times, and I know that I won't have to wait much longer..."

Pete liebt kommerzielle Popsongs und findet es interessant, dass Esmé diesen ausgewählt hat.

„Wie bist du letztlich Anwalt geworden?", fragt sie. „Wusstest du nichts anderes mit deinem Leben anzufangen?"

„Genau."

„Im Ernst, warum bist du Anwalt geworden?"

„Lange Geschichte."

„Kurzversion."

„Ich war dabei, dreißig zu werden."

Pause.

„Wie wäre es mit einer mittellangen Version?" Sie bläst eine dünne Rauchschwade aus dem Fenster. „Was ist zum Beispiel mit der Band passiert?"

„Wir kamen aus L.A. zurück, als es hier richtig losging, und ich sah die ganzen anderen Bands. Einige waren wirklich scheiße. Aber ein paar hauten mich wirklich um, und mir wurde klar: Die meinten es ernst und wir nicht. Wir hatten die Band nur gegründet, um an Mädchen ranzukommen, was wohl auf die meisten Bands zutrifft, aber wir sind nie darüber hinausgekommen. Man sagt, dass jeder einen Roman in sich trägt? Tja, wir hatten ein Album in uns, und das war's. Also brach die Band auseinander. Bob starb, ich fing an, Jura zu studieren. Die Anwaltssache war zuerst nur eine Notlösung, doch dann fand ich heraus, dass ich gut mit den Geschworenen umgehen konnte, was mich faszinierte. Und jetzt hänge ich am Haken." Er zündet sich eine Camel an.

„Ich muss vermutlich aufpassen, dich nicht bei der Arbeit zu erwähnen", sagt sie. „Da würde es zu viele Fragen geben. Über den Fall."

„Redet man bei Sub Pop viel darüber?"

„Poneman bat uns, es nicht zu tun. Also tun wir es natürlich."

„Wie ist die allgemeine Meinung?"

„Dass es eine Grauzone ist."

„Was denkst du?"

„Ich weiß nicht. Ich habe nur viele Leute reden gehört."

Sie dreht sich um, geht rüber zur Couch und macht ihre Zigarette in einem riesigen, bei Tini Bigs gestohlenen Glasaschenbecher aus. Pete wartet einen Augenblick und folgt ihr dann. Er legt seinen Arm auf die Rückenlehne der Couch, ohne ihre Schultern richtig zu berühren. Sie nimmt ihre Beine hoch und legt ihren Kopf gegen seinen Arm. Er brennt darauf, das Geplauder zu übergehen und einfach ihren dünnen Körper an sich zu reißen und sie zum Bett zu tragen und...

„Ich muss dir etwas sagen", sagt sie. „Ich bin noch nicht sicher, was ich darüber denken soll."

„Was?"

„Dass du *Staatsanwalt* bist. Und dass du Keith anklagst."

Als er nicht antwortet, fährt sie fort. „Findet deine Familie das seltsam? Dass du jetzt Staatsanwalt bist? Sie denken wahrscheinlich, dass es großartig ist."

„Na ja, meine Mutter hat niemals wirklich etwas dazu gesagt, und mein Vater ist tot."

„Oh, das tut mir Leid."

„Schon seit zehn Jahren. Autounfall. Alkohol."

„Der andere Fahrer war betrunken?"

„Nein, er."

„Oh." Sie schaut ihn an. „Tut mir Leid."

Pete drückt seine Zigarette aus. „Und was ist mir dir?", fragt er. „Was denken deine Eltern über deinen Beruf?"

„Sie würden es toll finden, wenn ich jemanden treffen würde, der erwachsen ist. Was im Musikgeschäft nie passiert." Sie macht eine Pause. „Weißt du, ich schätze es, dass du dich interessiert zeigst und so, aber ich bin's bereits."

Pete ist sich hinsichtlich der Eskapaden ihrer Grammatik nicht sicher, meint aber, ihrem Gedanken folgen zu können.

„But when I hold your hand I know you couldn't be the way you used to be..."

„Großartiges Trompetenarrangement", sagt er, was nicht gerade zu den verführerischsten Dingen gehört, die er je gesagt hat.

Er lehnt sich langsam hinüber und küsst sie sanft, seine Augen geöffnet. Ihre Augen geschlossen. Er küsst sie noch einmal, immer noch sanft, zögernd. Sie legt ihre Hand um seinen Hals. Seine Hand gleitet zu ihrem Nacken, während sich die andere Hand über ihre Caprihose und weiter, unter der nicht hineingesteckten Bluse, zu ihrem Rücken schiebt. Ihre Küsse werden fordernder. Er stoppt, ändert den Rhythmus und beginnt mit einer Serie schneller Küsse.

„Ich möchte, dass du hier bleibst", sagt sie während einer der Pausen, ihre Lippen einen Zentimeter von seinen entfernt. „Wenn es dir nichts ausmacht, nur kuscheln und dann einschlafen."

Als ob es sich damit hat. „Klingt gut."

Der Mond um drei Uhr morgens

Pete lauscht dem Rhythmus des Regens auf der Feuerleiter. Die Badezimmertür öffnet sich und Licht fällt ins Zimmer, dann wird das Licht ausgeschaltet, und er hört Esmé zum Bett schleichen.

Sie trägt nichts außer ihrem weißen Höschen. Das erscheint Pete nicht gerade sehr klug, falls sie wirklich vorhat, nicht mit ihm zu schlafen. Ihre Brüste sind klein und wohlgeformt und zeigen über seinen Kopf und der Anblick erregt ihn.

Er streckt seinen Arm aus, als sie ins Bett schlüpft und ihren Kopf auf seine Brust legt. Er riecht Vanille-Bodylotion, atmet tief ein, nimmt den Duft auf. Ihr Bein rutscht über seins, dann bewegt sich ihr Knie in seine Leistengegend. Hier kann sie nicht ignorieren, wonach ihm der Sinn steht.

Sie hebt ihren Kopf von seiner Brust, küsst ihn kurz.

„Gute Nacht", sagt sie.

„Gute Nacht."

Sie nimmt ihr Bein weg, aber senkt ihren Kopf zurück auf seine Brust, legt den Arm auf seinen Bauch. „Macht es dir was aus, wenn ich mich an dich kuschele", sagt sie.

„Nein, natürlich nicht." *Ich stehe auf Folter.*

Er überdenkt seine Möglichkeiten. Die Adrenalinwelle der ersten Berührung ist verebbt, und der Alkohol lässt nach. Warum also kein Gentleman sein? Normalerweise fällt es ihm schwer, an eine Frau geschmiegt einzuschlafen, aber diesmal begrüßt er die Wärme. Er dreht sich auf seine rechte Seite und nimmt ihre linke Hand. Sie legt sich in Löffelchenstellung hinter ihn. Ihr weicher Oberschenkel drückt sich sanft an die Rückseite seines Schenkels. Er spürt ihren Atem im Nacken und er will sie, aber vielleicht, wenn er sich zunächst für ein paar Sekunden ausruht...

Plötzlich ist Pete wach. Er folgert daraus, dass er irgendwann eingeschlafen sein muss.

„Pete?"

Neben ihm ist ein schönes Mädchen, und das sind wunderbare Nachrichten.

„Hey."

„Hey."

Er erinnert sich an sie und an vieles der vergangenen Nacht, was nicht immer der Fall ist, und er entsinnt sich keiner besonderen Peinlichkeit, was ganz und gar nicht immer der Fall ist.

„Schau." sagt sie und zeigt zum Fenster. „Der Mond."

Der Regen hat aufgehört und verstreute Wolken ziehen von Süden herüber, dünne Zirruswolken schweben an den höheren, dunkleren Nimbuswolken vorbei und das ganze Bild wird durch den sonderbar strahlenden Vollmond dramatisch schattiert.

„Cool", ist das erste Wort, das ihm in den Sinn kommt.

Sie reicht ihm eine Flasche Wasser, aus der er dankbar trinkt. Sie sitzen an die Gitterstangen des Messingbetts gelehnt. Es überrascht ihn, dass es ihm ziemlich passabel geht.

„Was mich interessiert", sagt sie. „Warum bist du noch nicht verheiratet?"

Pete hat plötzlich ein Bild von sich vor Augen, wie er in der Mitte einer Straße steht, Fernlicht ist aus der Dunkelheit auf ihn gerichtet, ein Geweih auf seinem Kopf.

„Was ich meine", sagt sie, „ist, dass es mich überrascht, dass du es nicht bist. Du siehst aus wie jemand, der weggeschnappt werden würde."

„Als ich in einer Band war, wollte ich nicht heiraten."

„Und jetzt?"

„Und jetzt bin ich in keiner Band." Er reicht ihr das Wasser zurück.

„Hast du Kinder?"

„Nicht soweit ich weiß", sagt er und hofft, dass sie es als Witz versteht. Aufgrund ihres Gesichtsausdrucks fügt er hinzu: „Nein, keine Kinder."

„Freundin?"

„Nicht wirklich."

„Mit anderen Worten, du hast eine."

Er greift nach seiner Schachtel Camels und zündet sich eine Zigarette in dem Glauben an, einen möglichen schlechten Atem verbergen zu können. „Da ist dieses Mädel, das ich treffe, aber es ist nicht allzu ernst."

„FDF."

„FDF?"

„Freunde die ficken."

Er lächelt. „So was in der Richtung."

„Ein Typ wie du sollte eine Freundin haben." Sie nimmt einen großen Schluck Wasser, befeuchtet ihre Lippen. „Stimmt irgendwas nicht mit dir?"

„Nicht soweit du weißt."

Sie lacht. „Wann hattest du deine letzte ernsthafte Freundin?"

„Was?"

„Deine letzte ernsthafte Freundin?"

„Ernsthaft? Wahrscheinlich die in L.A."

„Was ist passiert?"

„Die Band musste weg aus L.A." Er drückt die Zigarette nach einem langen Zug aus.

„Und du hast keine Freundin gehabt, seit du vor etlichen Jahren hierher zurückgezogen bist?"

„Freundinnen, ja", sagt er. „Aber nichts Ernsthaftes."

„Warum nicht?"

„Habe keine kennen gelernt, die morgens um drei Uhr den Mond beobachtet."

Sie lächelt und stellt die Wasserflasche weg. „Gute Antwort. Aber ich wollte sowieso mit dir vögeln."

Sie beißt ihn leicht in den Hals, fängt dann an, sich von seiner Brust hinunterzuküssen, während ihre Hand leicht über seinen Bauch kratzt. Er küsst sie auf den Kopf und obwohl ihr Haar nach Rauch riecht, duftet es auch nach Shampoo und Parfüm, und die Mischung funktioniert. Sie bewegt ihre Fingerspitzen langsam kreisend über seinen Bauch, und er schließt die Augen und genießt die heilende Empfindung einer menschlichen Berührung.

Mit jedem Kreis tastet sich ihre Hand etwas weiter seinen Bauch hinunter und seine Entspanntheit verwandelt sich in Erregung. Er wickelt einen Arm um ihren Rücken, liebkost leicht die Rundungen ihrer Brüste, küsst ihren Nacken. Sie beißt in seine Brustwarze und haucht sie dann warm an und sein Bauch zieht sich fest zusammen. Er fährt ihr mit einer Hand durchs Haar.

Dann dreht sich ihr Gesicht zu ihm und ihre Lippen bewegen sich zu den seinen, und im selben Moment wandert ihre Hand in seine Boxershorts. Er umfasst ihren Oberkörper unter den Brüsten und dreht sie auf den Rücken, und sie drückt sich gegen ihn, als er über ihr ist.

Breakfast at Esmé's

Noch immer im Bett hebt Pete die aufgerissene Folienverpackung des Kondoms vom Boden auf: Natural X Lambskin. Nicht besonders wirkungsvoll gegen Geschlechtskrankheiten; mehr gegen Schwangerschaften, die Petes größte Sorge sind. Er legt die Folie in den Aschenbecher und fühlt sich deswegen wie ein vorbildlicher Übernachtungsgast.

Draußen regnet es und der Morgen ist sanftgrau. Pete hasste es, in der gleißenden Sonne von L.A. aufzuwachen. Als er für ein paar Monate in Venice lebte, kaufte er schwarze Vorhänge und strich die Wände seines Schlafzimmers schwarz. Das half seinem Schlaf, wenn auch nicht seiner allgemeinen Stimmung.

Esmé ist hinter ihm in der Küche und trägt den weiß-blaugestreiften Pyjama, den sie letzte Nacht vergessen hatte anzuziehen. Schinken und Toast und Kaffee und andere Wohlgerüche wehen zu ihm herüber.

„Möchtest du etwas Orangensaft?", fragt sie.

„Hab ich Zeit für eine kurze Dusche?"

„Sicher. Diese Omelettsache scheint fürchterlich schief zu laufen."

Er stellt das Wasser so heiß ein, wie er es für einige Minuten aushalten kann und dreht dann für etwa eine halbe Minute einen kalten Strahl auf, sein morgendliches Standardprogramm zum Wecken der

Lebensgeister. Danach putzt er sich mit einem Interplak-Gerät die Zähne.

Esmé sieht schön aus ohne Make-up und sie benimmt sich nicht merkwürdig wegen des Geschlechtsverkehrs letzte Nacht. Pete ist für beides dankbar. Das Essen ist gut, und sie reden über die normalen kleinen Dinge des Lebens wie Filme und Bücher und einen Artikel in der *Seattle Weekly,* in dem Microsoft durch den Dreck gezogen wird.

Als sie im Badezimmer ist, schreibt er ihre Nummer von dem Telefon ab, das an der Küchenwand hängt. Aus alter Gewohnheit mag er diese Vorgehensweise lieber, als nach der Telefonnummer zu fragen, da sie das Überraschungsmoment wahrt, falls er sich entschließt anzurufen.

An der Tür küssen sie sich zum Abschied. Falls sie es merkwürdig findet, dass er nicht nach ihrer Nummer gefragt hat, zeigt sie das nicht.

„Danke für das Frühstück."

„Jederzeit."

„Morgen?"

Sie lacht.

Draußen hat es aufgehört zu regnen und der Himmel klart auf. Die Sonne scheint über Beacon Hill und glitzert in den nassen Straßen und Pete wünscht sich, dass er seine Ray-Ban dabei hätte, aber es ist leicht, seine Sonnenbrille zu vergessen, wenn man in Seattle wohnt.

An der Ecke Second und Cherry macht er halt, um tief einzuatmen, und er schaut Richtung Westen auf die Elliot Bay und den weißen Morgenmond, der über den Olympic Mountains hängt. Ein vages Gefühl der Ruhe und Zufriedenheit überkommt ihn, und wieder einmal wird sein Glaube an die erlösende Kraft der Leidenschaft bestätigt. Er hört Geräusche und schaut zu einem Werbeflugzeug auf, das über Elliot Bay eine steile Kurve zum Landeanflug auf den Sea-Tac Airport dreht, und das erinnert an The The, *„You watch* *a plane flying across the clear blue sky, this is the day your life will surely change...*"

Er fragt sich, ob er gerade seine zukünftige Braut kennen gelernt hat, und die Möglichkeit beunruhigt ihn, doch er schüttelt es ab und genießt einfach die Begeisterung am Morgen danach. Er denkt sich, dass er, selbst wenn er sie niemals wieder sehen sollte, zumindest diese Begeisterung fühlt, und das ist es wert.

Sichtbare Verletzungen

Amber begutachtet zusammen mit Carrie Findley-Orness, ihrer Anwältin, ein großes lilafarbenes Dinosaurierplüschtier, als Pete mit Scott den Konferenzraum betritt. Amber legt den Dinosaurier weg.

Pete streckt seine Hand aus. „Pete Tyler."

Amber steht auf und schüttelt seine Hand. Sie ist recht groß, ziemlich dünn und trotz dunkler Ränder unter den Augen beinahe schön. Ihre zerrissenen Levi's sind ausgebeult und ihr T-Shirt ist eng und sie trägt keinen Büstenhalter, was Pete daran erinnert, dass sie noch über die Kleidung im Gerichtssaal sprechen sollten.

Scott stellt sich nach Pete vor.

„Besser bekannt als die taktlosen Zwillinge", scherzt Carrie und erntet ein Lächeln von Amber.

Sie sitzen alle am Konferenztisch, umgeben von Stofftieren und Spielzeug und auch von Videogeräten, mit denen die Kinder bevorzugt spielen.

„Wie Ihnen Carrie vermutlich schon erzählt hat", sagt Pete und versucht, nicht zu förmlich zu klingen, „sind wir die stellvertretenden Staatsanwälte, die diesen Fall bearbeiten."

„Sie sagte, dass ihr die Besten seid."

„Dem muss ich zustimmen", trägt Scott bei.

Pete erläutert die Vorgehensweise in dem Fall, differenziert zwischen der Realität und dem, was man aus Fernsehserien kennt, und schließt ab, indem er feststellt, er hielte ein Schuldeingeständnis für möglich.

„Also wollt ihr einen Deal anbieten?"

„Haben wir bereits."

„*Habt* ihr?" Amber schaut zu Carrie, zu Scott, dann zurück zu Pete.

„Er wurde abgelehnt", sagt Pete. „Carrie hätte sich mit dir in Verbindung gesetzt, wenn er angenommen worden wäre. Wir versuchen, die Opfer darüber zu informieren, was geschieht, doch in Wirklichkeit müssen wir taktische Entscheidungen wie diese selbst treffen."

Carrie lächelt zu Amber herüber. „Siehst du, ich habe dir doch erzählt, dass diese Typen großartige Staatsdiener sind." Das bringt Amber zum Lachen, und Pete ist für Carries Anwesenheit dankbar.

„Wir würden wirklich gern hören, was du zu sagen hast", wendet sich Pete an Amber.

„Ihr wollt wissen, was ich will?"

„Ja."

„Ich will eine *Entschuldigung.*"

Als er dies die ersten Male in Vergewaltigungsfällen hörte, war Pete überrascht, doch inzwischen ist er das nicht mehr. „Wir könnten das wahrscheinlich in einen Deal mit einarbeiten. Falls es dazu kommt."

„Ich kann nicht glauben, dass er das *leugnet.* Ich meine, zuerst war ich mir wirklich nicht sicher, ob ich zur Polizei gehen sollte, aber als ich dann hörte, dass er *gelogen* und über mich gelogen hat und einfach... ein Wichser ist."

Pete nickt.

„Er weiß, was er getan hat", fährt sie fort. „Denkt er nicht, dass das falsch war, oder was?"

„Zuerst erzählte er dem Detective, ihr hättet nie Geschlechtsverkehr gehabt..."

„*Lügner.*"

„Und später erzählte er dann dem Detective, ihr hättet Geschlechtsverkehr gehabt, er habe aber aufgehört, als du ihn gebeten hast, ein Kondom zu benutzen und er keins finden konnte."

„Das Komische ist, er tat es. Er hörte auf, um ein Kondom überzuziehen, und da lief ich hinaus. Aber es stimmt nicht, dass er keins finden konnten – die lagen überall in der Wohnung herum."

„Warum erzählst du uns nicht, was passiert ist", sagt Pete, „und fängst ganz von vorne an, als du ihn im Breakroom gesehen hast."

Das tut Amber, und die Geschichte stimmt einigermaßen gut mit dem überein, was sie Detective Tuiaia erzählte, und das ist ein gutes Zeichen. Als sie zur Vergewaltigung kommt, fängt sie an zu weinen, wobei sie nur ein wenig weint, und sie schildert alle Details, und Pete drängt sie nicht, denn das ist nicht der richtige Zeitpunkt dafür.

Nachdem sie fertig ist, sagt Pete: „Die Geschworenen werden dich mögen, und sie werden dir glauben."

Amber schaut auf. „Denkst du das wirklich?"

„Ja." Er sagt das häufig, aber hier glaubt er, dass es wahr ist.

Scott und Carrie nicken beide zustimmend.

„Unser Fall ist schwierig", sagt Scott.

„Ist es kein Problem, dass ich eine Weile gewartet habe, bis ich zur Polizei ging?"

„Das ist nicht ungewöhnlich", sagt Scott. „Und das Gute ist, dass die Verletzungen an deinen Beinen immer noch sichtbar waren, als du beim Arzt warst. Der Bluterguss ist auf den Polaroids deutlich zu erkennen."

Pete streckt seine Hand nach Amber aus, berührt sie aber nicht wirklich. „Ich möchte dich um etwas bitten."

„Okay."

„Bitte sprich mit niemandem über das, was von jetzt an bis zur Gerichtsverhandlung geschieht. Ich weiß, das ist eine Sache, über die du mit Freunden reden möchtest, aber tu es nicht. Und rede insbesondere nicht mit irgendwem aus der Musikszene darüber."

„Warum nicht?"

„Es ist das Beste, wenn du mit *niemandem* darüber sprichst. Es könnte unserer Position schaden."

„Jemand von *The Stranger* hat angerufen."

„Oh Gott, und rede bloß nicht mit irgendwem von den Medien. Vertraue mir hier. Rede mit niemandem. Es ist deine Entscheidung", erinnert er sich hinzuzufügen. „Aber mach es nicht."

Sie schaut ihn an. Er schaut zurück. Er will aus zwei Gründen nicht, dass sie darüber redet: erstens, auch jemand, den sie als Freund ansieht, kann ein nachteiliger Zeuge werden, wenn sie ihm etwas erzählt, das in irgendeiner Weise anders ist, als das, was sie der Polizei erzählt hat, und je öfter eine Geschichte erzählt wird, ganz gleich wie wahr sie ist, desto wahrscheinlicher wird es, dass sich die Einzelheiten verändern; und zweitens, sie würde die Emotionen verlieren, wenn sie weiterhin darüber redet, und er will, dass sie vor den Geschworenen weint, er will, dass sie schluchzt, er will, dass der Schmerz der Erinnerung, die sie wochenlang für sich behalten hat, sie vollkommen fertig macht.

„Okay", sagt sie. „Vielleicht besser so."

Nachdem Carrie Amber hinausgeführt hat, dreht sich Scott zu Pete. „Also, wer von uns wird sich mit ihr verabreden, wenn das alles ausgestanden ist?"

„Sie ist noch nicht mal einundzwanzig. Wahrscheinlich weiß sie nicht mal, wer das Brat Pack war."

„Wer?"

Pearl Jam vs. Nirvana

„In der Nacht hätte ich nicht mit dir schlafen sollen“, sagt Esmé, als Pete ihr die Tür des Volvos öffnet. „Was bin ich nur für eine Schlampe.“

Er schließt die Tür und lächelt sie durch die Windschutzscheibe an, als er um das Auto zur Fahrerseite geht. Er ist nervös, was er seit Jahren bei keinem Date mehr war, und fragt sich, ob es daran liegt, dass er sie beeindrucken sollte oder einfach an dem Druck, den er dadurch aufgebaut hat, dass er in jedem Date einen potentiellen Lebenspartner sieht.

Esmé trägt einen blauen Rock, ein weißes Männerhemd und eine lange Perlenkette. Zarter Lidschatten und Wimperntusche, dunkelroter Lippenstift. Pete ist erleichtert, dass sie genauso attraktiv ist wie in seiner Erinnerung.

„Seit dem College habe ich nicht mehr in der ersten Nacht mit jemandem geschlafen“, sagt sie, als er in den Wagen steigt.

Er fragt sich, ob sie beabsichtigt, ihm die heutige Nacht vorzuenthalten.

„Ich bin froh, dass du angerufen hast. Obwohl ich solche Sachen nicht sagen sollte.“

„Die ‚Regeln‘?“

„Ja, und ich hätte auch nicht auf den ersten Abend eingehen sollen, den du vorgeschlagen hast“, sagt sie. „Aber ich habe für solche Spielchen wirklich keine Zeit.“

„Der springende Punkt in dem Buch ist, einem Kerl *vorzutäuschen,* dass er dich will?", sagt er, als er in die First Avenue einbiegt.

„Im Wesentlichen, ja."

„Ich muss sagen, ich kann wirklich nicht verstehen, warum man jemanden täuschen sollte. Wird das in dem Buch nicht irgendwann klargestellt?"

„Ich glaube, die Logik ist, dass Männer emotional zu weit zurückgeblieben sind, um zu verstehen, was sie empfinden."

„Oh." *Kann man nicht wirklich abstreiten.*

Für ein Date wählt Pete die Musik im Auto normalerweise sehr sorgfältig aus, denn Musik ist der Schlüssel zur Stimmung – einschließlich seiner eigenen. Er entscheidet sich gewöhnlich für etwas Semi-Alternatives, aber nichts zu schrilles. *Nirvana Unplugged* kriegt heute Abend den Zuschlag.

„Also, was ist der Plan?", fragt Esmé.

Obwohl Pete laufend Dates hat, ist er dabei nicht sonderlich einfallsreich. Er tendiert zu einem Film, dann Dinner und Drinks und dann Sex – oder vielleicht ein Livekonzert im Crocodile und dann Dinner und Drinks und dann Sex.

„Dinner", sagt er. „Drinks."

„Ich hatte mal ein Date mit einem Typen, der ein paar Liter Canadian Club kaufte, und wir fuhren mit der Fähre zwischen Bainbridge und Elliot Bay hin und her und tranken."

„Machst du Witze?"

„Nein."

„*Ich* machte das bei meinen Dates im College."

„Jetzt machst *du* aber Witze."

„Nein, ist aber eine Weile her."

„Na ja, bei mir war es letztes Jahr, und der Typ war um die dreißig."

„Musiker?"

„Natürlich."

Sie kommen am Lusty und seiner Hinweistafel vorbei, auf der heute Abend zu lesen ist:

IMMER GEÖFFNET, NIEMALS GESCHLOSSEN

„Ich habe das schon mal gesehen", sagt Esmé.

„Wenn sie gerade nichts Aktuelles haben, hängen sie das auf."

„Manchmal sind sie sehr clever."

„Einige stammen von Tänzerinnen." Pete beschließt, Winter nicht zu erwähnen, die ein paar Kleinodien verfasst hat. „Was ist das Erste, was eine Tänzerin am Morgen sagt?"

„Was?"

„Das ist ein Witz. Was ist das Erste, was eine Stripperin am Morgen sagt?"

„Keine Ahnung. Was?"

„In welcher Band warst du noch mal?"

Esmé schenkt ihm einen kleinen Lacher.

Während des Applauses zwischen „About A Girl" und „Come As You Are" fragt Esmé: „Wen magst du lieber – Nirvana oder Pearl Jam?"

Da haben wir's.

Pete hatte auf diese Frage geradezu gewartet. Ein Einheimischer muss sich entscheiden, selbstverständlich, und die Antwort hat die gleiche Bedeutung wie bei der klassischen Sechzigerfrage: „Beatles oder Stones?"

„Take your time, hurry up, the choice is yours..."

„Okay", sagt er. „Nirvana."

„Pearl Jam."

Pause.

„Eddie Vedder hat mehr Sexappeal als Kurt Cobain", erklärt Esmé. „Vor allem, weil er noch am Leben ist."

Pete fragt sich, ob diese Meinungsverschiedenheit später wie ein verborgener Riss zwischen ihnen stehen könnte. Er muss aber anerkennen, dass sie das Leben dem Tod vorzieht.

From Both Sides Now

Das El Gaucho ist eines der wenigen Restaurants in Seattle mit Valet Parking, sodass Pete einen weiten U-Turn macht, um es zu nutzen. Der Parkwächter ist um die zwanzig und hat einen Spitzbart und ist – nicht überraschend – in einer Band.

Sara, die Empfangsdame, eine modische und hübsche Studentin am Seattle Art Institute, begrüßt Pete mit Namen und nimmt Esmé den Mantel ab. Sie führt sie durch einen dunklen offenen Raum, der sich mit seinem Blau und Schwarz von den strahlend weißen Tischdecken absetzt. Sie werden in Petes Lieblingsnische platziert, die erste in der oberen Etage, an der Nordwand.

„Was möchten Sie trinken?", fragt Sara Esmé.

„Wodka Martini, bitte."

Sara nickt und wendet sich zu Pete. „Ich werde Ihrem Kellner sagen, dass er Ihnen einen Johnnie Walker Black bringt, es sei denn, Sie mögen lieber einen Single Malt?"

„Laphroaig, bitte." *Als wenn Gott in deinen Mund spuckt.*

Esmé schaut sich um. In der Bar spielt der Pianospieler ein Stück von Gershwin, das Pete aber eher mit den Zombies in Verbindung bringt, als die Flammen aus der offenen Küche einen orangen Schein werfen.

„Es kommt nicht oft vor, dass ich in Restaurants gehe, wo niemand auf der Toilette fixt", sagt Esmé.

„Sei dir nicht so sicher, dass sie es hier nicht tun." Pete erinnert sich an Rose, KOTZENDES MÄDCHEN VON AMAZON.COM. „Wann bist du noch mal vom College runter?"

„Vor vier Jahren."

„Du musst mich entschuldigen, falls ich einige Fragen stelle, die ich dir schon in jener Nacht gestellt habe", sagt er. „Ich war ein wenig betrunken."

„Verstehe ich vollkommen." Sie macht eine Pause. „Wie war noch mal dein Name?"

Sara geleitet ein weiteres Pärchen an einen der Tische, lächelt im Vorbeigehen Pete an.

„Bringst du viele deiner Verabredungen hierher?", fragt ihn Esmé.

Ja. „Eigentlich nicht."

„Bist du mit der Empfangsdame ausgegangen?"

„Nein, sie hat einen Freund."

„Also hast du es probiert?"

Es überrascht ihn, wie leicht er in ein Kreuzverhör geraten ist.

Für gewöhnlich hat Pete an diesem Punkt eines Dates folgenden Plan: Soviel wie möglich von ihr erfahren, so wenig wie möglich von sich preisgeben und entscheiden, was er bereit ist zu tun oder zu sagen, um mit ihr zu schlafen.

In diesem Fall hat er jedoch bereits mit ihr geschlafen und entgegen seiner Erfahrung hat das sein Verlangen eher gesteigert als gemindert.

Und was ist mit der Heiratsidee?

„Was?", sagt sie.

„Was?"

„Der Gesichtsausdruck, den du gerade hattest", sagt sie. „Worüber hast du nachgedacht? Du hast *besorgt* ausgesehen."

„Oh, nein, ich habe nur an die Arbeit gedacht." Pete merkt zu spät, dass das die falsche Notlüge war.

„Ich habe diese Woche im Büro ein paar Diskussionen über Keith Junior angezettelt. War nicht schwer, das zu tun. Jeder hat eine Meinung."

Pete lehnt sich herüber. „Und, was sagen seine Freunde?"

„Tja, es ist interessant." Sie lehnt sich auch herüber und fährt mit gedämpfter Stimme fort. „Einige reden natürlich darüber, was für eine psychotische Schlampe sie ist. Aber ich habe mit Meg gesprochen, die ihn sehr gut kennt, und sie denkt, dass er weiß, dass er Scheiße gebaut hat. Sie sagt, er will nur, dass das Ganze vorbei ist."

„Ein Schuldeingeständnis?"

„Ich weiß nicht. Sie sagt, dass Keith wahrscheinlich nicht glaubt, dass es Vergewaltigung genannt werden sollte, auch wenn es das war, falls das Sinn macht?"

„Macht es."

„Ich versuche nicht, für dich zu spionieren oder so was, aber ich dachte, du würdest das wissen wollen."

Pete nickt, überlegt.

Die Drinks kommen und Pete und Esmé lehnen sich zurück. Der Kellner weist schnell auf die Empfehlungen des Tages hin. Esmé beginnt mit einem Salat und nimmt eine Vorspeise, danach die Krebskuchenpastete als Hauptgericht. Pete ist in New-York-Steak-Laune, glaubt, dass eine Dosis Steroide gelegentlich nicht schaden kann.

Esmé nippt an ihrem Martini, hinterlässt einen Lippenstiftrand auf dem Glas, ein Bild, an das er sich aus ihrer ersten Nacht erinnern kann.

„Ich fühle mich hin und her gerissen", sagt sie. „Einerseits bin ich Frauen gegenüber eine Verräterin, wenn ich nicht auf Ambers Seite bin, anderseits bin ich gegenüber Sub Pop und der gesamten Kunst eine Verräterin, wenn ich auf der Seite eines Staatsanwalts bin. Verstehst du?"

„Ich verstehe."

„Aber ich denke, dass Menschen Verantwortung für ihr Leben übernehmen sollten, für das, was sie tun. Auch Musiker. Also kann ich deine Position respektieren – du hast den Erwachsenen zu spielen. Unglücklicherweise mögen eine Menge Leute, die wir beide kennen, keine Erwachsenen." Sie lächelt. „Obwohl ich das tue."

„Wusstest du, dass ich fast vierzig bin?"

Night in White Satin

„Es schneit", sagt Sara und hält Esmés Mantel.

Pete erwartet matschige Regentropfen, die Schneeflocken sein sollen, als er mit Esmé nach draußen geht. Doch stattdessen bedeckt eine dünne Schicht Weiß die Welt und wohlgeformte Schneeflocken wirbeln herum.

„Das ist *verrückt*", sagt Esmé.

Pete reicht dem Parkwächter sein Ticket.

„Das ist *so* cool." Esmé hebt ihr Gesicht den fallenden Flocken entgegen.

Es ist nicht viel Verkehr, und die wenigen Autos auf der Straße fahren langsam, die Strahlen ihrer Scheinwerfer leuchten ins Weiß.

Esmé beginnt sich zu drehen, die Arme gestreckt, den Kopf zurückgeworfen. In diesem Moment ist Pete vollkommen überwältigt von ihr.

Der Volvo fährt herauf, die Nebelscheinwerfer lodern. Esmé hört erst auf, sich zu drehen, als der Parkwächter die Beifahrertür für sie öffnet.

„Ist das nicht großartig?", sagt sie zum Parkwächter.

„Das Fahren ist ein bisschen knifflig."

Pete mustert seinen Volvo kurz auf Schäden, bevor er ein Trinkgeld gibt.

Everclears „I Will Buy You A New Life" läuft auf 107.7 FM – der Parkwächter hat offenbar ordentlich gerockt.

„Ich kann es nicht fassen, dass Everclear diese schwachsinnige

GAP-Werbung gemacht haben", sagt Esmé. „Ist ja nicht so, dass sie das Geld brauchten."

„Vielleicht ist es eine Art Altersvorsorge."

„Trotzdem ist es peinlich."

„Ich kann auf CD umschalten Radio zu hören, ist immer riskant. Du hast keine Kontrolle über den nächsten Song."

„Das ist ein aufschlussreicher Kommentar."

Er erhöht die Geschwindigkeit, als sie die First Avenue hochfahren, die Schneeflocken kleben auf der Windschutzscheibe, bevor sie weggewischt werden. Everclear geht über in „Dammit" von Blink 182 mit der Passage *„so this is growing up"*, die Pete als Omen auffasst.

„Schnee im Frühling", sagt Esmé. „Glaubst du, dass das was mit dem nahenden Ende des Millenniums zu tun hat? Hat es so was jemals zuvor gegeben?"

Pete stellt das Autoradio leiser, zieht sein Handy aus der Halterung und gibt die Nummer seiner Mutter ein.

„Hallo?"

„Hi, Mutter. Es schneit in der Innenstadt."

„Hier auch. Es ist nett, aber es wird die Rhododendren vernichten."

„Wann hat es das letzte Mal im Frühling geschneit?"

„Wir waren im College..." Das *wir* sind sie und sein Vater. „Ich glaube, es war 1959. Wir dachten, es hätte etwas mit der Atombombe zu tun."

„Neunzehnhundertneunundfünfzig", sagt Pete zu Esmé.

„Wer ist bei dir?", fragt seine Mutter.

„Eine Verabredung."

„Wer?"

„Muss weiter, Mutter. Wollte nur hallo sagen."

„Fahr vorsichtig."

Pete steckt das Handy zurück.

„Das war nett von dir, deine Mutter anzurufen."

„Sie mag es, wissenswerte Kleinigkeiten über Seattle zu erzählen.

Sie kann dir den Namen jedes Hotels in Seattle sagen, bevor es von den großen Ketten aufgekauft wurde. Das Olympic, jetzt das Four Seasons. Das Plaza, jetzt das Westin. Alle. Sie ist sehr nostalgisch in Bezug auf Seattle."

„Also daher hast du es."

„Was?"

„Die Nostalgie?"

„Hey, scheint, als wären alle nostalgisch heutzutage – alle wollen auf etwas *zurück*greifen."

Pete dreht das Radio lauter, als sie am alten Vogue-Hotel vorbeifahren, auch bekannt als Vague. Er erkennt nicht, welche Band auf Blink 182 folgt und schaltet daher auf den CD-Player um, Disc 5, R.E.M.'s *Eponymous.*

„Willst du das Radio nicht mehr riskieren?"

„Nein. Weiß nie, wann sie den Prince-Song spielen."

Er schlittert um eine Kurve auf die Virginia und dann rechts auf die Fifth Avenue unter den Schienen der elektrischen Hochbahn hindurch. Mit ihren Lichterketten wirken die Äste der Bäume auf der Fifth wie Spinnen, und die Straße ist leer und weiß, ganz ohne Fahrspuren lädt sie zur Weiterfahrt ein.

Esmé tippt mit dem Fuß, als Michael Stipe singt – *„gardening at night..."* und was immer auch sonst er darüber murmelt. Pete mag es, dass sie der Musik zuhören und einfach den Moment genießen kann.

Sie fahren die Straße in der Mitte hinunter, vorbei an Niketown und Eddie Bauer und dem Vintage Park, und dann hat Pete eine Idee. Er biegt links in die Seneca ein, dann noch mal links auf die Sixth und fährt zurück zum Camlin Hotel.

Der alte Fahrstuhl riecht nach Holzpolitur. Im Cloud Room im Dachgeschoss spielt ein neuer Pianospieler ein Stück, das Pete nicht richtig unterbringen kann. Er hält an, um zuzuhören. *„...and he likes to sing along, and he likes to shoot his gun, but he don't know what it means..."*

Pete ist über den musikalischen Missbrauch von Nirvana entsetzt, doch Esmé lacht, und so tut er es auch. Sie gehen zur Bar und er ordert einen Scotch für sich und einen Martini für sie.

Sie nehmen ihre Drinks mit nach draußen auf die Terrasse und gehen durch den Schneematsch zur Nordmauer, von wo aus sie die Space Needle blicken, auf Queen Anne Hill, Lake Union und die Brücke des Interstate 5, auf dem überhaupt kein Verkehr ist. Die Schneeflocken lassen sich langsam treiben, funkeln ein paar Meter über ihnen im Licht des Daches. Die Stadt ist auf unheimliche Weise still.

„Wo hättest du lieber ein Haus?", fragt Esmé. „Queen Anne mit Blick auf die Elliott Bay? Oder auf der Südostseite von Queen Anne mit Blick auf die Innenstadt und den Lake Union? Oder vielleicht in Ballard mit Blick auf Puget Sound? Oder in Fremont mit Blick auf den Kanal? Oder wie wäre es mit Laurelhurst oder Leschi mit Blick auf den Lake Washington?"

„Ein Loft in der Innenstadt", sagt er.

„Ich meine in fünf Jahren. Du bist verheiratet. Und du hast Kinder."

„Was?"

„Keine Panik, nur hypothetisch. Du bist verheiratet und hast Kinder."

„Jungen oder Mädchen?"

„Zwei Mädchen und einen Jungen."

„Okay."

„Wo wäre euer Haus?"

„Ich weiß nicht. Ich weiß nicht, wo das sein könnte."

Ihr Atem kommt in Wolken heraus, die herumtreiben und sich vermischen, bevor sie sich in der weißen Luft auflösen.

Angst vor der Couch

Esmé setzt sich auf Pete, eine Hand bleibt auf seiner Brust, während die andere ihn in sie einführt. Sie atmet scharf, schließt ihre Augen und bewegt ihre Hüften zu „Sweet Child O' Mine". Obwohl Guns N' Roses' *Appetite for Destruction* nicht Petes üblicher Wahl stimmungszündender romantischer Musik entspricht, funktioniert sie im Feldversuch gut. Während „Mr. Brownstone" knutschten sie, ihr Vorspiel wurde heftiger, als „Paradise City" anfing, und er war genau zum ersten Riff von „Sweet Child O' Mine" in ihr.

Esmés Kopf dreht sich von einer Seite zur anderen, Perlen schaukeln quer vor ihren Brüsten – *„where do we go, where do we go, oh where do we go now"* – und Pete bewundert das Bild, wie sie da von den gegen das Fenster hinter ihr wehenden Schneeflocken angestrahlt wird. Pete denkt an das Motto von Neal Cassady, „Sex ist die einzige heilige und wichtige Sache im Leben", und es scheint wahr in diesem Augenblick, insbesondere angesichts Petes Überzeugung, die da lautet: Sex = Musik = Sex = Musik.

„Gott."

„Gott, ja."

„Gott *verdammt.*"

„Verdammter *Gott.*"

Pete hofft, dass er nicht in der Hölle schmoren wird.

Danach liegen sie zusammen auf der dem Fenster zugewandten Seite des Futons, und Esmé legt ihren Kopf auf seine Brust und sie schauen zu, wie der wirbelnde Schnee das Weiß draußen wachsen lässt, während das Album mit „Rocket Queen" ausklingt.

„Hör mal, was für ein sentimentales Kind Axl sein kann", sagt Esmé. „Ich glaube, der Song wurde für irgendein Küken aus L.A. mit dem Namen Barbie Van-so-und-so geschrieben." Sie schweigt für das Songende.

„...Don't ever leave me, say you'll always be there. All I ever wanted was for you to know that I care."

„Er hat wahrscheinlich mit ihr Schluss gemacht, als das Album herauskam", sagt Esmé.

„Der Song funktioniert noch immer. Hört sich an, als hätte er es ernst gemeint, als er das gesungen hat."

Esmé setzt sich auf, nimmt einen Schluck aus der Wasserflasche, sagt dann: „Bist du gerne Anwalt?"

„Ja, ich mag das Geschichten erzählen. Und ich mag es, etwas zu machen, was ich gut kann und das wichtig zu sein scheint." Er nimmt die angebotene Flasche und trinkt. „Aber ich war in meinen Zwanzigern noch nicht dazu bereit. Ich war für *nichts* bereit in meinen Zwanzigern."

„Ich würde dich gern mal vor den Geschworenen sehen."

„Ohne Gitarre sehe ich nicht so cool aus."

Esmé zündet sich eine Zigarette an. Der Rauch steigt langsam aus ihrem Mund. „Ich muss dir was gestehen."

Herpes?

Pete stellt das Wasser ab und greift nach seinen Camels. Esmé gibt ihm die Streichhölzer. Er zündet eine an.

„Ich sollte im Herbst anfangen, Jura zu studieren."

Schlimmer als Herpes.

„Macht man nicht genau das", fährt sie fort, „wenn man nicht weiß, was man mit seinem Leben anfangen soll?"

„Ist das dein Ernst? Du wirst wirklich Jura studieren?"

„Na ja, ich vermute schon."

„Was meinst du damit, du vermutest?"

„Ich bin eingeschrieben."

„Wo?"

„In Yale bin ich angenommen worden. Und auch an der UW. Aber ich glaube, falls ich es mache, sollte ich es auch richtig machen und nach Yale gehen. Ich habe gehört, dass die juristische Fakultät der UW ziemlich scheiße ist.

„Das ist dein Ernst?"

Esmé nickt. „Deshalb bin ich wie ein verzweifeltes Flittchen in diese Sache mit dir geraten."

„Jurastudium." Er schüttelt den Kopf.

„Die Sache ist, ich will *wirklich* keine Anwältin sein. Zumindest denke ich das." Sie nimmt einen Zug von ihrer Zigarette. „Ich weiß, dass es nicht so ist wie bei Ally McBeal oder so, aber ich weiß auch nicht, wie es *wirklich* ist."

Pete nimmt sich einen Augenblick Zeit, um sich Calista Flockhart nackt vorzustellen.

„Es kommt drauf an", sagt er schließlich. „Für welches Rechtsgebiet interessierst du dich?"

„Keine Ahnung."

„Irgendeine Idee?"

„Nein, ich weiß ja nicht mal, ob ich Anwältin werden will."

„Na ja, da gibt es noch andere Dinge, die du mit einem Abschluss der Rechtswissenschaften machen kannst. Barkeeperin, zum Beispiel."

Esmé lacht. „Ich beneide unsere Eltern", sagt sie plötzlich. „Die wussten, wie es zu laufen hatte."

„Obwohl es nicht immer funktionierte."

„Stimmt."

Die Decke ist genau bis zu Esmés Bauch heruntergerutscht, und Pete bewundert ihren Körper. Er legt seine Zigarette in den Aschenbecher und beugt sich herunter und gibt ihr einen kurzen Kuss auf eine Rippe direkt unter ihrer Brust.

„Ich denke darüber nach, zurück zu meinen Eltern zu ziehen, um Geld zu sparen, bevor ich auf die Uni gehe", sagt sie und gleitet mit ihren Fingern durch sein Haar. „Ich liebe Seattle und ich hasse den Gedanken, von hier wegzugehen. Ich wünschte, ich hätte einen guten Grund, um zu bleiben."

Er küsst sie, versucht die Unterhaltung zu beenden.

Sie unterbricht den Kuss. „Ich kann mir nicht helfen, aber schau dir mal die Minimalausstattung hier an."

Pete ist sich nicht sicher, was sie nun damit bezwecken will, ahnt aber eine Falle.

„Kannst dich nicht mal für eine Couch entscheiden, oder?", sagt sie.

Er lächelt, denn was kann er darauf schon erwidern?

This Song is About You

„Blowjob", sagt Scott, „aber kein Geschlechtsverkehr."

„Würdest du bitte den gottverdammten Fall finden?"

„Ich suche."

Pete und Scott sind in der Gerichtsbibliothek im zehnten Stock, und Pete sitzt an einem Computerterminal und schlägt Fälle im Westlaw-Recherchesystem nach. Sie sind umgeben von Hunderten Wälzern mit Gesetzen und Urteilen, die jedoch größtenteils nur der Atmosphäre dienen, da es effizienter ist, am Computer zu recherchieren. Aber wenn der Drucker, so wie heute, defekt ist, sind die staubigen, alten Bücher sehr praktisch. Im Computer findet Pete die Fundstelle des Falls, und Scott schnappt sich dann den abgedruckten Text.

„Wir sind in eine Diskussion geraten, die länger als eine Stunde dauerte", fährt Scott fort, als er die Regale flüchtig überfliegt.

„Über die Sache, dass sie nicht mit dir schlafen wollte?"

„Nein, über einen Song von Carly Simon, ‚You're So Vain'. Du weißt schon, der geht so: *‚You're so vain, you probably think this song is about you'*. Nun, wie kann es Einbildung sein, wenn der Song tatsächlich über *ihn* war? Was er auch war! Die ganze gottverdammte Diskussion kam direkt aus einer *Seinfeld*-Episode."

„Kein Wunder, dass sie nicht mit dir vögeln wollte."

„Hab's gefunden", sagt Scott und zieht ein Buch aus einem der unteren Regale.

Pete gibt einen neuen Suchbegriff in den Computer ein. Sie haben einen Antrag von Sundfell erhalten, der die aufgenommene Aussage für unzulässig erklären will, weil Detective Tuiaia vergessen hatte, die Miranda-Rechte mit auf das Tape zu sprechen. Der Detective hatte dem Angeklagten die Miranda-Rechte vorgelesen, sowohl in seinem Apartment als auch auf dem Polizeirevier, kurz bevor die Aussage aufgezeichnet wurde, doch in Sundfells Antrag wird die Auffassung vertreten, die Miranda-Rechte müssten nicht nur vorgelesen, sondern auch *in die Aufzeichnung einbezogen werden.*

„Wir sind dermaßen am Arsch", erklärt Scott.

„Wie?"

„Der Hurensohn hat Recht. Die Miranda-Rechte müssen auf dem Tape sein."

„Oder?"

„Oder wir sind am Arsch."

„Steht das in dem Urteil? ‚Oder die Staatsanwaltschaft ist am Arsch'?"

„Ja, das steht im Leitsatz. Es ist allerdings eher ein in Einzelgesetzen als ein in der Verfassung normierter Verstoß, also könnten wir die aufgezeichnete Aussage unter 613 zusammen mit dem *Belgarde*-Fall für die Anklage verwenden."

„Zeig mal her."

Scott reicht Pete die Fallsammlung. „Jedenfalls wird sie nicht mit mir vögeln, weil, Zitat, ‚Wir nie etwas zusammen machen', Zitat Ende. Und das ist es, wo unsere Diskussion irgendwie endete, *nachdem* wir eine gottverdammte Stunde über Carly Simon diskutiert hatten. Kennst du das Programm? Wenn sie dir nicht erzählen will, worüber sie eigentlich diskutieren möchte, und unerwartet platzt sie damit heraus, und auf einmal wird dir klar: *Oh, darum geht es also.*"

„Machst du", sagt Pete, während er den Fall überfliegt, „etwas mit ihr zusammen?"

„Meistens bin ich einfach nur zu ihr nach Hause, und wir hingen rum und haben Videos geguckt und uns betrunken, und ich befummelte sie und bettelte, bis sie mich zufrieden stellte."

„Und warum mault sie rum?"

„Ich weiß es nicht." Scott sitzt auf dem Konferenztisch. „Sie ist Kellnerin und Künstlerin. Sie war Stripperin. Sie ist also nicht gerade eine Debütantin."

„Du könntest doch versuchen, ihr etwas Zuneigung und Respekt entgegenzubringen", sagt Pete ohne aufzusehen.

„Bist *du* plötzlich der gottverdammte Experte?"

„Ich habe schon mehr Beziehungen in den Sand gesetzt, als du jemals haben wirst."

„Okay, der Punkt geht an dich."

Pete gibt Scott die Fallsammlung zurück. „Du hast Recht. Wir sind am Arsch."

„Dank den akademischen Idioten am Obersten Gericht. Ich würde die gerne mal mit einem Fall im wirklichen Leben sehen."

„Sollten wir versuchen, ihn zu einer Aussage zu bringen, damit wir ihn anklagen können?"

„In der Verhandlung von O.J. haben sie das versucht, erinnerst du dich? Hielten seine arschverlogenen Leugnungen den Polizisten gegenüber zurück, sodass er gezwungen war, es im Zeugenstand zu leugnen. Und jetzt ist Marcia Clark bekannt als die armseligste Staatsanwältin von Nordamerika."

„Sundfell wird an der Kein-Geschlechtsverkehr-Theorie kleben, die der Kerl Tuiaia erzählt hat."

„Er wird egal mit welcher Lüge arbeiten."

„Es ist eine Schande, dass wir keine Samenflüssigkeit haben."

„Was für ein Hurensohn muss das sein, der mitten in einer Vergewaltigung aufhört, um ein Kondom überzuziehen? Kein Wunder, dass er nie ein richtiger Rockstar geworden ist. Kein Durchhaltevermögen."

Dawn Lund, die Leiterin des Dezernats für sexuelle Übergriffe, die ein Büro neben der Bibliothek hat, steckt ihren Kopf in den Saal, sieht zu Scott, dann zu Pete, schüttelt den Kopf und schließt die Tür.

„Man sollte sie dafür lieben, dass sie uns ertragen kann", sagt Pete.

„Spielen wir mal für einen Moment Advocatus Diaboli", sagt Scott. „Was, wenn er sie nicht vergewaltigt hat?"

Pause.

„Warum dann all die Lügen?", sagt Pete. „Warum die sonderbaren Antworten gegenüber Tuiaia? Und er hat im Grunde die gleiche Sache mit Danielle und Gott weiß wie viel anderen durchgezogen."

„Es ist möglich, dass er in der Nacht so durchgeknallt war, dass er wirklich nicht wusste, ob er es getan hat oder nicht. Kannst du dich nicht an solche Nächte erinnern? Also hat er sich entschlossen, es zuzugeben, nur für den Fall, dass wir Beweise hätten. Er wusste nicht, dass wir nicht imstande sind, Geschlechtsverkehr ohne Ejakulat für eine DNA-Probe nachzuweisen."

Pete überlegt. „Sollten wir ihm einen Lügendetektortest anbieten? Nicht irgendeinen Lügendetektortest, sondern wir lassen das Barnes machen."

„Wird uns nichts bringen, falls er es wirklich nicht weiß."

„Ich wette, er weiß es."

„Es ist nicht beweiskräftig, wenn er sich verschwommen erinnert."

„Also vereinbaren wir, dass die Ergebnisse nur verwendet werden, wenn sie beweiskräftig in die eine oder andere Richtung sind."

Scott nickt. „Klingt nach einem Konzept."

Pete loggt sich aus dem Computer aus, einem altertümlichen 486er, der dafür eine Weile braucht.

„Wie läuft es mit der Heiratsidee?", fragt Scott.

„Arbeite daran."

„Was hat sich mit dem Mädchen mit den Perlen abgespielt?"

„Bin mir noch nicht sicher."

„Fickst du sie?"

„Hast du eigentlich diese hässliche Couch bei dir zu Hause *gekauft,* oder hat sie dir jemand *geschenkt?*"

„Die war schon im Apartment. Warum?"

„Lass uns bei Once Teriyaki zu Mittag essen."

Trinken & Telefonieren

Eine Warmfront fegt durch die Straßen und hinterlässt sie nass und warm und ohne ein Zeichen von Schnee. Pete, der die Verhandlung vorbereiten sollte, geht früher nach Hause und steigt mit *Der Sportreporter* in die Hängematte.

Pete findet heraus, dass er etwas mit Mr. Ford teilt – vorausgesetzt, der Autor entspricht in dieser Hinsicht seinem Protagonisten. Es ist die Angewohnheit, Kataloge zu lesen, da deren Lektüre eine merkwürdige Beruhigung vermittelt.

Als die Wahrheiten des Romans auf geradezu unbehagliche Weise gewichtiger werden, legt Pete das Buch weg und nimmt sich einen J. Crew-Katalog. Er bewundert eine schöne Brünette in einem „Buttery Soft"-Flanellpyjama, die unter einem Weihnachtsbaum sitzt, mit hübschen Paketen und ihrem ansehnlichen Ehemann und einem glückseligen Kind, das auf glitzerndes Lametta starrt.

Als nächstes blättert er zu einer Seite, die betitelt ist mit „The Getaway" und verschiedene Fotos an Bord einer Segelyacht in der Karibik bietet. Er ist von einem sexy Model angetan, das einen Bikini trägt, dessen Farbe der Katalog als „Halm" beschreibt, doch Pete erkennt darin nur ein Grün. Sie hat straßenköterblondes Haar und etwas zu groß geratene Ohren, doch exzellente Wangenknochen und eine wunderbar geformte Oberlippe.

Von einem Foto, auf dem sie eine weiße Caprihose und ein gestreiftes T-Shirt, „Feinrippbaumwolle", mit rundem Halsausschnitt trägt, kann er die Augen kaum lösen. Sie lehnt sich an das Teakholzschott, ihr Haar weht über den mit Messing verkleideten Motor und sie liest ein Buch, das sie schräg genug hält, damit der Titel nicht lesbar ist. Ihre Finger sind lang und dünn. Er spielt mit dem Gedanken, sie auf seine Liste der potentiellen Bräute zu setzen.

Er wollte nicht allein sein, und das hier hilft nicht.

Er steigt aus der Hängematte, geht zur Küche und schenkt sich ein Glas Johnnie Walker ein. Draußen ist es dunkel, Zeit zum Trinken und Telefonieren.

Er wählt die Nummer von Tina, einer Ex-Freundin, die er seit über einem Jahr nicht gesehen und mit der er seit über zwei Jahren nicht geschlafen hat.

„Hallo", sagt ihr Anrufbeantworter, „Sie haben die Nummer von Tina und Harry..." Demoralisiert legt Pete auf. Er fragt sich, ob sein Anrufbeantworter jemals sagen wird: „Sie haben die Nummer von Pete *und...*"

Er kann sich nicht genau daran erinnern, wann er begann, sich allein gelegentlich unbehaglich zu fühlen und weiß zweifellos auch nicht warum, doch er ahnt, dass das heimtückisch in den Alterungsprozess eingebaut wurde. Er meint, dass er darüber möglicherweise einen Artikel in *Details* oder *Maxim* gelesen hat.

Als er zurück zur Hängematte geht, klingelt das Telefon.

„Hallo?"

„Hi", sagt Winter. „Habe gerade meine Stunde in der Vergnügungskabine beendet. Willst du mich zum Abendessen einladen?"

Ein normales glückliches Leben

Winter lutscht die Penn-Cove-Auster aus der Muschelschale und schluckt sie mit jeder Menge Meerrettich und Cocktailsauce hinunter. Sie gießt einen kräftigen Schluck Anchor Steam nach.

Pete signalisiert dem Kellner, dass er zwei weitere Biere bringen soll. Ihr Tisch steht im Innenhof des Campagne, neben dem hell erleuchteten Brunnen. Er bringt Winter häufig hierher, weil sie im Innenhof unter den Wärmelampen rauchen können und weil es auf der Post Alley ist, sowohl in der Nähe seines Lofts als auch des Lusty.

Winter streicht Lachspastete auf einen Cracker. Sie isst und trinkt gern. Pete kann nicht verstehen, wie sie mit solcher Begeisterung essen und doch so dünn bleiben kann. Soweit er weiß, nimmt sie keine Abführmittel.

„Death Cab for Cutie spielen im Crocodile", sagt er. „Mit 764-HERO und Zeke. Und ich glaube, die Model Rockets oder The Makers sind das Opening für Built to Spill in der Showbox. Und vielleicht auch Alien Crime Syndicate."

„Ich hab sie alle gesehen."

„Saltine, Minus 5 und die Nevada Bachelors im ARO.space?"

„Ich habe jeden, der bei Saltine oder Minus 5 ist, hunderte Male gesehen, und ich bin nicht interessiert an einer Seattle-Band, die sich Nevada Bachelors nennt. Was soll das?"

„Oder wir könnten die Konzerte auslassen und einfach zu mir gehen und trinken und Sex haben."

Pete hatte nicht geplant, heute Abend mit Winter zu schlafen, er wollte nur rumhängen und sich unterhalten, vielleicht die Sache etwas bremsen, um Raum für Esmé zu schaffen. Aber Winter trägt einen roten Rollkragenpullover unter einem schwarzen Second-Hand-Smoking, und sie sieht großartig damit aus und er fühlt jede Auster, die sie schluckt.

„Ich habe angerufen, weil ich dir persönlich sagen wollte, dass ich keinen Sex mehr mit dir haben kann", sagt sie.

„Was?"

„Sorry."

„Ist das ein Witz?"

„Nein."

„Was meinst du?"

„Keinen. Sex. Mehr." Sie nimmt einen kleinen Bissen vom Cracker.

„Ist das wegen des Falls?"

„Wegen des Falls? Nein. Warum fragst du das?"

„Du schienst nicht begeistert davon zu sein, dass ich Keith angeklagt habe."

„Ich habe nur gedacht, dass es nicht das Richtige für *Amber* ist", sagt sie. „Aber du bist wahrscheinlich der Richtige, um die Anklage zu übernehmen, falls es jemand machen muss."

„Das heißt?"

„Du kannst kalt sein, Pete."

„Kalt?"

„Ja, aber das ist keine Beleidigung. Du kannst es einfach sein, oder zumindest wirkst du so." Sie nimmt einen weiteren Bissen.

„Also darum geht es? Du denkst, dass ich kalt bin."

„Nein, damit hat das nichts zu tun."

„Was dann? Was ist los?"

„Na ja, ich habe jetzt einen Freund."

„Was? Seit wann?"

„Ein paar Wochen."

„Okay", sagt Pete. „Macht mir nichts aus."

„Mir auch nicht", sagt Winter. „Aber vielleicht ihm."

„Meinst du das ernst? Du hast wirklich einen Freund?"

Sie nickt, als sie einen weiteren Bissen nimmt.

„Du hättest etwas sagen können", sagt er.

„Ich habe keinen Grund gesehen, irgendwas zu sagen, bis es nicht ernst ist. Ich meine, komm schon, Pete, ist ja nicht so, dass du die ganze Zeit monogam warst."

„Was macht er?" Pete denkt, dass er wahrscheinlich in einer Band ist und Pete das nutzen kann, um zu argumentieren, dass Monogamie mit einem Bandmitglied ein sinnloses Unterfangen ist.

„Er ist Anwalt."

„*Anwalt?* Was machst du mit einem Anwalt?"

„*Du* bist Anwalt."

„Ja, aber... meinst du das ernst?"

„Yep." Winter reicht ihm den Cracker. „Willst du einen Bissen?"

Pete schüttelt den Kopf. „Wie ist sein Name?"

„Warum?" Sie isst den Cracker auf und trinkt Bier nach.

„Vielleicht kenne ich ihn."

„Falls du dich dann besser fühlst, er ist nicht so smart oder gut aussehend oder cool wie du." Sie lächelt Pete an, aber er lächelt nicht zurück. „Sollte ich hinzufügen nicht so stark? Würdest du dich dann wegen dieser Sache besser fühlen?"

„Du willst wirklich, dass ich mich besser fühle?"

Sie lächelt. „Ich denke nicht, dass ich mit dir nach Hause gehen sollte."

„Warum nicht jetzt, bevor die Sache mit dem Kerl zu ernst wird."

„Ich hab es dir erzählt. Es ist bereits so weit."

„Wie lange genau triffst du dich jetzt mit ihm?"

„Ungefähr drei Monate."

„Wie ernst kann es dir nach nur ein paar Monaten sein?"

„Pete, ich werde älter. Ich bin fünfundzwanzig, fast sechsundzwanzig."

„Was fast dreißig ist."

„*Scheiße*, ich weiß."

„War ein Witz."

„Aber es *ist* fast dreißig, und ich will nicht dreißig werden und feststellen, dass ich die besten Jahre damit verschwendet habe, Spaß zu haben, verstehst du. Ich will nicht plötzlich erkennen, dass ich ausgebrannt bin wegen des Spaßes und ich alt bin und allein und am Arsch."

„Aber warum *dieser* Kerl?"

„Manche Typen sehen aus, als wollten sie sesshaft werden und all das. Du merkst das einfach. Ich meine, dieser Typ sieht offensichtlich aus, als würde er heiraten wollen."

„Witzig, dass du das erwähnst, Heirat."

„Witzig, warum? Weil du glaubst, dass Heiraten ein Scherz ist?"

„Nein, weil ich über das Heiraten nachgedacht habe."

„Nein, hast du nicht."

„Hab ich nicht?"

„Zumindest nicht mit mir." Winter schaut Pete in die Augen. „Du würdest niemals mit mir bis zum Ende zusammen sein wollen. Ich weiß das. Ich habe das immer gewusst. Du willst... Ich weiß es nicht, aber dieser Typ würde es *lieben*, mit mir bis zum Ende zusammen zu sein. Du kannst sagen, dass er jemand ist, dem Mädchen nicht sehr viel Beachtung schenken, und dass er dankbar ist, dass ich ihn mag. Er weiß, was ich mache und akzeptiert es, obwohl er will, dass ich aufhöre, was ich auch will." Ihre Stimme wird ungewöhnlich ernst. „Ich will nur ein normales Leben. Ich will eines Sonntags *ohne* Kater aufwachen, mit Pfannkuchen und Orangensaft und Kindern und allem Möglichen frühstücken."

„Ja?"

„Ja, und an irgendeinem Punkt musst du mit einer Person zusammen sein, die das auch will. Jemand, der mit dir wirklich langfristig zusammen sein will – jemand, der bei dir bleiben wird, wenn du alt bist und dein gutes Aussehen verloren hast. Jemand, der dich wegen deiner Seele will. Jeder will deswegen begehrt werden, oder?"

Pete zieht eine Zigarette raus, zündet sie an. „Seit wann bist du so vernünftig?", fragt er.

Winter grinst. „Keine Ahnung. Bist du beeindruckt?"

Pete nickt. Er ist es.

„Ich habe immer gedacht, dass ich zu diesen Leuten gehöre, die nicht richtig verdrahtet sind, um ein normales glückliches Leben zu führen", sagt Winter. „Aber jetzt denke ich, ich kann es." Sie zieht ihre Marlboro Menthols heraus.

Pete fragt sich, ob *er* derjenige ist, der nicht richtig verdrahtet ist, um ein normales glückliches Leben zu führen. „Ich bin mir nicht sicher, ob es irgendwie normal ist, glücklich zu sein", sagt er und zündet ihre Zigarette an.

„Ich habe nicht viel Zeit mit glücklichen Leuten verbracht", sagt Winter, „aber ich habe viel Zeit mit unglücklichen Leuten verbracht, und deshalb kann ich mir vorstellen, dass ich das *Gegenteil* von dem machen kann, was ich bei unglücklichen Leuten gesehen habe."

Pete denkt, dass sie den Punkt getroffen hat, obwohl er es für möglich hält, dass ihre Logik fehlerhaft ist.

Der Kellner stellt das Bier und ein geeistes Bierglas ab. Er schenkt Winter Bier ein und lässt Pete eine Flasche da.

„Ich wünschte, ich hätte gewusst," sagt Pete und nimmt sein Bier, „dass das letzte Mal, als wir Sex hatten, das letzte Mal war, bei dem wir Sex haben würden."

„Wir haben *jedes* Mal gefickt, als wäre es das letzte Mal. So viel hast du uns gegeben."

Er nickt, schaut zurück zu ihr. „Ein letztes Mal?"

Winter schüttelt den Kopf, raucht ihre Zigarette.

Pete nimmt einen Schluck von seinem Bier und gibt dem Kellner dann ein Zeichen. „Scotch", artikuliert er tonlos. Dann dreht er sich zurück zu Winter. *Warum muss sie heute Abend so gut aussehen? Hätte sie sich für eine Trennung nicht leger anziehen können?* „Das ist... Ich weiß nicht. Ich möchte nicht, dass es so endet."

„*Was* endet? Ist ja nicht so, dass wir eine Beziehung hatten."

„Hatten wir, bevor du einfach Schluss gemacht hast." Er denkt darüber nach. „Mit mir ist einfach Schluss gemacht worden." Er lächelt. „Ich bin mir nicht sicher, ob jemals zuvor wirklich mit mir Schluss gemacht worden ist."

„Mit dir ist nicht *Schluss gemacht* worden und wahrscheinlich wurde nie mit dir Schluss gemacht, weil du deine Beziehungen immer verblassen lässt, sodass mit niemandem wirklich Schluss gemacht wird. Du hörst einfach auf anzurufen, verlässt die Stadt, irgendsowas."

„Hey, das habe ich nicht mit dir getan."

„Letzten Endes hättest du es."

„Winter..." Er nimmt einen langen Zug von seiner Zigarette, atmet aus. „Wir haben guten Sex, oder?"

„Ja."

„*Großartigen* Sex."

„Ja."

„Und wir streiten uns nicht."

„Nein."

„Und wir mögen es, zusammen rumzuhängen."

„Ja."

„Und wir *verstehen* einander."

„Ja."

„Und du bist noch nicht verheiratet."

„Nein."

„Also sollten wir nicht weiter..."

„Zieh nicht diese Kreuzverhörgeschichte mit mir ab", sagt sie, „bei der du versuchst, mir eine Falle zu stellen. Erinnerst du dich, ich habe dich vor Gericht gesehen."

Dennoch denkt Pete, dass er diese Diskussion gewinnen kann, wenn er hartnäckig genug weiterspielt.

Der Scotch kommt. Pete hält sein Glas zum Anstoßen hoch. Winter nimmt ihr Anchor Steam und sie stoßen an.

„Nun", sagt Pete, „auf deine Zukunft."

„Danke."

Sie trinken.

„Dieser Typ hat dir keinen Antrag gemacht", sagt Pete, „oder?"

„Noch nicht. Wird er aber."

„Also, wenn die Dinge... *falls* die Dinge nicht gut laufen..."

„Werde ich wahrscheinlich vorbeikommen und an deine Tür klopfen", sie lächelt, „einsam und spitz."

„Also davon will ich doch mal ausgehen."

„Es macht dir nichts aus, wenn ich hier etwas von dem Besteck klaue, oder?", fragt sie. „Ich mache ihm Abendessen, und ich habe festgestellt, dass ich keine passenden Gabeln und Messer und all das Zeug habe."

Sie haben Post, verdammt

Eine Nachricht von Scott erscheint auf Petes Computerbildschirm: **Sundfell rief gerade an. Er muss bemerkt haben, dass ich der nettere typ bin**

Pete schreibt zurück: **Scott, dein büro ist drei meter von meinem entfernt. Komm rüber und rede mit mir wie ein mensch.**

Einen Augenblick später erscheint eine neue Nachricht: **sagte, sein klient wird einem Lügendetektortest nicht zustimmen, weil er ihm nicht traut**

Wer traut ihm nicht? schreibt Pete zurück. **Sundfell oder sein klient?**

Scott: **beide**

Pete: **Scheiße. Sundfell verwendet lügendetektoren immer wenn er denkt, dass er jemanden hat, der ihn besteht, also unschuldige oder total irre**

Scott: **nu, in diesem fall ist er dagegen**

Pete: **Du weißt, was das bedeutet?**

Scott: **keith ist weder unschuldig noch irre??**

Pete: **Sundfell hat mit einem eigenen lügendetektor einen probelauf mit keith gemacht. Und er ist durchgefallen.**

Scott: **also geht die sache vor gericht**

Pete: **Yep. Ich habe einen fall häuslicher gewalt und einen vergewaltigungsversuch, die auch für diesen tag angesetzt sind, aber ich werde sie mit vertagung oder einem guten handel für**

die gegenseite aus meinem kalender kriegen. Wie sehen deine termine aus?

Scott: **hab eine kindesbelästigung ersten grades, die auf mich zukommt, aber der perverse hat sich in seiner zelle aufgehängt, das hilft...**

The Decline of Western Civilization – Der Niedergang der westlichen Zivilisation

Payton kommt an Kobe vorbei, aber Shaq blockt ihn. Payton wirft den Ball zurück zu Detlef, der sich aufrichtet und einen Dreier zu einer Ein-Punkt-Führung versenkt; noch zweiundvierzig Sekunden zu spielen. Die Lakers nehmen eine Auszeit.

Gary Glitters „Rock and Roll Part II" dröhnt aus den Lautsprechern der Arena, und die Menge steht. Pete kann sich nicht erinnern, was aus den Vorwürfen wegen Kinderpornographie und den Sexanklagen geworden ist, mit denen Herr Glitter in England konfrontiert wurde.

„Warum stehen wir noch?", fragt Esmé. „Nur um das alberne Affenmaskottchen zu sehen?"

„Das ist ein Sasquatch."

Der Sasquatch und die Cheerleader der Sonics säubern den Boden, und die Lakers werfen den Ball ein und arbeiten ihn vor zu Shaq. Der große Mann ist sofort von zwei Abwehrspielern umgeben und hat keinen guten Blick zum Korb, also läuft er einfach Vin Baker um und stopft den Ball ins Loch – ein klares Foul, das nicht geahndet wird. Die Fans pfeifen.

„Warum pfeifen sie?", fragt Esmé.

„Sie pfeifen wegen des Fouls", sagt Pete.

„Welches Foul?"

„Das Foul, das nicht gepfiffen wurde, als Shaq Baker platt gemacht hat."

„Wenn es ein Foul war, warum wurde es nicht gepfiffen?"

„Weil Shaq ein Star ist, und er für L.A. spielt." Scott steuert die standardmäßige Meinung eines Seattle-Sportfans bei. „Mannschaften wie L.A. werden bevorzugt. Seattle ist für die Medien noch nicht bedeutend genug, anders als beim Rock-and-Roll."

Paytons und Kobes Zehen stehen sich in der Mitte der Drei-Punkte-Linie gegenüber, als die Uhr runterzählt – zehn, neun, acht –, dann läuft Payton los und Shaq bewegt sich, um ihn zu blocken, aber Hawkins schiebt sich in den freien Raum und Payton spielt mit einem schnellen Aufsetzer einen Pass, den sich Hawkins in der Luft schnappt und über das Brett versenkt.

Ein-Punkt-Führung Sonics. Auszeit Lakers.

Scott applaudiert mit der Menge, während „Diamond Head" von The Ventures gespielt wird.

„Lokale Band", sagt Pete.

„Wer?", fragt Esmé.

„The Ventures."

„Ist das nicht eine Surf-Band aus Kalifornien?"

„Tacoma, Washington. Spielten in Bob's Java Jive. Ein wenig bekanntes, wissenswertes Detail des Rock-and-Roll aus dem Nordwesten."

„Ich war da", sagt Shannon. „Bob's Java Jive. Coole Jukebox."

Die Spieler betreten das Feld. L.A. wirft von der Mittellinie ein. Rick Fox schaut zu Shaq, spielt den Pass, aber Payton – „The Glove" – holt sich den Ball und gewinnt das Spiel.

„Flippen die Leute immer so aus?", fragt Esmé über den Lärm der Menge.

„Es hat was damit zu tun, L.A. zu schlagen. Das Gute triumphiert über das Böse und all das."

„Ist dir klar, dass wir hier dem Verfall der westlichen Zivilisation zuschauen", sagt Esmé. „Sportfanatismus, die Sensationsgier um Clintons Sexleben, das Besessensein von Prominenten, der Amoklauf an der Columbine High School, die Tatsache, dass niemand Lust hat, die Spice Girls zu erschießen – alles Anzeichen einer sterbenden Gesellschaft."

„Die Spice Girls stehen auf meiner Liste von Leuten, die ich umbringen werde, wenn ich eine unheilbare Krankheit kriege", versichert Pete ihr. „Ich werde es für dich tun."

„Du hast wirklich eine sehr romantische Ader."

Als sie zusammen mit der Menge herausgetrieben werden, sagt Pete zu Esmé: „Das wird wohl für eine Weile das letzte Mal gewesen sein, dass ich aus war."

„Warum?"

„Ich kann den Keith-Junior-Fall nicht lösen, also werde ich mich abrackern müssen."

„Abrackern? Was machst du?"

„Oh, ich lese alle Berichte und Aussagen etwa zehn Mal durch, kläre alles mit den Zeugen, studiere es ein und laufe auf und ab und rede mit den Wänden."

„Das würde ich gern sehen."

Er schüttelt den Kopf. „Nein."

Zwei Kerle mit Baseballmützen gehen neben ihnen, und Pete bemerkt, dass sie ständig rüberschauen.

„Du bist Pete Tyler?", fragt schließlich einer.

Scott schaut auf.

„Ja", sagt Pete.

„Die ganze Sache ist ein verdammter Betrug, Mann."

„Faschistischer Motherfucker", fügt der andere hinzu.

„Verfickter *Anzugträger.*"

„Fick dich."

„Fick dich."

„Fick *dich.*"

„Hey", sagt Scott, „ihr Nimrods, wollen wir nach draußen gehen, um das Gespräch fortzusetzen?"

Esmé greift Petes Arm. „Mach nichts Dummes."

Die Kerle mit den Baseballmützen zeigen hinter ihren Rücken den Mittelfinger, als sie nach vorne gehen und sich in die Menge mischen.

„Was zum Teufel war *das?*", fragt Shannon.

„Der Prozess", sagt Scott. „Wird Zeit, dass wir ein bisschen Publicity kriegen."

„Ich kann es nicht fassen, dass mich jemand einen ‚Anzugträger' genannt hat."

„Du wurdest auch als Motherfucker und Faschist bezeichnet", betont Scott.

„Ein ‚*Anzugträger*'", wiederholt Pete.

Always Something There to Remind Me

Scott und Shannon setzen sich ab, um den Dodge Diplomat zu suchen, den Scott offenbar verloren hat. Pete und Esmé gehen weiter zum Seattle Center Fun Forest. Sie gehen Richtung Osten zum Flag Pavillon, wo die Metallseile im Wind gegen die gewaltigen, unverhüllten Fahnenmasten scheppern. Es nieselt leicht, und der Regen glitzert in den Lichtern, die den Springbrunnen umgeben.

Sie passieren die Buden und die Karussells des Jahrmarkts, die erleuchtet sind, sich aber nicht drehen. Die Achterbahn „Wild Storm" hat „Wild Mouse" aus Petes Jugend ersetzt, was ihn irritiert.

Esmé macht einen Umweg zu den Toiletten bei der Laderampe am Eingang zur Hochbahn. Pete fällt Gang-Graffiti auf den Metallverschlägen der Spielbuden ins Auge. Zu der Zeit seiner Kindheit gab es in Seattle keine Gang-Graffiti, nur Botschaften von Teenagern, in der Art „Pete + Melinda = Love" oder „Nathan Hale High Rules!" oder vielleicht hier und da ein hingekrakeltes „FUCK".

Esmé taucht auf und reicht ihm ein weißes Stück Stoff, das er, nachdem er es gemustert hat, als ihr Höschen identifiziert.

„Kannst du das bitte in deine Tasche stecken? In meiner Handtasche ist kein Platz."

Ohne zu wissen, was das zu bedeuten hat, macht er, worum er gebeten wurde, und wartet auf eine Erklärung.

„Danke." Sie lächelt.

Pete zuckt mit den Achseln und kauft zwei Tickets.

Während sie warten, geht er hinüber zum Rand der Rampe und schaut hoch zur Space Needle, die einen aus diesem Blickwinkel verwirrt, die gelben Lichter der Untertasse sehen wie etwas aus *Akte X* aus.

„Symbol der Zukunft", sagt Esmé. „Sie wurde 1961 in Vorbereitung auf die Weltausstellung von 1962 errichtet. Hundertfünfundachtzig Meter hoch, einschließlich dem Warnlicht für den Flugverkehr."

„Woher weißt du das?"

„Die Fahrt nach oben dauert exakt dreiundvierzig Sekunden. Bei einer Windgeschwindigkeit von 160 km/h schwankt der Bau um 2,5 Zentimeter. Das Restaurant an der Spitze macht in einer Stunde und zwanzig Minuten eine ganze Drehung."

„*Warum* weißt du das?"

„Ich war beim Fahrstuhlpersonal."

Die Hochbahn fährt in die Station. Sie gehen zu der Bahn, die vage an die Shuttles aus *Star Trek* erinnert.

„Ich kenne auch ein paar Fakten über die Hochbahn", sagt sie.

Pete gibt dem Schaffner die Tickets. Im Wagon befindet sich außer ihnen niemand. Bläulich fluoreszierendes Licht flimmert unheimlich, als sie den mit Plastiksitzbänken gesäumten Gang hinuntergehen.

„Lass uns hinten sitzen", schlägt Esmé vor und wechselt dann zu ihrer Reiseleiterstimme. „Die Hochbahn fährt alle fünfzehn Minuten ab, was übrigens der Durchschnittsdauer des Geschlechtsaktes entspricht, jedenfalls *Cosmopolitan* zufolge."

Pete nimmt in der hintersten Reihe Platz, und Esmé steigt auf ihn, schaut ihn an.

„Die Fahrstrecke beträgt 1,8 Kilometer", flüstert sie ihm ins Ohr, als sie den Hosenschlitz seiner Levi's aufknöpft. Ihre Hände schlängeln sich durch die Öffnung seiner Boxershorts. „Wir werden auf Schienen fahren, die acht Meter über der Straße liegen."

Er schaut nach dem Fahrer, der eines der Instrumente vor sich antippt.

„Es gibt nur zwei Haltestellen", fährt Esmé fort. „Hier, am Fuß der Space Needle, und an der Ecke Fifth und Pine, in der Nähe von Nordstrom's."

Seine Augen wandern zurück zu ihr und sie nimmt einen seiner Finger in den Mund, und das hat die beabsichtigte Wirkung. Dann steckt sie ihre Finger in ihren Mund, lächelt, und schiebt ihre Hand unter ihren Rock. Sie schaut ihm in die Augen und nach einem Zögern führt sie ihn ein.

„Die Hochbahn schafft eine Höchstgeschwindigkeit von 115 km/h", sagt sie. „Aber wir werden nur eine Geschwindigkeit von 80 km/h erreichen."

Sie bewegt ihre Hüften langsam und leicht, und er reagiert erregt. Ein anderes Pärchen tritt herein und Pete lugt über ihre Schulter.

„Wir bekommen Gesellschaft", sagt er und hört auf, sich zu bewegen.

„Das Fassungsvermögen beträgt vierhundertundfünfzig Personen", sagt sie und bewegt sich weiter. „Unter der Woche steuert der Fahrer an manchen Abenden einen fast leeren Zug. Immer nach Fahrplan."

Das andere Pärchen setzt sich nahe der ersten Reihe und hält ausreichend Abstand zu dem Mann, auf dessen Schoß eine Frau reitet.

„An einem durchschnittlichen Wochenende machen mehr als zweitausend Leute die Fahrt von der Space Needle zur Innenstadt." Sie treibt es heftiger und schneller.

Pete bewegt sein Becken, während er gleichzeitig versucht, seinen Kopf und seine Schultern ruhig und sein Gesicht ausdruckslos zu halten. Seine Hände schieben sich zu ihren Hüften.

„Acht Elektromotoren", sagt Esmé. „Siebenhundert Volt Elektrizität brummen über die Schienen." Sie fängt an, an seinem Ohr zu knabbern.

Die Hochbahn fährt langsam aus der Station heraus. Pete nutzt den Moment, um seine Beckenbewegungen zu steigern und betont dabei das leichte Holpern des Shuttles übertrieben. Sie fahren am Bau des Experience Music Projects vorbei.

„Wir werden die Höchstgeschwindigkeit erreichen, wenn wir über dem Verkehr auf der Fifth Avenue fahren", sagt Esmé.

Als sie zunehmend unvorsichtiger werden, fragt sich Pete, gegen welche Gesetzesnorm sie verstoßen.

„Wir sind fast da", sagt sie in sein Ohr. „Höchstgeschwindigkeit. In der Nähe des alten Astor Parks."

„Die Band hat in dem Club ein paar Male gespielt", murmelt Pete.

„Wir erreichen die Höchstgeschwindigkeit."

Pete blickt flüchtig auf den mit Brettern verschlagenen Raum des Astor Parks, als sie auf Dachhöhe vorbeifliegen, und dann flüstert Esmé etwas von der bevorstehenden Ankunft der Hochbahn und dann, plötzlich, bewegt sie sich hoch und er ist draußen.

Sie steckt ihn zurück in seine Levi's, was aufgrund seines unveränderten Zustands keine einfache Angelegenheit ist, dann rutscht sie herunter und setzt sich neben ihn.

Mit einem pneumatischen Zischen gehen die Türen auf.

„Viel Glück in der Verhandlung."

„Weißt du", sagt er, „vielleicht habe ich nach dem Eröffnungsplädoyer etwas Zeit."

Und klau' nicht das Besteck

„Hi", sagt Winter auf ihrem Anrufbeantworter, „du kannst eine Nachricht hinterlassen, wenn es dir nichts ausmacht, dass ich zurückrufe, oder du kannst mir eine Nachricht auf meinen Pager schicken."

„Winter", sagt Pete laut, „nimm ab, es ist ein Notfall."

„Pete?", sagt sie, offensichtlich gerade aufgewacht. „Was ist los?"

„Meine Mutter hat mich gerade angerufen."

„Und?"

„Ich brauche ein Date für heute Abend."

Sie stöhnt. „Ruf mich später an."

„Nein, du musst aufstehen und dich fertig machen."

„Wovon redest du?"

„Ich habe dieses Familienessen, das meine Mutter seit Wochen geplant hat, und ich muss eine Begleitung finden. Ich habe versucht, aus der Sache rauszukommen, aber ich kann nicht. Ich bin es meiner Mutter schuldig."

„Warum erzählst du mir das?"

„Du bist mein Date."

„Ich? Warum fragst du nicht dieses Esther-Girl?"

„Wen?"

„Oder Esmé oder wie auch immer ihr blöder Name ist. Das Sub-Pop-Girl."

„Woher weißt du von ihr?"

„Es ist eine kleine Stadt, Pete."

„Ich kann sie nicht fragen, weil... es sie zu sehr unter Druck setzen würde, aber bei dir... hey, du hast schon mit mir Schluss gemacht, sodass es da keinen Druck geben wird."

„Weißt du, was lustig ist?"

„Was?"

„Als es mit uns anfing, dachte ich, dass *ich* die Verrückte wäre."

Come As You Are

Winter öffnet die Tür ihrer Maisonettewohnung im University District. Sie trägt einen schwarzen, mit Spitzen besetzten Unterrock und schwarze Handschuhe und Doc Martens.

„Wir sind schon spät", sagt Pete, „wirf ein Kleid über und lass uns gehen."

„Ich *trage* ein Kleid."

Pete starrt sie an. „Das ist ein *Unterrock.*"

„Es *war* ein Unterrock. Jetzt ist es ein Kleid. Wollen wir es einfach vergessen?"

„Nein, nein, lass uns gehen."

Pete nimmt die Forty-fifth zur Aurora Avenue, wo er Richtung Süden abbiegt. Das Canlis, eine erstklassige Seattle-Institution aus den Fünfzigern, liegt am nordöstlichen Hang des Queen Anne Hill in der Nähe der Aurora-Brücke. Die Architektur der Fünfziger verheißt verwinkelte Glaswände vom Boden bis zur Decke, die auf den Lake Union und die Innenstadt hinausschauen. Das Durchschnittsalter der Kundschaft liegt um die sechzig. Die Herren tragen alle Anzüge und Krawatten und ihre Frauen tragen Perlen, und zumindest für den Abend benehmen sie sich hier, als ginge die Welt nicht im Eilverfahren vor die Hunde.

Pete bemerkt die Augen, die Winter folgen, als sie vorbeigehen, und er kann den Testosteronschock fühlen, den sie in den zerfallenden Organismen der alten Herren auslöst – deutlich sichtbar erwachen in ihnen längst vergessene Instinkte, was ihm einen kalten Schauer den Rücken runterjagt.

„Hope I die before I get old..."

Na ja, nicht wirklich.

Sie kommen am Fenstertisch seiner Mutter ungefähr neunzig Minuten zu spät an, was eigentlich nur einer Verspätung von dreißig Minuten entspricht, wenn man einrechnet, wann Pete erwartet wurde.

Begrüßungsworte werden ausgetauscht. Sie setzen sich. Pete hält eine der asiatischen Kellnerinnen an und merkt, dass *alle* Kellnerinnen asiatisch sind. Katie und seine Mutter haben bereits Wein, also ordert er einen Laphroaig und ein Anchor Steam für Winter.

„Und einen Kamikaze", fügt Winter hinzu.

„Wo ist William?", fragt Pete Katie.

„Arbeitet das Wochenende. Irgendetwas Großes läuft."

„Hat der Coup begonnen?"

„Er wird es mir nicht erzählen."

„Er will ja nur deine Sicherheit."

„Ihr wisst", sagt Petes Mutter, „ich verstehe diese ganzen Microsoft-Witze nicht."

„Das ist in Ordnung, Mutter", sagt Pete. „Ich glaube, es ist großartig, dass du nichts von Computern verstehst."

„Warum auch?"

„Ganz recht."

„Also Winter", sagt Petes Mutter, „wie haben Sie und Pete sich kennen gelernt?"

Winter wirft Pete einen flüchtigen Blick zu, lächelt, dreht sich dann zurück zu seiner Mutter. „Er pflegte zu meinem Arbeitsplatz zu kommen."

„Oh. Wo ist das?"

„Es nennt sich The Lusty."

Katie macht große Augen.

Petes Mutter ist das Lusty jedoch anscheinend nicht vertraut. „Das Lusty?", sagt sie.

„Ein Laden, den man auch als Peep-Show bezeichnet", sagt Winter. „Nur dass alles Live Girls sind. So wie damals in dem Madonna-Video."

„Gegenüber vom Seattle Art Museum", hilft Katie.

„Oh, ja."

Pete sieht aus, als hätte man ihn mit der Streitaxt umgehauen. Er hatte angenommen, dass Winter lügen würde, falls ihr Beruf zur Sprache käme.

„Sie haben diese Aushänge mit all den klugen Wortspielchen und so weiter", fährt Katie fort.

„Richtig."

Pete richtet seine Aufmerksamkeit auf den Lake Union, der gesprenkelt ist mit Segelbooten, die die steife Abendbrise ausnutzen. Ein Wasserflugzeug der Union Air hebt Richtung Norden ab, vermutlich zum Roche Harbor bei den Inseln von San Juan oder dem Bedwell Harbor bei den Inseln im Kanadischen Golf. Pete würde gern in dem Flugzeug sitzen.

„Wir haben uns in der Vergnügungskabine kennen gelernt", entscheidet sich Winter zu erklären, „der Raum, wo die Tänzerinnen mit den Kunden reden können. Man ist durch eine Glasscheibe getrennt, aber es gibt Telefone, um miteinander zu sprechen." Winter schnalzt mit ihrem Zungenpiercing. „Er ist der einzige Typ, den ich jemals dort kennen gelernt habe, mit dem ich am Ende ausgegangen bin."

„Tatsächlich", sagt Petes Mutter. Sie dreht sich zu Pete.

„Der Einzige", sagt er.

Die Drinks kommen. Pete nimmt einen großen Schluck von seinem Scotch. Winter stürzt den Kamikaze in einem Zug hinunter und nippt dann an ihrem Bier.

„Ich sollte mal William und William junior anrufen", sagt Katie schon stehend.

„Sie haben vor kurzem ein Telefon in der Damentoilette installiert", informiert Mutter sie.

„Winter?", sagt Katie.

„Ja, ich sollte wahrscheinlich auch gehen", sagt Winter. „Ich könnte eine Zigarette vertragen."

Pete und seine Mutter schauen sich für einige Augenblicke an, Pete ist zum Teil hinter seinem Drink versteckt.

„Winter ist sehr hübsch", bietet seine Mutter an.

„Ja, ist sie."

„Allerdings ist ihr Make-up ein bisschen finster."

„Ich glaube, es wirkt bei ihr."

„Und was ist das für ein neuer Stil mit all den Ohrringen und dem Nasending und so weiter?"

Pete zuckt die Achseln. „Dazu fällt mir auch nichts ein."

„Aber ich kann sehen, dass ihr beiden zurechtkommen werdet."

„*Kannst* du das?"

„Sicher. Sie scheint eine Herausforderung für dich sein zu können, Peter, und du brauchst das."

Ja, es ist eine Herausforderung, zwei- oder dreimal in einer Nacht Sex zu haben, wenn man fast vierzig ist.

„Wenn du sie liebst und mit ihr bis zum Ende zusammen sein willst, nun, dann hast du meine volle Unterstützung. Ich bin deine Mutter."

Alles ist möglich

Der Titeltrack von Social Distortions *Prison Bound* läuft auf Petes Sony-Walkman. Er schaltet ihn aus und setzt den Kopfhörer ab, als die Justizbeamtin Trish die Tür zum Geschworenenraum öffnet. Er und Scott stehen auf, als die zwölf Geschworenen und ein Ersatzmann zur Geschworenenbank geführt werden. Drei Tage hat man damit verbracht, diese dreizehn auszuwählen, und doch weiß Pete, dass sie alle irgendeinen kriminellen Wahnsinn verbergen könnten.

Auch Richter Sorensen, grauhaarig und in schwarzer Robe, erhebt sich. Zu seiner Rechten die amerikanische Flagge, zu seiner Linken die grüne Flagge des Staates Washington. Die Buntglasfenster im oberen Teil der dunklen, mit Eiche vertäfelten Wand filtern das Tageslicht. Hier drinnen fühlt Pete die gleiche Ehrfurcht, die er als Kind in der Kirche empfand.

Die Geschworenen stellen sich vor die ihnen zugewiesenen Plätze. Als der Richter sie vereidigt, wirft Pete einen flüchtigen Blick auf die Zuschauer. Hinten stehen ein paar Reporter, aber Richter Sorensen hat keine Kameras zugelassen. Traditionell sitzen die Anhänger des Angeklagten hinter Sundfell und der neuesten Anwaltskollegin in der Kanzlei, Sue Naomi, alias Satans Little Helper, deren Hauptaufgabe es ist, kurze Röcke zu tragen und neben dem Angeklagten zu sitzen und ihn menschlicher wirken zu lassen, indem sie ihm von Zeit zu Zeit die Hand auf die Schulter legt und ihm ins Ohr flüstert.

Keith Junior trägt eine hellbraune Hose und ein blaues Baumwollhemd, so was hat er wahrscheinlich seit der Grundschule nicht mehr getragen. Seine Anhänger sind jedoch wie üblich gekleidet und sehen aus, als seien sie gerade der *Rocky Horror Picture Show* entlaufen. Pete erkennt einige Gesichter aus seiner Vergangenheit und fühlt sich merkwürdig dabei, sie alle hier gegen ihn aufgereiht zu sehen.

Im Gegensatz dazu befinden sich hinter Pete und Scott nur vier Leute. Da Amber und ihre engsten Freunde Zeugen sind, dürfen sie bis zu den Schlussplädoyers nicht an der Verhandlung teilnehmen. Daher sitzen auf der Seite der Verteidigung nur zwei Staatsanwälte aus dem Dezernat für mindere Delikte, die entweder hier sind, um Petes Eröffnung zu hören oder sich die Mädchen auf Keiths Seite anzuschauen. Dazu sitzt Esmé in der vordersten Reihe und Winter weiter hinten am Gang, unweit von Keiths Freunden.

Plötzlich hört Pete, wie der Richter seinen Namen sagt und fortfährt: „... der die Eröffnungserklärung im Namen des Staates abgeben wird." Das Stichwort für seinen Einsatz.

Der Rummel um den Prozess in der vergangenen Woche hat Pete belastet und isoliert, aber jetzt ist alles wie weggeblasen, er spürt den für diese Momente üblichen Kick. Die gewohnte, von hohen Erwartungen gefütterte Nervosität kommt auf, doch sie ist ein Kick, nach dem er viele Jahre in den unterschiedlichsten Zuständen gesucht hat.

Er geht auf die Geschworenen zu, bleibt ein paar Meter vor ihnen stehen. „Dieser Fall handelt davon, was passiert, wenn alles möglich ist." *Wenn alles möglich ist...* Pete beabsichtigt, Winters Redewendung mindestens zehn Mal in der Eröffnung zu wiederholen, um damit eine Verhaltensweise und gleichzeitig die Weltsicht des Angeklagten zu beschreiben.

Normalerweise gewinnt im Gerichtssaal die beste Geschichte. Nicht unbedingt die wahrste Geschichte, sondern die glaubwürdigste, die, die einem die Geschworenen abkaufen, die Geschichte, die sie beschäftigt und bewegt und sie dazu bringt, dass sie etwas tun wollen, um die Dinge wieder richtig zu stellen. Darauf vertraut Pete.

Er fängt damit an, Amber vorzustellen, erzählt, wie sie ihren Abschluss an einer kleinen Highschool in Ost-Washington machte, nach Seattle zog, eine kleine Wohnung fand, die sie sich kaum leisten konnte, wie sie einen Job bekam, Leute kennen lernte, Freundschaften schloss, versuchte, sich ein eigenes Leben aufzubauen. Nachdem er sie als sympathischen Menschen näher gebracht hat, macht er weiter mit der Nacht des Ereignisses, geht chronologisch vor, erzählt alles aus Ambers Perspektive. Als er zu den unangenehmen Momenten kommt, schildert er die Ereignisse besonders emotionslos, da er festgestellt hat, dass Geschworene, vor allem Frauen, Emotionen und Gefühle selbst ausdrücken wollen, und drei oder vier von ihnen machen das auch, als er zu dem Punkt kommt, wo Amber im Badezimmer mit dem Rücken an der Tür kauert und die Beine gegen die Toilette stemmt.

„Und dann klopft er an die Tür. Ihr Körper zuckt zusammen. Sie hat Angst, ist panisch, verwirrt. Sie ist achtzehn und bewundert diesen Kerl. Er ist nicht irgendein Fremder mit einem Messer in der Tiefgarage. Er ist der Gitarrist einer bekannten Band. Sie dachte, er wäre cool. Sie dachte, sie wäre sicher. Sie vertraute ihm. Und er hat sie vergewaltigt. Aber jetzt steht er vor der Badezimmertür und tut so, als wäre es keine große Sache. ‚Das war nicht sehr cool von mir', sagt er.

Am Ende lässt sie ihn herein, denn was sollte sie auch anderes machen? Sie war noch nie in einer Situation wie dieser und wusste nicht, was sie tun sollte. Er bekommt sich wieder in den Griff und überredet sie, zurück ins Bett zu kommen. Sie hat Angst und will keine Konfrontation. Sie beschließt zu gehen, sobald er eingeschlafen ist. Aber sie verliert das Bewusstsein.

Als sie aufwacht, ist es noch immer dunkel, und er schläft noch. Also flieht sie schnell. Als sie im Regen nach Hause geht, fühlt sie sich *elend*. Amber wird Ihnen erzählen, dass sie sich fühlte, als würde sie ‚schrumpfen und verwelken'."

Pete muss sie noch daran erinnern, bei ihrer Aussage diese Worte zu gebrauchen, wie sie es auch in einer Befragung getan hatte.

Er weiß, dass Sundfells wahrscheinliches Eröffnungsmotiv Reue sein wird, dass Amber es bereut, Sex mit dem Angeklagten gehabt zu haben und es daher jetzt Vergewaltigung nennt; um der Verteidigung den Wind aus den Segeln zu nehmen, beendet Pete sein Plädoyer mit einem Riff über die Reue, die bei Amber nach der Strafanzeige und der ärztlichen Untersuchung einsetzte.

„Amber bereut die Nacht. Sie bereut es, getrunken zu haben, sie bereut es, mit in die Wohnung des Angeklagten gegangen zu sein, sie bereut es, ihn geküsst zu haben, aber dies sind nicht Dinge, die sie normalerweise bereuen würde. Sie bereut die Dinge dieser Nacht aus einem einzigen Grund: Sie wurde vergewaltigt."

Während er zu den Geschworenen spricht, hat Pete die Zuschauer vergessen, doch als er fertig ist und zurück zum Anwaltstisch geht, sieht er die Frauen hinter Keith Junior, deren Gesichtsausdrücke in Verwunderung und Nervosität übergegangen sind. Pete weiß immer, wie gut sein Auftakt war, wenn die Anhänger des Angeklagten zu straucheln beginnen.

„Mr. Sundfell", sagt Richter Sorensen.

Sues Hand liegt auf Keiths Schulter, und scheinbar flüstert sie ihm etwas ins Ohr, genau nach Drehbuch. Sue hat kürzlich ihren Mann verlassen, einen Schläger, und Pete fragt sich, ob sie mit Sundfell schläft, nimmt an, dass er sie jetzt schlägt.

„Danke, Euer Ehren", sagt Sundfell. „Ich verzichte an dieser Stelle auf ein Plädoyer und möchte nur darum bitten, dass die Geschworenen unvoreingenommen bleiben."

Sad Movies

Pete ist still, als er mit Esmé das Cineplex Odeon in der Innenstadt verlässt, wo sie *Der Soldat James Ryan* gesehen haben. Er findet, dass seine Generation aus einem Haufen von Weicheiern besteht.

Richter Sorensen hatte die Verhandlung früher als üblich geschlossen und anders, als man es aus Kino und Fernsehen kennt, wartete keine mit Kameras bewaffnete Journalistenhorde im Hinterhalt auf Pete. Trotzdem, nur für den Fall dass, hatte er das Gebäude sofort verlassen.

„Was ist der Unterschied zwischen Clinton und der Titanic?", fragt Esmé.

„Auf der Titanic hatten nur fünfhundert Frauen viel zu schlucken."

Als der Arbeitstag für die meisten Leute gerade endet, biegen sie auf die Seventh Avenue ab. Pete mag es, das Gefühl zu haben, dass er schwänzt. Zur Hauptverkehrszeit sind jede Menge Frauen unterwegs, mit Röcken, Nylonstrümpfen, Pumps, Halstüchern und flatternden Mänteln.

„Kannst du das bitte ein bisschen unauffälliger machen?", sagt Esmé.

„Was?"

„Die Letzte sah wirklich nicht gerade gut aus."

„Ich gucke mir nur die Mode an."

„Plötzlich an der Mode interessiert? Ich habe dich niemals etwas anderes als weiße Hemden und blaue Anzüge tragen sehen."

„Ich mag Mode, nur nicht an mir selbst."

Pete zündet sich eine Zigarette an, als sie westlich auf die Pike abbiegen. Ein blutroter Schein breitet sich am Horizont aus, als die Sonne hinter einer dünnen Schicht Zirruswolken untergeht.

Noch ein gottverdammter Sonnenuntergang.

„Danke, dass du zum Verhandlungsbeginn gekommen bist", sagt Pete. „Ich habe mich in der Minderheit gefühlt, und es war gut, dich zu sehen."

„Du hast vor den Geschworenen wie ein echter Erwachsener gewirkt."

„Glaubst du, dass ich sie getäuscht habe?"

„Für ein oder zwei Sekunden hast du sogar mich hinters Licht geführt."

Sie halten an der Ecke vor Eddie Bauer, um auf das Umschalten der Ampel zu warten. Esmés Haar fliegt im wirbelnden Wind herum und ihre Wangen sind rot und Pete nimmt wahr, wie gut sie in diesem Licht aussieht.

„Ich gebe meine Wohnung Ende des Monats auf", sagt sie.

„Was?"

„Würdest du bitte mit dieser *Was*-Geschichte aufhören?"

„Ich sagte nur *Was*, weil ich nicht verstehen kann, warum du dein Apartment aufgeben willst."

„Das habe ich dir erzählt. Ich soll Jura studieren."

„Aber doch nicht vor Herbst, oder?"

„Die Einführung und das alles beginnt im August, und ich will mich nach einer Wohnung in New Haven umschauen. Das ist nicht gerade die beste Gegend, habe ich gehört."

„Dann hast du noch fast drei Monate."

„Aber ich muss in dieser Zeit bei meinen Eltern wohnen, um zu sparen."

„Du wirst wirklich Jura studieren?"

„Ich schätze schon."

„Du klingst nicht sehr sicher."

„Ich bin es nicht."

Die Ampel wird grün, und sie überqueren die Fifth Avenue in Richtung Rainier Square. Plötzlich beginnt ein Mädchen vom Fußgängerüberweg auf der Pine Street wie wahnsinnig zu winken: Gina, die GESUNDBETENDE KELLNERIN UNBESTIMMTEN ALTERS, die anscheinend gerade ihre Schicht beendet hat.

Pete winkt zurück. *Komm bitte nicht rüber, um hallo zu sagen.*

„Wer ist das?", fragt Esmé.

„Eine Kellnerin."

„Bist du mit ihr ausgegangen?"

„Sie ist verlobt. Vielleicht ist sie jetzt auch schon verheiratet."

„Bist du mit ihr ausgegangen?"

„Nein." Pete erhöht das Schritttempo, um den Abstand zwischen ihnen und Gina zu vergrößern.

„Also hast du mit ihr geschlafen?"

„Na ja, schon."

Esmé wirft wieder einen flüchtigen Blick hinüber. „Bisschen jung, oder?"

„Egal wie deine Entscheidung ausfällt", sagt er, „du solltest nicht zurück zu deinen Eltern ziehen."

„Warum nicht? Ich spare die Miete."

„Ich hab das einmal probiert. Als die Band auseinander brach, bin ich wieder bei meinen Eltern eingezogen. Meine Mutter kochte mir tolles Essen und so weiter, aber... es ging nicht." Er verdrängt Beth aus seinen Gedanken. „Da sind all diese Dinge aus deiner Kindheit und deiner Jugend um dich herum. Das ist nicht gesund."

Sie kommen am alten Brooks-Brothers-Laden vorbei, in dem jetzt ein Tully's Coffee Shop ist.

„Und du wirst Seattle vermissen", fügt er hinzu.

„Bestimmt, aber ich weiß auch nicht", sagt sie. „Langsam werde ich zu alt für diese Nightlife-Geschichte."

Was soll ich denn sagen?

„Okay", sagt er. „Aber zieh' nicht zu deinen Eltern. Was passiert, wenn du dich entschließt, dass du doch nicht Jura studieren willst und du dir wieder ein Apartment suchen musst? Es ist heutzutage die Hölle, in Seattle ein Apartment zu finden."

„Aber ich *werde* Jura studieren."

„Augenblick, ich dachte, du hast gerade gesagt, du bist dir nicht sicher."

„Ich werde *wahrscheinlich* Jura studieren."

„Wäre es nicht vernünftig, dein Apartment zu behalten, bis du dir sicher bist? Was, wenn du dich entscheidest, auf die UW zu gehen und nicht nach Yale?"

„Wenn ich es mache, dann ziehe ich es richtig durch. Warum sollte ich auf die UW gehen, wenn ich eine Zusage aus Yale habe?"

Pete zögert. Sie erreichen die Third Avenue und machen einen Slalom um die orangen Verkehrskegel, Begleiterscheinung der endlosen Straßenarbeiten.

„Was denkst du darüber, Pete?"

„Was?"

„*Hör auf* damit."

„Ich meine es ernst. Was denke ich über was?"

„Was denkst du, was ich tun sollte?"

„Das hab ich doch schon gesagt."

„Aber ich habe nicht gehört, dass du mir irgendetwas vorgeschlagen hast."

„Ich habe vorgeschlagen, dass du dein Apartment behalten solltest."

Sie murmelt etwas.

„Die Mieten sind außer Kontrolle", fährt er fort. „Halte fest, was du hast."

„Und was, wenn ich gehe?"

„Ich weiß es nicht."

Sie biegen nach rechts auf die University Avenue ab und gehen den Hügel hinunter.

„Wo gehen wir hin?", fragt sie plötzlich.

Pete fragt sich, ob sie das wörtlich oder metaphorisch meint.

„In meine Wohnung", sagt er.

„Warum?"

Oh, Gott. „Was meinst du?"

„Was ist jetzt?"

„Was heißt *das?*"

„*Verdammt,* hörst du mir nicht zu? Ich...werde...wegziehen."

Pete lässt seine Zigarette fallen. „Okay, wir sind von *nicht sicher* über *wahrscheinlich* zu *es ist definitiv* gekommen?"

„Warum sollte ich *nicht* weggehen? Du verstehst schon, was ich meine. Muss ich es noch deutlicher sagen?"

Pete stoppt, um sich eine neue Camel anzuzünden. Esmé geht weiter. Er holt sie mit wenigen Schritten ein. „Du weißt, dass ich denke, dass das nicht sofort entschieden werden muss."

„Ich will darüber mit dir schon seit ein paar Wochen reden, aber du warst zu sehr in den Prozess verwickelt."

„Und ich bin es immer noch. Alles was ich wollte, war heute mit dir zu entspannen. Ich habe derzeit vieles am Laufen – zu vieles ist am Laufen –, und ich kann mich im Moment gerade mit nichts Anstrengendem oder Langfristigem beschäftigen."

„Ich habe das Gefühl, dass du niemals Zeit haben wirst, dich mit etwas Anstrengendem oder Langfristigem zu beschäftigen."

„Ich möchte jetzt nicht weiter darüber reden."

Esmé bleibt stehen, sagt dann: „Was denkst du, was mit uns passiert, wenn ich nach New Haven ziehe?"

„Realistisch gesehen?"

„Sicher", sagt sie, „realistisch."

Das Neonzeichen des Pike Place Market taucht vor ihnen auf, mit seiner großen Uhr, die sich vor dem dunklen Orange des Sonnenuntergangs deutlich abzeichnet.

Gottverdammte Uhr.

„Keine Ahnung", sagt er. „Am Anfang werden wir jeden Abend telefonieren, dann nur noch alle paar Abende, dann nur noch einmal die Woche, dann werden wir damit anfangen, uns gelegentlich E-Mails zu schicken..."

„Okay, okay, das reicht mir an Realismus, vielen Dank." Sie dreht sich um und hebt ihre Hand, um ein Taxi anzuhalten, obwohl keins in Sicht ist.

„Was ist jetzt?", sagt er.

Esmé konzentriert sich weiter auf die Straße.

Pete kennt diese Situation – wieder einmal hat er eine Beziehung in den Sand gesetzt, ohne es richtig zu versuchen oder wenigstens zu verstehen.

„Komm schon", sagt er.

„Es hat keinen Zweck."

„Was?"

Ein STITA-Taxi kommt um die Ecke und Esmé tritt weiter als nötig auf die Fahrbahn, was anscheinend den Turban-tragenden Fahrer erschreckt, der sofort anhält. Esmé reißt die Hintertür auf.

„Wo willst du hin?"

Sie klettert hinein. „Oh, und ich weiß, dass du dich mit anderen Frauen triffst, einschließlich der, die heute Morgen im Gericht war."

Pause.

„Ich habe nie gesagt, dass ich das nicht tue!"

„Ja, aber ich will, dass du weißt, dass ich es weiß!" Sie knallt die Tür zu.

Pete schaut zu, wie sich das Taxi in den dichten Verkehr einfädelt. Wenn er etwas schneller joggen würde, dann könnte er es wahrscheinlich einholen.

Stattdessen dreht er sich um und geht weiter auf der University zur Fünfzehn-Meter-Skulptur aus Schrott, dem Hammering Man am Eingang des Seattle Museum of Art. Schräg gegenüber, auf der anderen Seite der First Avenue verkündet das Lusty:

DER FRÜHLING IST DA
UND DIE LIEBE IST ENTHÜLLT

Showtime

„Fühlst du dich gut?"

Amber nickt. Sie sieht blass aus und nicht gut.

Pete setzt sich im Gang des Gerichtsgebäudes neben sie auf eine Bank, die er schon mit Dutzenden Opfern geteilt hat. „Die Geschworenen werden dich mögen", sagt er.

„Ich habe ein beschissenes Gefühl im Bauch."

„Trotzdem *siehst* du gut aus."

Sie trägt kein Make-up und einen dunkelblauen Rock und eine hellblaue Bluse – Petes Vorschläge – und eine schwarze Strumpfhose sowie einen Christophorus an einer kurzen Kette, ihre Entscheidungen.

„Sie werden dich mögen", wiederholt er. „Und sie werden wissen, dass du die Wahrheit erzählst."

„Ich werde unter Eid stehen, richtig?"

„Richtig."

„Ich glaube, ich muss dir was erzählen."

Oh, nein. „Ja?"

„Ich kann mich nicht wirklich erinnern, ob ich geschrien habe oder nicht. Ich *denke,* dass ich es getan habe, es kommt mir so vor, als hätte ich, aber ich bin mir nicht sicher."

„Das ist okay. Erzähl den Geschworenen einfach, dass du denkst, dass du es getan hast, aber dir nicht sicher bist."

„Und ich habe ein bisschen mehr getrunken, als ich zuerst gesagt habe."

„Das ist okay. Wir müssen uns nicht auf genaue Zahlen einlassen."

„Und ich habe mich im Breakroom übergeben."

„Das ist okay."

„Und da waren noch Drogen."

„Was? Was für Drogen?" *Oh Fuck, lass es bitte Marihuana sein.*

„Heroin."

„Oh, *Fuck.*"

„Du bist sauer."

„Heroin?"

„Aber nur durch die Nase. Keine Nadel."

„Wie viel?"

„Ich habe zusammen mit einem anderen Mädchen ein Gramm gekauft, und ich habe nur eine Linie gezogen."

„Wer von euch hatte das Zeug dabei?"

„Sie, und sie ist mit einem Typen weggegangen, deshalb habe ich sie an dem Abend nicht mehr gesehen."

„Okay, okay. Ich werde dich dazu im Zeugenstand befragen müssen."

„Ich weiß."

„Ich werde dich auch fragen müssen, warum du dem Detective nichts davon erzählt hast."

„Das ist doch ziemlich klar, oder?"

„Und warum du es dem Strafverteidiger nicht erzählt hast, als er dich befragt hat."

„Wird er mich deswegen fertig machen?"

Pete nickt. „Oh, ja."

„Er kam nicht sehr schlimm rüber, als er mich befragt hat."

„Taktisches Vorgehen. Er hat sich wahrscheinlich zurückgehalten, um dich vor den Geschworenen damit zu überraschen."

Amber vergräbt den Kopf in ihren Händen. „Wie konnte ich hier nur reingeraten?"

„Du bist vergewaltigt worden."

„Ich muss mit diesem ganzen Zeug aufhören, mich voll laufen zu lassen und mit Kerlen nach Hause zu gehen und mit dieser ganzen... dummen, dummen, dummen Scheiße."

„Amber?"

Sie hebt ihren Kopf.

„Wen magst du lieber", fragt er, „Nirvana oder Pearl Jam?"

Ihr Gesicht verwandelt sich. „Ich glaub, Nirvana."

„Dachte ich mir."

„Warum?"

„Nur so. Ich wollte einfach das Thema wechseln, weil wir jetzt los müssen. Bist du bereit?"

Sie nickt.

„Ich werde damit beginnen, dich nach deiner Adresse zu fragen."

„Ich denke, das kriege ich hin."

„Und du wirst mir gegenüber nicht emotional werden."

„Nicht wenn du nach meiner Adresse fragst."

Er lächelt. „Gut. Lass uns gehen."

„Gibt es keine Möglichkeit, das zu vermeiden?"

„Er könnte einen Zusammenbruch haben und sich schuldig bekennen, sobald wir in den Gerichtssaal kommen, aber darauf würde ich nicht wetten."

Reue

Tränen fließen über Ambers Gesicht, als Pete sein Verhör beendet, ganz wie er gehofft hatte, und sie ist nicht die Einzige im Gerichtssaal, die schnieft.

Pete reicht Amber ein Taschentuch. „Keine weiteren Fragen", sagt er und schaut dann zu Sundfell. *Viel Spaß damit, Mister Abschaum.*

Sundfell tritt zögernd zur Zeugin und legt sein Notizbuch auf dem Holzgeländer ab. Er überrascht Pete, indem er mit einfachen, nicht feindseligen Fragen beginnt. Nachdem Ambers Tränen vollkommen getrocknet sind, geht er zu dem Ereignis über.

„Sie erinnern sich daran, dass Keith nach einem Kondom gesucht hat?"

„Er ist von mir runtergegangen, wenn es das ist, was Sie meinen."

„Und dann sind Sie ins Badezimmer gegangen?"

„Ja."

„Und haben die Badezimmertür zugemacht und verschlossen."

„Ja."

„Und er hat nicht versucht, die Tür aufzubrechen oder so was."

Sie schüttelt den Kopf.

„Sie müssen bitte für die Gerichtsschreiberin lauter sprechen."

„Nein", sagt sie. „Ich denke nicht, dass er versucht hat, die Tür aufzubrechen."

„Und nach einer Weile ließen Sie ihn ins Badezimmer hinein."

„Ja."

„Und er ist zu diesem Zeitpunkt nicht über Sie hergefallen oder so was."

„Nein."

„Er hat nur das Bad benutzt."

„Ja."

„Sie sind nicht aus dem Apartment gelaufen oder so was."

„Nein. Ich wusste nicht, was ich tun sollte. Ich wollte einfach..."

Sie scheint am Rande der Tränen zu sein und Sundfell unterbricht sie, aber mit einem weicheren Ton. „Sie sind ins Bett gegangen."

„Ja."

„Sie hatten davor einige Biere im Breakroom."

„Ja."

„Und noch mehr Bier bei Keith zu Hause."

„Ja."

„Und etwas Jack Daniel's bei Keith zu Hause."

„Genau."

„Und Heroin im Breakroom."

Sie nickt.

„Ja?", sagt Sundfell.

„Ja."

„Und Sie haben dem Detective nichts von dem Heroin gesagt."

„Nein."

„Und Sie haben mir nichts von dem Heroin gesagt, als ich Sie befragt habe."

„Nein."

„Tatsächlich habe ich Sie ausdrücklich gefragt, ob Sie an dem Abend irgendwelche Drogen genommen hätten."

„Ja, ich glaube, das haben Sie gefragt."

„Und Sie sagten nein."

„Genau."

„Was eine Lüge war."

„Stimmt. Ich habe das schon zugegeben, als Mr. Tyler mich befragt hat."

„Also haben Sie hierzu gelogen."

„Einspruch – bereits beantwortet."

„Stattgegeben."

„Sie haben das Heroin von einem Typen namens Chino gekauft, richtig?"

„Ja."

Seit Wochen hat der dreckige Bastard das gewusst.

„Und Sie haben ein ganzes Gramm gekauft."

„Ja."

„Sie hatten also mehrere Biere, ein paar Jack Daniel's und etwas Heroin in dieser Nacht."

„Ja."

„Also ist Ihre Erinnerung an diese Nacht ein bisschen verschwommen."

„In einigen Dingen."

„So zum Beispiel, ob Sie geschrien haben oder nicht."

„Ja."

„Würden Sie mir zustimmen, dass Bier, Jack Daniel's und Heroin zusammen das Wahrnehmungsvermögen einer Person beeinträchtigen können?"

„Ein bisschen, ja."

„Sie wiegen nicht viel, oder?"

„Nein."

„Ungefähr 60 Kilo?"

„55."

„Und ich glaube, Sie können bezeugen, dass Sie gewöhnlich nicht viel trinken."

„Nein, nein tue ich nicht."

„Und Sie haben nur ein paar Mal Heroin genommen."

„Ja."

„Also haben Sie der Alkohol und die Drogen in dieser Nacht ziemlich hart getroffen."

„Ich vermute schon."

„Sie vermuten?"

„Ja."

„Und Sie stimmen mir zu, dass jemand, der getrunken und Drogen genommen hat, Dinge machen könnte, die er nicht tun würde, wenn er *nicht* getrunken und Drogen genommen hätte?"

„Einspruch", sagt Pete, da Sundfell dabei ist, sie fertig zu machen. „Reine Spekulation."

„Ich formuliere neu", sagt Sundfell, der für einen Moment gegenüber den Geschworenen seine angeborene Ekelhaftigkeit aufblitzen lässt. „Haben *Sie* Dinge getan, wenn Sie getrunken oder Drogen genommen hatten, die Sie sonst nicht getan hätten?"

„Ja."

„Und diese Dinge bereut, wenn Sie wieder nüchtern waren?"

„Ja."

„Also kennen Sie dieses Erwachen, wenn Sie sich morgens nicht sicher sind, was Sie die Nacht zuvor gemacht haben, aber Sie einfach diese Reue fühlen und diese unbestimmte Wut und etwas dagegen machen wollen."

„Einspruch", sagt Pete.

„Stattgegeben."

Sundfell blättert eine Seite in seinem Notizbuch um.

Scott flüstert zu Pete: „Reue und unbestimmte Wut? Hört sich für mich nach einem stinknormalen Samstagmorgen an."

Sundfell steht für ein paar Augenblicke da, blättert eine weitere Seite um, dann schließt er das Notizbuch.

Er schaut auf Amber, sie starrt zurück, eine hässliche Situation.

„Keine weiteren Fragen."

„Mr. Tyler?", sagt Richter Sorensen.

Pete schaut zu Amber, und er möchte gern etwas für sie tun. *Aufhören, selbst wenn wir hinten liegen.*

„Danke, Euer Ehren, keine weiteren Fragen."

Ein Priester namens Pat

„Jesus died for somebody's sins, but not mine..."

Der Anfang von Patti Smiths „Gloria" hallt in Petes Kopf, als er St. James betritt und sich bekreuzigt. Er verbannt den Songtext aus seinen Gedanken und tritt in die Dunkelheit des langen Raumes.

Entlang der Wände zeichnen lebensgroße Gemälde die Passion Christi Bild für Bild nach, von dem Verrat an ihm zu seiner Kreuzigung bis hin zur Auferstehung. Pete muss in seiner Jugend hunderte von Stunden damit verbracht haben, diese Geschichte anzustarren, fragte sich, ob sie wahr ist und fühlte sich schuldig für seine Zweifel daran.

Seit nahezu zwanzig Jahren ist Pete nicht in der Kirche gewesen, und es jagen ihm kalte Schauer den Rücken runter. Es überrascht ihn, dass die Ehrfurcht genauso von ihm Besitz ergreift, wie sie es tat, als er ein leicht einzuschüchternder Teenager war.

„Kann ich Ihnen helfen?"

Pete dreht sich um und sieht vor sich einen Priester, der jünger als er selbst zu sein scheint. „Ich habe darüber nachgedacht, na ja, vielleicht ein wenig Zeit im Beichtstuhl zu verbringen."

Der PRIESTERJUNGE nickt und dreht sich um. Nach einem Zögern folgt Pete ihm. Der PRIESTERJUNGE schaut sich nicht um, bis er in seiner Seite des Beichtstuhls verschwindet.

Pete spielt mit dem Gedanken abzuhauen, atmet dann jedoch tief ein und betritt den Beichtstuhl. Drinnen ist es noch enger und dunkler, als Pete in Erinnerung hat, und der ungepolsterte Sitz noch unbequemer.

Pete bekreuzigt sich und sagt: „Vergib mir, Vater, ich habe gesündigt."

„Wie lange ist es her seit deiner letzten Beichte?"

„Etwa zwanzig Jahre."

„Zwanzig Jahre?"

„Etwa."

„Warum so lange?"

„Als ich sechzehn wurde, sagten mir meine Eltern, ich könnte selbst entscheiden, ob ich weiter zur Kirche gehen will. Also ging ich nicht mehr."

„Und warum bist du zurück?"

„Ich war hier zum Ostergottesdienst mit meiner Mutter."

„Aber warum bist *du* hier mit mir?"

„Zuerst muss ich Sie etwas fragen."

„Ja?"

„Wie alt sind Sie?"

„Achtundzwanzig."

„Ich muss Ihnen sagen, ich fühle mich nicht wohl dabei, jemanden Vater zu nennen, der jünger ist als ich."

„Ich verstehe. Würdest du mich lieber mit Pat anreden?"

Pete probiert den Klang aus. „Vergib mir, Pat, ich habe gesündigt." *Oh Gott.* „Nein, das funktioniert nicht, ich bleibe bei Vater."

„Wie kann ich dir helfen?"

„Ich mache mir Sorgen um meine Zukunft."

„Ja?"

„Nun, ich habe mit etwa dreihundert Frauen geschlafen, mehr oder weniger. Ich kann kaum noch eine Frau ansehen, ohne mich zu fragen, wie sie wohl im Bett wäre."

„Dreihundert?"

„Errechnet man den Durchschnitt, kommt man nur auf etwa fünfzehn pro Jahr."

„Du glaubst, dass du mit dreihundert Frauen geschlafen hast?"

„Blowjobs mitgezählt."

„Hört sich an, als hättest du ungewöhnlich viele sexuelle Begegnungen für jemanden, der nie in ein öffentliches Amt gewählt wurde."

„Hey, das war ziemlich komisch."

„Ich habe herausgefunden, dass Humor manchmal hilft. Hast du wirklich mit so vielen Frauen geschlafen?"

„Ich war früher in einer Band", erklärt Pete.

„Empfandest du Sex mit all diesen Frauen als befriedigende Erfahrung?"

„Meistens", sagt Pete, „ja."

„Hast du diese Frauen geliebt?"

„Ich denke schon, vielleicht. Ein paar von ihnen."

„Und die anderen?"

„Ich mochte die meisten von ihnen."

„Es gab welche, die du nicht mochtest?"

„Über einige von ihnen wusste ich nicht genug, um sagen zu können, ob ich sie mochte oder nicht."

„Und hast du das nicht als unbefriedigend empfunden?"

„Hey, ich bin ein Mann – ich hab mich gut amüsiert."

„Aber ich nehme an, dass sich jetzt etwas verändert hat."

Pete nickt, dann sagt er: „Ja."

„Was?"

„Ich werde heiraten – aber fragen Sie nicht wen, denn ich weiß es noch nicht."

Der PRIESTERJUNGE schweigt dazu gnädigerweise.

„Ich habe diese Frau kennen gelernt", fährt Pete fort, „und es beunruhigt mich, dass ich mich in sie verliebt haben könnte. Denn es gibt noch zwei andere, und ich denke nicht, dass ich abgeneigt bin. Eine von ihnen konnte ich mir nie als mögliche Frau vorstellen, bis sie mit mir Schluss gemacht hat. Die andere ist meine erste Liebe, und ich habe sie seit zehn Jahren nicht gesehen. Und vielleicht werde ich mich in jemanden verlieben, den ich noch gar nicht kenne."

Pause.

„Und alles scheint zum ungünstigsten Zeitpunkt zusammenzukommen", fügt er hinzu.

„Das ist schwierig", sagt der PRIESTERJUNGE schließlich.

„Was ist Ihrer Meinung nach Liebe?"

„Wie Tolstoi sagte: ‚So viele Menschen, so viele Gedanken, so viele Herzen, so viele Arten der Liebe.'"

„Ihr Priester seid ganz schön belesen, oder?"

„Worauf ich hinaus will ist, dass Liebe viele Definitionen hat und ich dir nicht sagen kann, ob du liebst. Niemand kann das."

„Okay. Worst-Case-Szenario. Nehmen wir an, dass ich liebe."

„Okay."

„Und nehmen wir an, ich heirate sie. Was, wenn ich nicht monogam sein kann? Jedes Mal wenn ich eine gut aussehende Frau sehe, will ich sie. Was, wenn sich das nicht ändert?"

„Vielleicht ändert es sich nicht."

„Oh Gott..." *Hoppla.* „Es ist einfach so, dass ich eine gut aussehende Frau sehe, manchmal sogar nur eine Frau, die ganz vernünftig aussieht – sie haben *alle* etwas Attraktives an sich, irgendetwas, das sexy ist –, und ich einen Adrenalinstoß kriege. Plötzlich ist das Leben gut. Und ich kann mir nicht helfen, aber ich denke, wie *großartig* es sein würde, wie *himmlisch* es sein würde, mit ihr zu schlafen."

„Es ist keine Sünde, sich das zu fragen."

„Aber was ist, wenn ich es mich nicht nur frage? Was ist, wenn ich verheiratet bin und ich eine andere Frau sehe und sie haben will und sie dann habe. Das ist Ehebruch."

„Ja."

„Und das ist eine Sünde."

„Ja."

„Und was ist, wenn es nur, sagen wir mal, ein Blowjob ist."

„Oralverkehr stellt eine sexuelle Verbindung dar."

„Nicht, wenn man dem Präsidenten der Vereinigten Staaten glaubt, der ja immer noch der Herrscher der freien Welt ist."

„Es war nicht moralische Stärke, die es ihm ermöglichte, in diese Position aufzusteigen."

„Ich hatte Angst davor, dass wir schließlich da hinkommen würden, wo wir jetzt sind."

„Wo sind wir denn hingekommen?"

„Ich bin ein hoffnungsloser Sünder."

„Du bist nicht hoffnungslos. Gibt es nicht einige Versuchungen, denen du in deinem Leben widerstanden hast?"

Pete denkt nach. „Ich fühle mich zu ein paar Frauen hingezogen, mit denen ich zusammenarbeite – tatsächlich sind es drei, vielleicht vier –, aber ich habe nichts unternommen."

„Aus welchem Grund?"

„Sie sind verlobt oder verheiratet, und ich arbeite mit ihnen zusammen."

„Also hast du etwas Selbstbeherrschung. Fallen dir irgendwelche anderen Beispiele ein?"

„Ich kann achtzehn Stunden am Tag arbeiten."

„Also hast du etwas Selbstdisziplin."

„Das ist einfach nur zwanghaft."

„Nun, das kann konstruktiv sein, manchmal."

„Haben Sie *Trainspotting* gesehen?"

„Ja."

„Ich liebe die Szene, wo er nach dem Zäpfchen in der Toilette greift, hineinklettert und plötzlich schwimmt." Pete gestikuliert mit seinen Händen, dann hört er auf. „Aber auf jeden Fall habe ich es so verstanden, dass der Held nur ein normales Leben führen will. Zuerst dachte ich, dass das Ende witzig oder ironisch sein soll, da das der notwendige, angesagte Ton heutzutage ist, aber nachdem ich es ein paar Mal öfter gesehen hatte, begriff ich, dass er es wirklich meint. Er will wirklich nur ein normales Leben. Glauben Sie nicht?"

„Ja. Auf unbeholfene Weise strebt er ein Dasein an, das weniger verrückt, das philosophischer ist. Aber man muss es sich erarbeiten."

„Erarbeiten?"

„So wie Wordsworth sagte: ‚Nichts kann die Stunde zurückbringen, des Glanzes im Gras, der Herrlichkeit in den Blumen, doch wir werden uns nicht grämen.'" Der PRIESTERJUNGE rezitiert das nach Petes Meinung ziemlich gut. „‚Vielmehr finde die Kraft in den Überresten hinter dir, in den beruhigenden Gedanken, die dem menschlichen Leiden entspringen, in dem Glauben, der durch den Tod hindurchsieht, in den Jahren, die den philosophischen Geist bescheren.'"

Pete sieht plötzlich vor sich, wie der PRIESTERJUNGE allein in seinem düsteren, kleinen Kämmerchen Trost in der Bibel und der Poesie und im Rotwein findet. Pete bewundert das, aber bezweifelt, dass er so den Seelenfrieden finden könnte. Jedes Mal, wenn er ein gutes Buch liest, spürt er den Drang zu trinken, zu rauchen, Frauen aufzureißen, zu *leben*.

„Kein Mann *will* je monogam sein", sagt Pete plötzlich, „oder?"

„Doch, einige wollen das. Und du eines Tages vielleicht auch."

Pete möchte das glauben, kann aber die Zweifel nicht abschütteln. „Und das Zölibat", sagt Pete. „Wie ist das überhaupt möglich? Ich verstehe einfach nicht, wie ihr Jungs im Zölibat leben könnt."

„Es ist ein *Opfer*. Es *soll* ein Opfer sein."

„Unbestritten."

„Und ich glaube, es würde dir helfen."

„Was? Das *Zölibat?*"

„Ein Opfer."

„Was für ein Opfer?" Pete klingt misstrauisch.

„Du gibst etwas auf. Was, entscheidest du. Es ist ein Weg, dich selbst daran zu erinnern, dass du nicht einfach alles nehmen kannst, was du willst. Du kannst dir deine Selbstdisziplin beweisen. Das sind Dinge des Erwachsenseins. Viel Gutes folgt aus solchen Taten."

Pete hätte ein paar Dutzend Ave-Marias bevorzugt.

„Muss ich das sofort entscheiden?“, fragt Pete. „Was soll ich aufgeben?“

„Nein, du entscheidest was und wann.“

Pete atmet laut aus. „Okay.“

„Okay.“

„Aber da ist noch eine letzte Sache.“

„Ja?“

„Ich bin Staatsanwalt.“

„Ja?“

„Und was Sie heute gehört haben, na ja, das ist nur die Spitze des Eisbergs, wenn ich von meinen Sünden rede.“

„Ist da noch irgendetwas anderes, wofür du büßen willst?“

„Nichts Besonderes, aber manchmal fühle ich mich wie ein Betrüger. Zurzeit klage ich einen Typen wegen einer Vergewaltigung unter entfernt Bekannten an. Das meinte ich damit, dass alles zum ungünstigsten Zeitpunkt zusammenkommt.“

„Ich weiß. Ich habe bemerkt, wer du bist.“

Jesus Christus. „Was meinen Sie?“

„Wie viele Staatsanwälte waren in einer Grunge-Band und sind Ankläger in dem Vergewaltigungsfall, der diesen Monat alle Titelseiten ziert?“

Pause.

„Ich wollte nicht andeuten, dass ich eine Bekannte vergewaltigt habe“, sagt Pete. „Das habe ich nicht.“

„Ich habe nicht angenommen, dass du das hast.“

„Das habe ich nicht.“

„Okay.“

„Aber ich bewege mich in einigen Graubereichen. Ich denke über das Zitat von Jesus nach, ‚Wer von euch ohne Sünde ist, der werfe den ersten Stein.‘ Die Wahrheit ist, dass ich bis zum Gehtnichtmehr gesündigt habe und trotzdem Steine werfe.“

„Das Wichtige ist, deine Sünden zu erkennen, die Schuld anzuerkennen, für sie zu büßen und dann zu versuchen, ein gutes Leben zu führen. Suche Vergebung und vergebe. Erinnere dich, Bestrafung und Vergebung sind unvereinbar. Und zuweilen wird beides benötigt. Menschen werden immer Fehler machen, und es wird immer einen Preis für unsere Fehler geben. Und es ist notwendig, *dass* wir zahlen. Der Weg, wie du dich in einem guten Leben nach vorn bewegst, ist zu zahlen, ein Opfer zu geben. So lassen wir die Dinge hinter uns. So fühlen wir uns wiedergeboren."

Ahhh, Katholizismus. „Okay."

„Ich hoffe, deine Rückkehr zur Kirche wird von Bestand sein."

„Das ist möglich", sagt Pete und versucht, sowohl eine verbindliche Zusage als auch eine eklatante Lüge zu vermeiden.

Lust Rain Over Me

Pete geht aus St. James hinaus in das Licht eines fast sonnigen Tages und fühlt sich auf unbestimmte Weise erlöst. Er ahnt, dass die Stimmung unverdient ist, doch er genießt sie trotzdem.

Er hält an, fängt einen Hauch der blühenden Kirschbäume auf und beginnt dann zu wandern. Obwohl er das Gehen genießt, sucht ein Auge stets den Himmel nach Nimbuswolken ab.

Der Frühling in Seattle ist neckisch. Er taucht auf und wärmt einen, doch dann ist er weg und hinterlässt einen kalt und nass, allerdings mit dem koketten Versprechen, eines Tages wiederzukehren. Pete ist sich dessen bewusst, denn eine schnell dichter werdende Wolkendecke verdunkelt die Sonne, und der Wind beginnt abzukühlen. Die ersten Regentropfen treffen ihn, als er das südliche Ende des Westlake Triangle überquert, wo junge Skater tätowierten Mädchen ihre Tricks vorführen. Pete beginnt, sich nach einem Taxi umzuschauen, da er seinen leichten Wollanzug nicht ruinieren will.

Dann, plötzlich, macht er aus dem Augenwinkel ein Mädchen aus, das mit einem roten Regenschirm die Fourth Avenue hochläuft – sie ist dünn und groß und dunkelhaarig, und er kann das Weiß ihrer Zähne aus fünfzehn Metern Entfernung sehen.

Eine erstklassige Schönheit, mit großartigen Knöcheln.

Er erstarrt und glotzt. Sie kommt ihm irgendwie bekannt vor. Er glaubt, dass er sie vielleicht einmal auf einem Rangehoods-Konzert im Swiss getroffen hat – *Megan Stra… oder so ähnlich* –, und es nicht hingekriegt hat, sie aufzureißen.

Hast du es zumindest versucht?

Ein Linienbus hält in seinem Sichtfeld und entzieht sie seinem Blick. Dennoch schaut er weiter auf den Bus. Durch die vom Regen verschleierten Fenster sieht er, wie sie einsteigt und kurz einen Fahrschein zeigt und weit vorne Platz nimmt.

Noch immer erstarrt will er, dass sie in seine Richtung schaut.

Warum hast du dir nicht ihre Telefonnummer besorgt, als du die Gelegenheit hattest?

Der Bus fährt los. Sie schaut weiter nach vorn. Dann dreht sie plötzlich aus unerfindlichen Gründen ihren Kopf und schaut, für vielleicht eine Sekunde, in seine Richtung.

Ein Bild seiner selbst aus ihrem Blickwinkel baut sich vor seinem geistigen Auge auf: großer Typ in blauem Anzug und weißem Hemd, attraktiv, aber nicht clever genug, aus dem Regen herauszukommen.

Animal House – Ich glaub' mich tritt ein Pferd vs. Rashomon – Das Lustwäldchen

„Es ist wie in einer Szene aus *Animal House*", sagt Scott im Abschlussplädoyer zu den Geschworenen und Pete wird blass. „Da gibt es diesen Charakter mit dem Namen Flounder", fährt Scott fort, „und er ist aufgebracht, weil die Typen den Lincoln Continental seines Bruders zerbeult haben. Otter dreht sich zu ihm und sagt: ‚Hey, du hast es vermasselt – du hast uns vertraut.' Wobei ‚vermasselt' nicht den tatsächlich benutzten Worten entspricht."

Zu Petes Erleichterung lächeln ein paar Geschworene, die die Szene wiedererkennen.

„Und genau das ist hier passiert", fährt Scott fort. „Amber hat es vermasselt. Sie hat dem Angeklagten vertraut. Sie hat auch andere Fehler gemacht. Sie hat zu viel getrunken, sie hat etwas Heroin genommen, sie ist mit einem Typen nach Hause gegangen, der denkt, dass alles möglich ist."

Pete beobachtet Scott mit etwas Unbehagen, denn es ist so, als würde er sich selbst sehen, obwohl Scott eine rücksichtslosere Version von ihm ist, und er erkennt, dass Scott bei ihm abgekupfert hat, genauso wie Pete bei anderen Staatsanwälten abgekupfert hat, Leuten wie Horne. Pete kann sich nicht genau erinnern, ob es T.S. Eliot war oder John Lennon, der sagte, dass wahre Künstler nicht plagiieren, sondern stehlen.

„Es mag ein paar Sachen geben, die Amber nur noch verschwommen sieht, es mag ein paar Sachen geben, an die sie sich nicht mehr erinnert, es mag ein paar Sachen geben, die sie nicht weiß, aber sie *weiß*, dass sie vergewaltigt wurde. Solche Sachen vergisst man nicht."

Pete schiebt seine Hand über seinen Mund, sodass er eher nachdenklich als belustigt aussieht.

Scott geht über zu den Fakten und verknüpft sie dann mit den Anweisungen für die Geschworenen, die in großen Lettern auf einem Plakat stehen. Scott erklärt, dass mit Vergewaltigung zweiten Grades „gewaltsamer Zwang" gemeint ist, was Gewalt ist, „die den Widerstand bezwingt", und er kommt zurück auf die Fakten: Amber, die sich wälzt und tritt und schlägt und kratzt.

Dann macht Scott weiter mit der weniger voraussetzenden Straftat, Vergewaltigung dritten Grades, die nur bedingt, dass das „Fehlen von Einverständnis deutlich kommuniziert wurde". Er hält inne und schaut zu den Geschworenen. „Amber hat hier weitaus mehr getan, als deutlich zu kommunizieren. Vielleicht hat sie geschrien, vielleicht auch nicht, doch selbst, wenn Sie glauben, dass sie nicht geschrien hat, haben ihre Handlungen deutlich ein Fehlen von Einverständnis kommuniziert, mehr als das, ihre Handlungen stellten Widerstand dar, der mit Gewalt gebrochen wurde, was es zu einer Vergewaltigung zweiten Grades macht. Aber es ist ebenso Vergewaltigung dritten Grades, denn das Fehlen von Einverständnis muss nicht verbal kommuniziert werden. Es kann auch körperlich ausgedrückt werden."

Dieses Argument zeigt den Geschworenen eine Kompromisslösung auf, Vergewaltigung dritten Grades, was nicht ganz folgerichtig ist, doch Pete denkt, dass es unter diesen Umständen ein geschickter Schachzug ist.

„Nutzen Sie nur Ihren gesunden Menschenverstand, wenn Sie die Anweisungen für Geschworene durchgehen. Nutzen Sie Ihren gesunden Menschenverstand, wenn Sie die Fakten überdenken. Nutzen Sie Ihren gesunden Menschenverstand, wenn Sie überdenken, was der Angeklagte gegenüber Detective Tuiaia gesagt hat. Er behauptet, er sei so betrunken gewesen, dass er keins von den mehr als dreißig

Kondomen, die in seiner Wohnung herumlagen, finden konnte? Also bitte. Dieser Kerl ist noch *nie* so betrunken gewesen, dass er nicht eins dieser Kondome gefunden hätte."

„Einspruch, der Staatsanwalt verhält sich unsachgemäß und, ähh..."

Sundfell stottert vor sich hin.

„Abgelehnt. Das ist das Plädoyer und kein Zeugenverhör."

„Und nutzen Sie Ihren gesunden Menschenverstand, wenn Sie Ambers Aussage überdenken", fährt Scott fort. „Sie haben ihre Mitbewohnerin gehört, der sie es beschrieben hat. Sie haben den Seelsorger gehört, dem sie es beschrieben hat. Sie haben den Arzt gehört, der die Untersuchung nach der Vergewaltigung vorgenommen hat. Hört es sich für Sie so an, als wäre sie ein Mädchen, das nur ein paar Budweiser zu viel und etwas Heroin bereut? Hört es sich für Sie so an, als wäre sie jemand, der wegen eines Katers zu Überreaktionen neigt? Glauben Sie, dass sie *total verrückt* ist? Denn man müsste verrückt sein, um sich das alles auszudenken. Es gibt keinen Grund, warum sie das alles durchmachen sollte – die Untersuchung nach der Vergewaltigung, die Befragungen, den Prozess. Es gibt keinen Grund, das alles über sich ergehen zu lassen – außer eine Vergewaltigung."

Scott spult noch ein paar Fakten runter und schließt dann ab. „In diesem Fall geht es nicht darum, was Amber getan hat, in diesem Fall geht es darum, was der Angeklagte getan hat. Das hier ist kein Fall über Reue, das hier ist ein Fall über Vergewaltigung. Danke."

Sundfell steht auf und sagt: „Was Mr. Tyler in seinem Eröffnungsplädoyer beschrieben hat, war Vergewaltigung. Was Mr. Foss gerade beschrieben hat, war Vergewaltigung. Und was Miss Nickerson bei ihrer Aussage beschrieben hat, war Vergewaltigung. Aber Mr. Tyler weiß nicht, was in dieser Nacht geschehen ist. Und Mr. Foss weiß nicht, was in dieser Nacht geschehen ist. *Und auch Amber Nickerson weiß es nicht.* Sie hatte über mehrere Stunden hinweg Bier und Jack Daniel's getrunken, mehr als zehn Drinks, vielleicht sogar viel mehr als das, und sie ist eine eher zierliche Person. Sie haben sie gesehen.

Sie ist so dünn wie ein Schilfrohr. Und sie hat an diesem Abend Heroin genommen. Also ist sie sich wirklich nicht sicher, was geschehen ist. Sie hat selbst zugegeben, dass sie hinsichtlich dessen, was geschehen ist, *gelogen* hat – sie hat gelogen, als sie sagte, sie hätte keine Drogen genommen. Man darf Amber Nickerson einfach nicht glauben. Sie war betrunken, sie war high, und sie hat gelogen. Vergessen Sie nicht, dass sie an diesem Abend einen gefälschten Ausweis benutzt hat. Ich werde nicht versuchen, Ihnen zu erzählen, was in dieser Nacht geschehen ist, denn ich weiß es nicht. Niemand weiß es. Nicht einmal Amber und Keith wissen es sicher, weil sie beide *sturzbesoffen* waren. Der Sex ist vielleicht ein bisschen grob gewesen, aber das macht es nicht zur Vergewaltigung. *Glaubt* Amber wirklich, dass sie vergewaltigt wurde? Vielleicht. Aber sie hat bei der Polizei keine Anzeige wegen Vergewaltigung aufgegeben, bis sie *danach* mit ihrer Mitbewohnerin und einem Seelsorger gesprochen hat. Vielleicht haben die sie überzeugt, zu glauben, dass es Vergewaltigung war. Wir wissen es nicht."

Sundfell geht über zu einem Nebenschauplatz, zu einer Abhandlung über die Schwierigkeit, alles zu wissen, wobei er sogar einen Bezug auf Akira Kurosawas Film *Rashomon* einflicht, was den Juroren nicht einmal ein kurzes Aufleuchten der Augen entlockt, dem zu entnehmen wäre, dass sie den Film kennen, doch schon steuert er wieder zu seinem eigentlichen Thema zurück: „Was ich weiß, ist Folgendes: Es wäre ein Fehler, Keith zu verurteilen, denn es gibt in diesem Fall viele begründete Zweifel. *Zu viele.* Da ist die Tatsache, dass Amber betrunken und high war, und die Tatsache, dass sie gelogen hat, und die Tatsache, dass sie sich nicht sicher ist, ob sie geschrien hat, und die Tatsache, dass keiner der Nachbarn Schreie gehört hat, und die Tatsache, dass sie freiwillig mitgegangen ist, dass sie freiwillig ihre Kleider ausgezogen hat, und sie gibt ja zu, dass Keith damit einverstanden war, ein Kondom zu benutzen, und sie gibt zu, dass sie die Nacht mit ihm verbracht hat. Sie hat sich nicht entschieden, es Vergewaltigung zu nennen, bis zwanzig Stunden vergangen waren. Das sind alles Gründe für Zweifel. Wenn sie vergewaltigt worden wäre, wäre sie aus dem Apartment gekommen und wäre noch in *dieser Nacht* zur Polizei gegangen. Aber sie hat sich nicht entschieden, es Vergewaltigung zu nennen, bis sie mit ihrer Mitbewohnerin und dem Seelsorger und wem auch immer gesprochen hat. Jetzt hat Mr. Tyler die letzte Chance, zu Ihnen zu sprechen, denn der Staat hat die Last der Beweisführung. Mr. Tyler wird überzeugend klingen. Er kann gut artikulieren, er ist charmant, und er erzählt eine gute Geschichte."

Scott hustet.

„Aber ich möchte Sie bitten, daran zu denken, dass Mr. Tyler in dieser Nacht nicht dort war. Er weiß nicht, was geschehen ist. Niemand von uns weiß, was geschehen ist. *Wir wissen es einfach nicht* – wir können es nicht wissen."

„Einspruch", sagt Scott.

Sundfell, der Richter und Pete drehen sich zu Scott.

„Zurückgezogen", sagt Scott. Dann flüstert er zu Pete: „Hab ihn nur ein bisschen verarschen wollen."

Sundfell fährt fort: „Dieser Fall kann nicht ohne einen begründeten Zweifel bewiesen werden, und daher bitte ich Sie nur, das einzig mögliche Urteil zu fällen. Zwei Worte: nicht schuldig. Danke."

„Wir unterbrechen für fünfzehn Minuten", verkündet Richter Sorensen, „dann werden wir Mr. Tylers Abschlussplädoyer hören."

Gib dem Teufel, was ihm zusteht

Bis auf Pete und Scott leert sich der Gerichtssaal. Pete starrt auf sein Plädoyer, in dem er die letzten Argumente vorbringen kann, zweizeilig geschrieben in Schriftgröße sechzehn.

„Zigarettenpause?", fragt Scott schließlich.

„Ich versuche aufzuhören, weißt du noch?"

„Mir ist nicht aufgefallen, dass du dir große Mühe dabei gegeben hast."

„Schön, ich werde damit anfangen."

Pete zerknüllt das Plädoyer und wirft es in den Papierkorb.

„Was zum Teufel machst du?"

„Ich hatte damit gerechnet, dass er Reue zu seinem Thema machen würde."

Scott zuckt mit den Achseln. „Ja, ich auch. Aber ich fand seinen Wechsel zum Wir-wissen-nichts-Thema ziemlich gut. Nahezu existentiell."

„Und es hat funktioniert, oder?"

„Ich fürchte, ja. Und er hat dir Komplimente gemacht. Er ist siegessicher."

Pete schaut zur Uhr auf und geht hinüber zur leeren Geschworenenbank und fängt an, lautlos ein neues Plädoyer einzustudieren.

Scott sagt: „Ich denke, du solltest einen Clinton-Witz einbauen."

Die Wahrheit ist schön

„Der Verteidiger will Ihnen weismachen, dass wir nichts wissen können", sagt Pete, als er auf die Geschworenen zugeht, „dass wir die Wahrheit nicht kennen können und wir deshalb nicht versuchen sollten, Gerechtigkeit walten zu lassen."

Er hält inne. „Aber wir *können* Dinge wissen, wir *können* die Wahrheit erkennen und wir *können* Gerechtigkeit walten lassen. Genau das machen wir hier."

Pete geht zu dem Tisch mit den Beweisstücken, der vor der Gerichtsdienerin steht, und hebt das Beweisstück 16 der Anklage hoch, Ambers Unterwäsche, in einer durchsichtigen Plastiktüte.

„Wir wissen, dass Ambers Unterwäsche zerrissen ist." Er hält sie für einige Augenblicke den Geschworenen hin, dann legt er sie zurück und nimmt das Beweisstück 3 der Anklage, ein Foto des Angeklagten, das im Gefängnis aufgenommen wurde.

„Wir wissen, dass der Angeklagte aussah, als hätte man ihm ins Gesicht geschlagen, so wie es Amber beschrieben hat." Er legt das Foto zurück und nimmt das Beweisstück 4, ein weiteres Foto.

„Wir wissen, dass Ambers Beine verletzt waren. Sie können Flecken sehen, die aussehen wie Druckstellen von Fingern." Er legt es zurück und nimmt Beweisstück 6 der Anklage, zwei Zwölferpacks Trojans, ein Dreierpack Natural X in blauen Plastikkapseln und mehrere Natural X in der herkömmlichen Folienverpackung.

„Wir wissen, dass die Wohnung des Angeklagten randvoll war mit Kondomen, die meisten deutlich sichtbar in der Nähe des Bettes, also wissen wir, dass die Behauptung des Angeklagten, sie hätten keinen Geschlechtsverkehr gehabt, weil er glaubte, er hätte keine Kondome mehr, nicht wahr klingt." Er legt die Kondome weg, schaut zu Sundfell, dann zurück zu den Geschworenen. „Also bitte – wir sind hier alle intelligente Menschen. Wir können Dinge herausfinden."

Es wäre einfacher, wenn das auf Tonband festgehaltene Halbgeständnis zulässig wäre.

Er geht von den Beweisstücken zurück in die Mitte des Podiums. „Was hier geschah, liegt auf der Hand: Der Angeklagte geriet außer Kontrolle, er hatte den Alles-ist-möglich-Gang eingelegt, war im Modus des *Anything Goes*. Und er *wusste* es. Als der Detective ihn fragte, ob er mit Amber Nickerson am Freitagabend zusammen war, sagte er ‚Mit wem?', dann ‚vielleicht' und schließlich ‚Ja.' Er kennt Amber. Er kennt ihren Namen. Er weiß, dass er mit ihr zusammen war. Amber ist nicht die Einzige, die den Freitagabend bereut. Der Angeklagte bereut ihn auch. Ein Alles-ist-möglich-Abend führt oft zu einem Morgen voller Reue. Das hier ist nur ein extremes Beispiel dafür."

Pete wirft einen Blick auf seine Notizen und legt sie dann auf dem Anwaltstisch ab. „Ich werde nicht noch einmal alle Fakten durchgehen. Und ich werde nicht viel Zeit damit verbringen, warum Amber die Dinge tat, die sie tat, warum sie die Fehler machte, die sie machte. Darüber habe ich im Eröffnungsplädoyer geredet, Mr. Foss hat darüber im Abschlussplädoyer geredet und Sie haben es von Amber gehört. Es war kein einfacher Schritt, sich zu entscheiden, die Vergewaltigung bei der Polizei anzuzeigen. So etwas erfordert Kraft. Glauben Sie nicht, es wäre für Amber einfacher gewesen, *keine* Anzeige zu machen, sich *nicht* damit zu befassen? Denken Sie daran, was sie alles durchgemacht hat: diese Nacht... der nächste Tag... die Untersuchung nach der Vergewaltigung... die Nächte, die sie seitdem nicht geschlafen hat... dieser ganze Prozess. Wie Mr. Foss gesagt hat: Sie müsste verrückt sein, das alles durchzumachen, wenn sie nicht tatsächlich vergewaltigt worden wäre.

Die Verteidigung sagte, dass der Sex in diesem Fall vielleicht ein bisschen grob gewesen sein könnte."

Sundfell schiebt seinen Stuhl zurück.

„Aber was Mr. Sundfell ein bisschen grob nennt", fährt Pete rasch fort, „nennt das Gesetz Vergewaltigung mit gewaltsamem Zwang."

„Einspruch."

„Abgelehnt. Wir sind in einem Plädoyer."

„Euer Ehren", sagt Sundfell stehend, „ich möchte Sie..."

„Abgelehnt."

Sundfell setzt sich und wirft seine Schreibunterlage auf den Tisch.

Währenddessen hält Pete Augenkontakt zu den Geschworenen, versucht, eine Beziehung zu ihnen aufzubauen, und eine der Frauen schaut ihn mit einem Blick an, den er als Ermutigung auffasst.

„Dieser Fall führt letztlich zu einer einfachen Frage", fährt er fort und überschlägt einige Seiten in seinem mentalen Skript. „Glauben Sie ohne begründete Zweifel, dass der Angeklagte Amber Nickerson vergewaltigt hat? Die Anweisungen für Geschworene geben Ihnen vor, dass Sie ‚einen nachhaltigen gesetzestreuen Glauben' an die Richtigkeit der Entscheidung haben müssen, dann wären Sie überzeugt, ohne begründete Zweifel. Die Anweisungen sagen *nicht,* dass Sie mit Sicherheit wissen müssen, was geschehen ist, denn fast nichts im Leben kann man mit Sicherheit wissen. Sie müssen nur einen nachhaltigen gesetzestreuen Glauben haben. Ein nachhaltiger gesetzestreuer Glaube ist natürlich ein dauerhafter Glaube. In einer Woche, in einem Monat, in einem Jahr werden Sie auf diesen Prozess zurückblicken. Sie werden zurückblicken, und Sie wollen sich gut fühlen wegen Ihres Urteils. Sie werden zurückblicken, und Sie wollen fühlen, dass Ihr Urteil gerecht war. Sie werden zurückblicken, und Sie wollen fühlen, dass Ihr Urteil... die Wahrheit widerspiegelt. Bitte arbeiten Sie daran im Geschworenenraum, nehmen Sie sich so viel Zeit, wie Sie brauchen. Sie können die Wahrheit finden, sie kann herausgefunden werden. Sie können Gerechtigkeit walten lassen. Sie können die Dinge hier richtig stellen. Und Sie werden die Dinge nicht nur für das Opfer und die Gesellschaft richtig stellen, sondern auch für den Angeklagten. Denn er kennt die Wahrheit." Pete steht jetzt dicht neben Keith, schaut ihn direkt an. „Er wusste, dass Amber nicht einverstanden war, aber in dieser Nacht war alles möglich."

Dann geht Pete zurück zu den Geschworenen, kreuzt dabei die Mitte des Raumes. „Es wäre einfach für Sie, das zu tun, was die Verteidigung vorgeschlagen hat. Einfach so zu tun, als wüsste niemand, was tatsächlich geschehen ist, denn dann müssen wir uns nicht damit befassen." Einen Meter vor der Geschworenenbank hält er an und senkt die Stimme. „Aber Amber hat sich entschieden, sich damit zu befassen. Und ich vertraue darauf, dass Sie das auch tun. Der einzige Weg, etwas wirklich abzuschließen, ist, sich damit zu befassen, die Wahrheit anzuerkennen, sie Wahrheit zu nennen, und sich mit ihr als Wahrheit zu befassen. Nur dann kann jeder die Reue hinter sich lassen. Danke."

Als er zum Anwaltstisch zurückgeht, denkt Pete nur zwei Worte: *Scotch* und *Wasser*.

Macht, Geld und Kunst

Nachdem sich die Geschworenen zur Beratung zurückgezogen haben, gehen Pete und Scott in das J&M Café, um ihre ersten beiden Scotch und Jack Daniel's zu trinken, dann nehmen sie einen Bus und fahren zu Tini Bigs, um sich den dritten, vierten und fünften zu genehmigen, dann mit einem Taxi zur BP-Tankstelle, wo sie zwei Literflaschen kaufen, die sie vor dem Müllcontainer auf dem Parkplatz des Deja Vu in sich hineinschütten.

„Normale Karten oder V.I.P?", fragt der massige Portier, der einen schlecht sitzenden Smoking trägt.

„Normale", sagt Scott.

„Sie können jederzeit ein Upgrade auf V.I.P. machen", sagt der Portier.

„Wir werden's uns durch den Kopf gehen lassen."

Sie schlängeln sich ihren Weg zur anderen Seite der Bühne entlang. Aus den allgegenwärtigen Lautsprechern dröhnt „The Fugue", ein Dream-Pop-Song von Melody Unit, der den Club glücklicherweise unreal erscheinen lässt.

Obwohl er voll ist, fragt sich Pete, ob er betrunken genug ist. Seine Augen gewöhnen sich noch an das Dunkel, während buntes Licht auf die Spiegelwand hinter der Bühne blitzt. Es ist wenig Publikum da, die Atmosphäre irgendwie bedrückend. Ein paar Männer sitzen an der Bar, die an die Bühne grenzt, und ein paar andere sitzen im Hintergrund und haben entweder eine Tänzerin auf dem Schoß oder machen die Mädchen an.

Auf der Bühne legt eine halbwegs gut aussehende, gefärbte Blondine ihr Oberteil ab und hält die Hände schützend vor ihre Brüste, die weitaus mehr sind als eine Hand voll.

Unmittelbar nachdem sich Pete und Scott gesetzt haben, ist eine Bedienung in schwarzen Shorts und weißer Bluse bei ihnen. „Was kann ich für euch tun?"

Pete fragt sich, wie viele dumme Antworten sie auf diese missverständlich formulierte Frage bereits hören musste.

„Coke", sagt Scott.

„Club Soda."

„Habt ihr eure Eintrittskarten?"

Als er ihr die Karten gibt, fragt Pete: „Weißt du, ob Beth Keller heute Abend arbeitet?"

„Arbeitet sie hier?"

„Ich bin nicht sicher. Habe gehört, dass sie hier mal gearbeitet hat."

„Ich werde mich mal umhören", sagt sie, als sie sich abwendet.

Scott schaut zu Pete. „Beth Keller?"

„Ein Mädchen, das schwierig zu finden ist."

„Warum suchst du sie nicht einfach über das DISCUS-System?"

„Sie ist schwer zu fassen. Ist scheinbar ständig unterwegs."

„Wer ist sie?"

„Lange Geschichte."

„Eine Stripperin aus den Schlechten Alten Zeiten?"

Pete zuckt mit den Achseln, was man als ein Ja auffassen könnte.

„Ich frage mich immer", sagt Scott, „warum diese ganzen Stripperinnen Beziehungen zu Typen haben, die in einer Band sind?"

„Einige der Mädchen ernähren die Typen, die in einer Band sind."

„Du hast noch nie viel über diese Zeiten gesprochen."

„Du hast nie viel gefragt", sagt Pete, als er seine Camels herausholt und sich eine anzündet. „Was ich sehr an dir schätze."

„Dachtest du, du würdest die Sache ewig durchziehen?", fragt Scott. „Die Rocksache?"

„Der Plan hieß: *From Lonesome to Stardom* – von der ‚Einsamkeit zur Berühmtheit'. Das ist eine Zeile, die wir irgendwo geklaut hatten. Wir hatten nicht wirklich einen Plan."

„Und das ist aus deinem Leben geworden", verkündet Scott mit einer Handbewegung.

„Und wie läuft's mit Shannon?"

„Sie hat mich fallen lassen, glaube ich."

„Du weißt es nicht?"

„Sie reagiert nicht auf meine Anrufe."

„Schätze, du hast es mal wieder versaut."

„Yep. Sie hat wahrscheinlich mit den anderen Kellnerinnen gesprochen, mit denen ich geschlafen habe. Wer weiß? Frauen reden viel."

„Und Männer?"

„Wir reden auch viel, ganz klar, aber wir würden niemals einem Freund davon *abraten*, jemanden flachzulegen. Na ja, macht nichts. Ich hätte sowieso bald etwas Neues gebraucht." Pause. „Als nächstes werde ich mit Kim Monroe von 107.7 FM ausgehen."

„Hast du jemals darüber nachgedacht, dass wir, na ja, erwachsen werden sollten? Oder zumindest sollte ich das, da ich ja fast zehn Jahre älter bin als du."

Scott schüttelt den Kopf. „Nein. Wir haben ein Rechtssystem, das nicht annimmt, dass irgendjemand erwachsen ist, wir leben in einem Land, das nicht annimmt, dass irgendjemand erwachsen ist, und wir haben auch einen *Präsidenten*, der nicht erwachsen werden will, warum solltest du das also tun?"

„Wie es in dem Song heißt *‚To everything there is a season'*."

„Ich habe keine Ahnung, was mit dir los ist, aber du solltest diese Heiratsgeschichte vergessen. Das ist doch Beschiss – wenn dir ein Typ erzählen will, Heiraten und Kinder und so weiter sei wundervoll, dann lügt er. Er ist dann wie Tom Sawyer, der versucht, jemanden zu verarschen, der den Zaun streichen soll." Scott holt seine

Lucky Strikes raus. „Die Leute wollen einfach nicht, dass irgendwer anders den Spaß hat, den sie nicht haben können."

„Und wir haben Spaß?"

„Selbstverständlich." Scott zündet sich die Zigarette mit seinem Zippo an. „Obwohl wir heute eher dabei sind, neue Tiefen zu erreichen."

„Wir haben uns von dem viel versprechenden Anfang entfernt."

Melody Unit geht über in Posies' „Any Other Way", ein trauriger Song, der jedes Mal Petes Gemütszustand trifft.

„She dropped my hand and said I will go no further..."

Die Tänzerin bewegt sich zum Rhythmus, macht eine Drehung und lehnt sich mit einer Hand gegen den Spiegel, streift mit der anderen ihren Slip ab, der an ihrem hohen Absatz hängen bleibt, bis sie ihn wegkickt.

„Okay", sagt Scott, „wollen wir über den Fall sprechen und dann die Reue hinter uns lassen, und dann konzentrieren wir uns auf" – er schaut zurück zu der Tänzerin – „die Ärsche vor uns?"

„Ich muss daran denken, diese Anmerkung aus dem Protokoll streichen zu lassen."

„Es hat Spaß gemacht, den stellvertretenden Vorsitz der Anklage zu übernehmen. Ich weiß nicht, wie das Urteil ausfallen wird, aber nach Stilpunkten haben wir eindeutig gewonnen. Ich schätze, das war gut und gerne der größte Spaß, den ich – bekleidet – je hatte."

„Bob sagte immer, wenn du kein normales Leben haben kannst..."

„Bob, der tote Drummer?"

„Ja. Er sagte immer, wenn du kein normales Leben haben kannst, wenn du keine Liebe finden kannst, dann musst du dich mit ganzer Energie einer dieser drei Sachen widmen: dem Streben nach Macht, Geld oder Kunst. Trotzdem entschied er sich für Alkohol und Drogen."

„Macht, Geld oder Kunst? Und was ist mit Sex?"

„Kommt bei den drei Sachen ganz von selbst."

„Wenn du es so siehst, macht es Sinn."

Pete richtet seine Aufmerksamkeit auf die Tänzerin, die dabei ist, auf der Bühne einen Spagat zu machen. Sie macht das mit einem Gesichtsausdruck, bei dem Pete andere Tätigkeiten in den Sinn kommen, sagen wir mal, Lebensmitteleinkäufe.

Die Bedienung kommt mit ihren Sodas zurück, serviert sie in Plastikbechern mit dem Sonics-Logo, das eine stilisierte Darstellung der Space-Needle enthält. Pete gibt ihr zwei Dollar Trinkgeld.

„Ich habe mich umgehört", sagt sie, „eines der Mädchen hat gesagt, dass Beth nach Hollywood gegangen ist. Aber vielleicht weiß sie auch nicht, wovon sie redet."

„Okay. Gut, danke."

„Gebt Bescheid, wenn ihr noch etwas braucht."

Scott mustert sie, als sie davongeht. „Innerhalb eines Monats wird sie hier tanzen."

„Symbol der Zukunft", sagt Pete und hält Scott seinen Becher mit dem Logo hin.

„Was?"

„Schon gut."

„No, you wouldn't have it any other way..."

Die Posies klingen mit einem Tropftoneffekt aus und die Tänzerin verlässt die Bühne, sammelt auf dem Weg ihre Kleidung und das Geld vom Bühnenrand auf. Scott klatscht begeistert.

„Applaus für Mercedes", sagt der Master of Ceremonies.

„Wie wäre es, wenn wir bei Mama's noch etwas essen?", schlägt Pete vor. Er befürchtet, hier wieder nüchtern zu werden. „Vielleicht ein paar Margaritas", fügt er als zusätzlichen Anreiz für Scott hinzu.

„Als nächstes kommt", sagt der MC, „Porsche."

„Ich bin mir nicht sicher, ob ich Bock auf Mexikanisches habe", sagt Scott, als Nirvanas „Heart-Shaped Box" ertönt. „Und lass uns zumindest noch sehen, welche Schnitte als nächste kommt."

Dunkelhaarig mit eingerissenen Seidenstrümpfen, Porsche ist überraschend hübsch. Sie geht lässig auf die Bühne, hält an, tippt mit ihren hohen Hacken zum Beat. *„She eyes me like a Pisces when I am weak..."* Pete tippt mit seinen eigenen Füßen weiter.

„Pete?"

Pete dreht sich um und sieht ein Mädchen, das nichts außer einen roten Slip und ein pinkfarbenes T-Shirt trägt, das zwischen ihren Brüsten und ihrem gepiercten Bauchnabel ziemlich kurz geschnitten ist: Danielle.

„Was machst du denn hier?", fragt Pete.

„Ich *arbeite* hier. Was machst *du* hier?"

„Ich dachte, du arbeitest im Lusty?"

„Brauche mehr Kohle. Ich bin hier nur bis zu den nächsten 5.000 Dollar oder so."

„Scott, das ist Danielle."

„Felicity. Mein Künstlername ist Felicity."

„Nett dich kennen zu lernen, Felicity."

„Und", sagt sie zu Scott, „interessiert an einem Lap-Dance?"

„Eine verlockende Idee", sagt Scott, und es klingt nicht, als ob er nur versuchen würde, höflich zu sein. „Aber ein anderes Mal."

„Beim nächsten Song?"

„Pete Tyler! Ja, Mensch!"

Eine Tänzerin tritt zwischen Pete und die Bühne, die Hände in die Hüften gestemmt, sie trägt einen weißen BH, ein großes Kruzifix und einen Schottenrock, der so kurz ist, dass man ihr weißes Höschen sehen kann. Ihr straßenköterblondes Haar ist mit einem Gummi zu einem Pferdeschwanz gebunden. Pete kann sich nicht erinnern, sie je zuvor gesehen zu haben.

Scott schaut grinsend zwischen ihnen hin und her.

„Kennst du ihn?", fragt Danielle sie.

„Ich weiß, wer er ist", sagt die Tänzerin. „Beth hat mir von ihm erzählt."

„Beth?", sagt Pete.

„Ja. Wow, dich *hier* zu sehen..."

Die Leute fangen an zu starren.

„Wollt ihr beide euch setzen?", bietet Pete an.

Danielle setzt sich neben Scott und nimmt sich eine von seinen Lucky Strikes.

Die andere Tänzerin zieht einen Stuhl neben Pete, nah genug, damit sich ihre Beine berühren. „Ich bin Lexus."

„Du bist der dritte Autoname, den ich höre, seit wir hier sind", sagt Scott.

„Eigentlich ist mein richtiger Name Helen."

Die Bedienung taucht auf. „Wollt ihr Drinks für die Ladies bestellen?", fragt sie.

„Nein", sagt Scott.

„Sicher", sagt Pete.

Die Mädels bestellen Rootbier, was sich für Pete eigentlich ganz gut anhört, also bestellt er auch eins.

„Pete Tyler", sagt Helen, nachdem die Bedienung verschwunden ist. „Hier steckst du also. Ich habe eine von deinen CDs."

Die einzige CD.

Scott hebt seine Augenbrauen. „Fan?"

„Ein *riesiger* Fan", sagt Helen. „Als ich herausfand, dass Beth deine Freundin war, fand ich das so cool."

„Ich höre immer wieder von dieser Beth", sagt Danielle. „Aber ich habe sie noch nie getroffen. Ich würde sie gern kennen lernen."

„Hängst du noch immer mit ihr rum?", fragt Pete Helen.

„Nein, ich habe sie seit Monaten nicht gesehen."

„Weißt du, wo sie zurzeit ist?"

„Keine Ahnung. Du weißt ja, wie sie ist."

Pete nickt, obwohl er nicht sicher ist, was sie meint.

„Bist du jetzt nicht Anwalt oder so was?", fragt Helen.

„Die beiden sind die Staatsanwälte in dem Keith-Junior-Prozess", sagt Danielle.

„Verdammte Scheiße, nicht zu fassen."

„Yep", sagt Scott.

Pete nickt.

„War das euer Foto in *The Stranger?*", fragt Helen. „Ich habe den Artikel nicht gelesen."

„Die Bilder waren besser als der Artikel", sagt Scott. „Übrigens, ich mag dein Outfit."

„Katholisches-Schulmädchen-Thema“, erklärt Helen heiter und hält ihre kleine, weiße Vinylhandtasche hoch, die ein Foto des Papstes zur Schau stellt.

„Wo hast du die Papst-Handtasche her?“, fragt Scott, als ob er auf dem Markt wäre, um eine zu kaufen.

„Toys in Babeland.“

Nirvanas „Heart-Shaped Box“ geht über in „Alive“ von Pearl Jams erstem Album – *„Son, she said, I've got a little story for you...“*

„Und nun bitte Applaus für: Daydream Believer“, sagt der MC, als eine neue Tänzerin auf die Bühne kommt, hübsch, zierlich, schelmisch lächelnd.

„Daydream Believer?“, sagt Pete zu Danielle.

„Und ihr richtiger Name ist Shallan oder so ähnlich.“

„Du weißt, dass du heute Abend nicht der einzige Rockstar hier bist“, sagt Helen. „Wie-heißt-er-nochmal von Pearl Jam ist auch hier.“

Helen zeigt auf einen Typen mit langen Haaren auf einer Couch, der in Wirklichkeit Wie-heißt-er-nochmal von Alice in Chains ist. Pete sieht keinen Sinn darin, auf den feinen Unterschied hinzuweisen.

Daydream Believer scheint auch zu glauben, dass Wie-heißt-er-nochmal von Pearl Jam ist, denn sie bewegt ihre Lippen zu deren Song und singt direkt für ihn, ihr Zungenpiercing blitzt auf, als sie schreit: *„I, I, I'm still alive...“*

Dann klettert eine weitere Tänzerin mit heller Haut und schwarzem Haar auf die Bühne – und für einen aufregenden halben Augenblick denkt Pete, er sieht Beth. Er schüttelt die Vorstellung ab und stellt fest, dass Beth, wie auch immer sie jetzt aussehen mag, nicht mehr aussehen würde wie mit siebzehn, also wie die Tänzerin. Dennoch ist er auf sie fixiert, als sie ihren Arm über die Schulter der anderen Tänzerin wirft und sie beide ein Pseudo-Duett für Wie-heißt-er-nochmal singen.

Dann schließen sich weitere Tänzerinnen der Show an, und auch Danielle und Helen stürzen auf die Bühne, die sich plötzlich mit fast einem Dutzend Tänzerinnen in den verschiedensten Stadien der Entblößung füllt.

Während der instrumentalen Songpassage teilen sie die Aufgaben, eine ahmt die Drums nach, drei zeigen ihr Luftgitarrenkönnen und der Rest schleudert einfach seine Kleidung fort.

„I, I, I'm still alive..."

Wie-heißt-er-nochmal lacht und macht weiter mit Headbanging, während Männer von den Sofas in den hinteren Reihen aufstehen und nach vorne kommen, einige klatschen, und für den Moment ist jeder auf einer rockenden, großartigen Party mit hervorragender Musik aus einem spitzenmäßigen Soundsystem, und das High, nach dem sich alle sehnen, scheint in diesem Moment zum Greifen nah. Obwohl Pete ganz genau weiß, dass weiter unten auf dieser Straße Leere und Schmerz und Reue liegen, lässt er sich von dieser Stimmung mitreißen.

Die Sache mit Kurt Cobain

Pete dreht den übergroßen Verschluss mit dem Logo einer stechenden Hornisse auf und reicht Helen den Mickey's Big Mouth. Dann macht er für sich selbst ein dickflüssiges Bier auf und nimmt einen gierigen Schluck.

Schmeckt wie die Jugend.

Neben ihnen sitzen Scott und Helens Mitbewohnerin Hadley – die Tänzerin, die ihn kurzzeitig an Beth erinnert hat. Sie sind auf der leewärtigen Seite des Topdecks an das Schott der Fähre gelehnt, die durch die Elliott Bay nach Bainbridge Island fährt. Aufgrund der späten Stunde und der Brise ist das Deck leer. Obwohl es fast Juni ist, schießt der Wind vom Wasser mit einer schneidenden Kälte herauf. Der Rauch ihrer vier Zigaretten weht achtern an den gelben Lichtern des Decks vorbei.

Hadley und Helen tragen beide Levi's und Doc Martens, doch Helen trägt einen weiten Pullover, während Hadley hartnäckig an ihrem T-Shirt und ihrer schwarzen Lederjacke festhält.

„Seid ihr wirklich die Typen, die Keith verklagen?", fragt Hadley.

Pete nickt.

„Wow", sagt sie zu Pete, „das ist *dermaßen*... keine Ahnung."

Pete stellt fest, dass er lieber mit Hadley schlafen würde, obwohl die unausgesprochene Pärchenbildung nicht so aussieht, als würde sie diesen Wunsch berücksichtigen.

„Beth hat eure Sache so romantisch rübergebracht", wirft Helen ein. „Der Monat in dem Hotel, wo ihr Musik gehört habt, euch verliebt habt, wo du Songs geschrieben hast."

Und gesoffen, bis ich nur noch gekotzt habe.

„Und wie ihr euch dann die nächsten paar Jahre verpasst habt", fährt Helen fort, „wie ein kreuzendes Liebespaar."

Kreuzendes?

„Ich glaube, sie hat fast Angst, dir über den Weg zu laufen", sagt Helen, „denn es könnte eine ziemliche Enttäuschung sein."

Pete nickt. „Könnte es."

Beth hat die Geschichte ganz klar umgeschrieben und in einem romantischeren Licht dargestellt, sogar in einem romantischeren, als er es getan hatte, und Pete hört das gern, mag den Gedanken, dass ihn einmal jemand liebte wie in einem Märchenbuch.

„Arbeitest du gern im Deja Vu?", fragt Scott Hadley mit beeindruckend nüchterner Stimme.

„Es ist, als wäre man ein Tier im Zoo", sagt Hadley und es klingt wie eine Antwort, die sie zuvor schon einmal gegeben hat. „Ich meine, einige der Kerle sind da, und sie sehen dich an, und sie wollen dich nur bewundern und genießen es. Andere wollen mit Stöcken nach den Tieren schlagen. Verstehst du?"

Pete nickt. So rätselhaft Pete Frauen auch findet, er hat gelernt, verständnisvoll zu nicken, wenn die Kinder, die von zu Hause abgehauen waren, ihm ihre Geschichten erzählten, wann immer sie auf den Konzerten auftauchten und in den Backstagebereich kamen, um eine Verbindung zu jemandem zu suchen, den sie nirgendwo anders gefunden hatten. Und als er gelernt hatte zu nicken, lernte er irgendwann tatsächlich, ein bisschen zu verstehen.

„Schreibst du immer noch Songs?", fragt Helen.

„Nein."

„Ihr wart meine Lieblingsband", sagt sie, „bis Nirvana auftauchten. Doch dann wurden die so beschissen populär. In gewisser Weise ist es ziemlich cool, dass ihr nach der einen Platte aufgehört habt." Helen wirft ihre Zigarette weg, die in einem sprühenden Bogen über die Reling wirbelt. „Was macht Todd jetzt?"

„Er ist verheiratet, produziert Platten in L.A."

„Ich habe gelesen, dass es seine Idee war aufzuhören."

„Wir hörten auf, nachdem er Ruth kennen gelernt hatte", sagt Pete. „Er sagte, dass er nur in einer Band sein wollte, damit ihn jemand lieben würde, und sobald das jemand tat, war er nicht mehr motiviert."

„Das hat er gesagt?"

„Na ja, nicht genau so, aber sinngemäß war es das."

„Das ist ziemlich romantisch", sagt Hadley.

„Denkst du, dass ihr jemals wieder zusammenkommen werdet?", fragt Helen. „Du und Todd und irgendein anderer Drummer?"

„Nein."

Pete schaut rüber zu Hadley, die einen langen Schluck aus der Flasche Mickey's nimmt und fragt sich, wie er die Weiche umstellen kann. Er bezweifelt, dass sich Scott darum schert, ob er in die eine oder andere Richtung fährt, selbst wenn er nüchtern genug wäre, um es zu bemerken.

„Kanntest du Kurt Cobain?", fragt Helen.

Pete schaut zurück zu ihr, nickt.

„Echt?", sagt Helen. „Hast du mit ihm rumgehangen?"

„Nein, wir haben nur ein paar Mal auf denselben Konzerten gespielt."

Pete hat ein paar gute Cobain-Geschichten auf Lager, hat aber keine Lust, sie ihnen zu erzählen. Er starrt raus auf die Lichter von West-Seattle, als sie am Alki Point vorbeikommen. Er schützt seine Zigarette vor dem zunehmenden Wind.

„Kanntest du Courtney?", fragt Helen.

Einmal besoffen mit ihr geschlafen. „Nein."

„Die Sache mit Kurt Cobain", sagt Helen, „ist doch, dass er nie ein Star sein wollte. Es ist einfach passiert. Wer hätte schon nach *Bleach* und den anderen Sachen bei Sub Pop gedacht, dass sie das nächste große Ding sein könnten?"

„David Geffen", bietet Scott an.

„Okay, vielleicht, aber die Sache mit Kurt ist doch, dass er nie die künstlerische Integrität verloren hat. Er hat immer diese unglaubliche Reinheit dargestellt."

„Er war einfach ein kaputter Typ mit einer Menge Talent", sagt Hadley.

Das überrascht Pete, und er fragt sich, ob Hadley Cobain irgendwo in der lokalen Clubszene einmal kennen gelernt hat.

„Aber die Sache mit Kurt", fährt Helen fort, „ist doch..."

„Die Sache mit Kurt Cobain", sagt Pete, „ist, dass er tot ist."

Das erweist sich als Gesprächskiller.

Pete lehnt seinen Kopf zurück und schaut auf den nahezu vollen Mond, der sich zwischen den Wolken zur Schau stellt. Er wirft seine Flasche Mickey's nach ihm, und sie verschwindet aus seinem Blick. Einen Augenblick später macht Hadley das Gleiche.

Währenddessen versucht Scott, die Situation zu retten, indem er noch mehr Mickey's aus der braunen Lebensmitteltüte zieht und die Flaschen herumreicht.

„Nein danke", sagt Pete.

Scott schaut verwirrt.

„Ich will nicht auf Bainbridge festsitzen, bis morgen die nächste Fähre fährt." Pete ist selbst von seiner Voraussicht überrascht. „Ich nehme die Fähre zurück."

„Willst du nicht sehen, wo Hadley und Helen wohnen?", sagt Scott. „Es ist ein extrabreites Wohnmobil."

„Es freut mich, dass ich die Gelegenheit hatte, euch kennen zu lernen", sagt Pete zu Helen und Hadley. „Aber ich muss zurück nach Seattle." Zu Scott sagt er: „Sorry."

„Nun", sagt Scott, „ich schätze, das heißt mehr Mickey's für jeden von uns dreien."

„Du bist nicht wie in deinen Songs", sagt Helen plötzlich zu Pete.

„Was?"

„Es ist, als wärst du nicht mehr dieser Typ."

Hell's Like Teen Spirit

Pete kauft eine Flasche Talking Rain-Wasser und trinkt sie auf dem Autodeck in der Nähe des offenen Bugs. Der frische Wind und die salzige Gischt ernüchtern ihn.

Die Skyline von Seattle thront auf dem Hang über der Elliot Bay, die Lichter der Innenstadt laufen im Zickzack über die schlangenförmige Wasseroberfläche. Der Smith Tower mit seinem hell leuchtenden Turm, Seattles größtes Gebäude zur Zeit von Petes Mutter, wirkt neben dem Columbia Tower untersetzt. Pete fragt sich, wie sich dieses Bild wohl im nächsten Millennium ändern wird, falls er da ist, um die Veränderungen zu sehen. Er hat bereits länger gelebt, als er sich in seinen Zwanzigern vorstellen konnte.

Nachdem die Fähre angekommen ist, geht Pete auf dem Alaskan Way Richtung Süden und biegt östlich in die Columbia ein. Es beginnt leicht zu regnen, daher beschleunigt er sein Tempo, er joggt mit seinen Flügelklappen so gut er kann. Ein Gray-Top-Taxi fährt vor ihm auf der Second Avenue los und er hält es an.

Er steigt hinten ein und ist nicht verwundert, Nirvanas „Smells Like Teen Spirit" im Radio zu hören, die Liveversion, die er lieber mag. Durchnässt und kurzatmig gibt er dem Taxifahrer die Richtung an, während Cobain schreit: *„our little tribe has always been and..."*

Zwei Dollar und etwas Trinkgeld später, Pete steigt Jackson Street aus. Er geht die Straße hinunter und mustert die Feuerleiter. Die Leiter hängt etwa drei Meter über dem Boden.

Pete macht einen Sprung aus dem Stand, der mindestens dreißig Zentimeter zu kurz ist. Dann geht er ein paar Schritte zurück, erinnert sich, wie er in der Lage war, beim Basketball einen Dunking zu machen – vergisst, dass das etwa fünfzehn Jahre her ist – und versucht sich vorzustellen, dass er wieder diese Person ist. Er lockert sich ein bisschen, macht dann vier schnelle Schritte und springt. Seine ausgestreckten Finger fliegen zur Leiter, doch mehrere Zentimeter fehlen.

Petes Flügelklappen rutschen unter ihm weg, als er landet, und seine Handflächen fahren instinktiv aus und federn den Aufprall seines Hinterns auf dem feuchten Pflaster ab. Er bleibt einen Moment lang sitzen, steht dann aber langsam auf, als er spürt, wie die Feuchtigkeit seine Hose durchdringt.

Aus dieser Perspektive bemerkt er einen Müllcontainer, der nur sechs Meter entfernt steht. Pete nutzt das Quäntchen Phantasie, das uns vom Rest des Tierreichs unterscheidet, und rollt den Müllcontainer unter die Feuerleiter, seine Hände schieben und liegen fast auf dem „SPIELEN AUF UND AN DEM CONTAINER UNTERSAGT"-Aufkleber.

Dann greift er ohne Probleme nach der Leiter, achtet auf seinen Halt, klettert die Feuerleiter hoch.

Über ihm geht ein Licht an.

„Pete?" Esmés Kopf schaut aus ihrem Fenster.

„Hi."

„Was zum Teufel ist das für ein Lärm?"

„Das bin ich."

„Hast du versucht zu klingeln?"

„Ich hatte Angst, dass du mich nicht reinlassen würdest."

„Da hast du richtig gelegen."

Er klettert weiter bis zu ihrem Fenster. „Das war schwieriger, als es aussieht."

Soweit Pete es überblicken kann, trägt Esmé nichts außer einem T-Shirt, und obwohl sie wahrscheinlich keinen Lippenstift trägt, sind ihre Lippen verheißungsvoll rot.

„Du siehst gut aus", sagt er.

„Und du", sagt sie, „siehst furchtbar aus."

„Kann ich reinkommen?"

„Nein."

„Nein?"

„Nein."

Pete hatte diese Möglichkeit nicht in Betracht gezogen und weiß nicht recht, wie er damit umgehen soll. „Komm schon", sagt er. Betteln ist sein Notfallplan.

„Was würdest du denken, wenn ich dich jetzt einfach reinlassen würde?"

„Ich würde denken, dass du eine gutherzige Seele bist", versucht er, „die jeden noch so kleinen Beitrag leistet, um das Leid auf dieser Welt zu lindern."

„Pete, ich war verliebt in dich."

Er fährt mit einer Hand durch sein nasses Haar und wringt es auf seiner Stirn aus. „Und dir dürfte klar gewesen sein, was ich für dich empfunden habe."

„Nein", sagt sie. „War es nicht. Aber das ist nicht der Punkt. Der Punkt ist, dass ich in dich verliebt war und wir uns entschieden haben, es zu beenden, und ich will den Schmerz nicht ausdehnen. Ich ziehe nach Hause, und dann werde ich Jura studieren." Ihre Augen sind feucht. „Ich suche nach keinem FDF-Ding. Und ich kann es nicht glauben, dass du um drei Uhr morgens in dieser Aufmachung hier auftauchst, um zu ficken."

„Esmé, nein. Deswegen bin ich nicht hier." *Nicht nur.*

Sie schaut ihn für einen langen Augenblick an, ihr Mund leicht geöffnet, ihre feuchten Augen blinzeln nicht. Pete muss sich davon abhalten, auf ihre Brustwarzen zu starren.

„Die Polizei wird wahrscheinlich sehr bald auftauchen", sagt sie schließlich.

„Das ist okay. Vermutlich kenne ich sie."

„Pete..."

„Könnte ich bitte reinkommen?"

„Ich kann mir das nicht antun. Ich kann mich nicht immer auf die falschen Typen einlassen und die gleichen blöden Fehler machen."

„Was meinst du damit?"

„Ich bin lieber allein", sagt sie, „als mir das anzutun."

„Niemand will wirklich allein sein."

„Es gibt Schlimmeres."

„Was? Was ist schlimmer?"

„Gute Nacht", sagt sie und schließt das Fenster. Einen Moment später fallen die Jalousien mit schnellem Gerassel zu.

Ted Bundy war ein einheimischer Jurastudent

Nach zwei Tagen der Beratung übergeben die Geschworenen der Gerichtshelferin eine schriftliche Anfrage.

Pete, Scott, Sundfell, Satans Little Helper und der Angeklagte werden in den Gerichtssaal gerufen. Richter Sorensen kommt ohne Robe aus seinem Zimmer, er trägt eine mit Farbe befleckte Jeans und ein Arbeitshemd und hält sein gelbes Notizbuch und einen Zettel in der Hand.

„Ich möchte nur, dass das zu den Akten genommen wird", sagt er zu den Anwälten, und die Gerichtsschreiberin beginnt zu tippen. „Die Geschworenen haben eine Frage gestellt. Die Frage lautet: ‚Wie lange müssen wir über eine Vergewaltigung zweiten Grades beraten, bis wir zu einer minderen Straftat, einer Vergewaltigung dritten Grades, übergehen können?'"

Sundfell lächelt.

„Irgendwelche Vorschläge?", fragt der Richter.

„Bis jemand ernsthaft verletzt ist", sagt Scott.

„Das überlassen wir dem Gericht, Euer Ehren", sagt Pete.

„Ich werde antworten: ‚Bis keine hinreichende Wahrscheinlichkeit eines einstimmigen Urteils besteht'. Irgendwelche Einwände?"

„Nein, Sir", sagt Pete.

„Nun,...", beginnt Sundfell, aber Sorensen blickt ihn finster an. „Nein, Euer Ehren."

Der Richter schreibt das auf den Zettel und reicht ihn Trish. „Ich werde nach Hause gehen und an meiner Garage arbeiten", gibt er bekannt. „Im Dach ist ein Loch."

Sundfell flüstert Sue etwas zu, die den Angeklagten aus dem Gerichtssaal begleitet. Dann dreht sich Sundfell zu Pete und Scott.

„Wollt ihr reden?"

„Nein", sagt Scott.

„Über ein Angebot", sagt Sundfell.

„Wir haben seinerzeit ein Angebot gemacht", sagt Pete. „Willst du ein Gegenangebot machen?"

Sundfell schaut sich um, um sicherzugehen, dass Keith Junior gegangen ist, dann sagt er: „Sie diskutieren über Vergewaltigung zweiten Grades, und wer auch immer die Diskussion entfacht hat, wird sie wahrscheinlich auch bei einer Vergewaltigung dritten Grades in Gang bringen. Wenn sie ihr glauben, sollten sie ihn wegen Vergewaltigung zweiten Grades verurteilen. Aber es gibt keinen Grund über den zweiten Grad zu diskutieren und einen Urteilsspruch für den dritten Grad zu fällen."

„Das ist richtig", sagt Pete, „logisch. Aber das sind Geschworene."

„Du hast ein herausragendes Abschlussplädoyer gehalten", sagt Sundfell zu Pete, dann wendet er sich an Scott. „Und du hast auch einen verdammt guten Job gemacht."

„Gut genug für einen Regierungsposten", sagt Scott.

„Was soll das, Sundfell? Warum benimmst du dich so zivilisiert?"

„Er würde eine Tätlichkeit dritten Grades zu diesem Zeitpunkt annehmen. Am unteren Ende des Strafmaßes. Keine sexuelle Motivation."

Pete schüttelt den Kopf.

„Oder eine Tätlichkeit vierten Grades mit sexueller Motivation. Dann könnt ihr ihm ein Jahr psychologische Beratung und Drogenentzug aufbrummen, was er sowieso gebrauchen kann."

„Ich habe dir gesagt, was passieren müsste, bevor wir auf ein minderes Delikt eingehen", sagt Scott.

„Tätlichkeit dritten Grades, sexuelle Motivation", sagt Pete.

Sundfell schüttelt den Kopf. „Ich kann ihn nicht zu etwas überreden, was ihm eine Vorstrafe einbringen würde. Kommt schon, Jungs. Er ist kein Perverser, er ist nicht Ted Bundy. Er ist nur ein saufender, kiffender, drogenabhängiger, zwanghafter, kaputter Musiker. Pete, er ist einfach ein Kerl, der sein Leben in den Griff kriegen muss, nicht jemand, der ins Gefängnis und dann als Triebtäter registriert werden sollte. Lasst euch das durch den Kopf gehen. Ich weiß, dass mich fast keiner bei der Staatsanwaltschaft mag..."

„Keine Tiefstapelei", sagt Scott. „Fast keiner im Gerichtsgebäude mag dich."

„Okay, aber versucht das mal beiseite zu lassen. Bitte."

Nachdem Sundfell verschwunden ist, dreht sich Scott zu Pete.

„‚Bitte'?" Verdammte Scheiße, was war *das* denn? Er hätte unsere Nasen in unsere Scheiße stecken können, stattdessen bettelt er?"

„Ich habe das Gerücht gehört, dass sein Klient sich schuldig bekennen wollte."

„Und warum hat er es nicht?"

„Sundfell?"

Sub Pop, Zisch Zisch

„Das könnte ein Spaß werden“, sagt Katie, als sie in das Pioneer-Taxi vor Petes Loft steigen. Sie trägt ein schwarzes Kleid und Perlen. „Wer wird denn auf diesem Volksmusikfest sein?“

„Es ist von Sub Pop, also kannst du dir ausrechnen, wer da ist.“

„Die alte Sippe an Verrückten, Junkies, Nutten, Heulsusen und Nichtsnutzen.“

„Yep.“

„Und Beth?“

„Das bezweifele ich. Und es macht nichts, denn eine Stripperin hat mir erzählt, dass ich eh nicht mehr dieser Typ bin.“

„Was?“

„Schon gut.“

„Meinst du, dass man dich wegen dem Keith-Junior-Prozess meiden wird?“

„‚Meiden.‘ Das ideale Wort, aber ich suche nur nach diesem Mädchen, das dort arbeitet.“

„Nach welchem?“

„Kennst du nicht.“

„Ist sie Teil deiner Brautsuche? Wie läuft es?“

Er dreht das Fenster hinunter. „Ich hoffe einfach, dass die dunkelste Stunde vor der Morgendämmerung ist.“ Er zündet sich eine Zigarette an.

„Versuchst du noch immer aufzuhören?“

„Ja. Wie geht es Mutter?"

„Sie hat Sandy zum Tierarzt gebracht."

„Warum?"

„Sie wird alt – hat ein Hüftleiden. Der Tierarzt hat ihr Schmerzmittel gegeben, die anscheinend helfen."

„So hat jetzt selbst der Hund der Familie ein Drogenproblem."

Katie lacht. „Was ist mit dir und Winter?"

„Keine Ahnung."

„Du meinst es nicht ernst mit ihr, oder?"

„Ich weiß nicht", sagt er. „Da ist etwas an ihr, dass ich liebe. Sie hat eine Menge durchgemacht und es unversehrt überstanden."

„Ich meine, du meinst es nicht ernst mit ihr in Sachen Heirat."

„Vielleicht."

„Sei vorsichtig, Pete. Beide Menschen bringen eine Menge Gepäck mit in die Ehe, und das ist schön – solange du Bescheid weißt."

„Ich weiß, kleine Schwester." Er schnippt die Asche aus dem Fenster. „Hat Mom je mit dir darüber gesprochen, dass sie den alten Trinker vermisst?"

„Ja, hat sie. Du weißt, dass ich nicht bemerkt habe, dass er ein Trinker war, bis ich Anfang zwanzig war."

„Ich auch nicht", sagt Pete. „Scheinbar wusste es jeder Streifenpolizist in Washington, aber ich denke, wir sollten es ihm anrechnen, dass wir nie etwas davon mitgekriegt haben."

„Er war ein guter Vater."

„Das ist umstritten."

„Er war es."

„Ich meinte damit nicht, dass ich darüber diskutieren möchte."

„Lassen wir die Vergangenheit ruhen, Pete."

Pete nickt nach einem Moment. Er hasst es, Diskussionen mit seiner Schwester zu verlieren, aber akzeptiert es jetzt einfach.

Am Eingang der Showbox übergibt Pete seine Einladung und führt Katie als seine „Begleitung" hinein. Er vermutet, dass es ein typischer Flüchtigkeitsfehler war, dass sein Name nicht von der Mailing-List bei Sub Pop gestrichen wurde.

Gleich hinter der Sicherheitskontrolle verkündet ein großes schwarz-weißes Banner mit dem Sub-Pop-Logo:

ELF JAHRE WEG VOM GESCHÄFT

„*Cat!*" Kim Warnick läuft durch den Raum auf Katie zu und hält direkt vor ihr an, die Arme ausgebreitet, Budweiser in der Hand. Katie umarmt sie. „Wo zum Teufel bist du gewesen?", fragt Kim.

„Ich führe ein Leben."

„Wow", sagt Kim. „Ich frage mich, wie *das* aussieht." Sie dreht sich zu Pete und umarmt ihn. „Hallo, Anwalt."

„Schön dich zu sehen", sagt Pete. „Danke, dass du gekommen bist, um mein Abschlussplädoyer zu sehen, und danke, dass du auf der richtigen Seite gesessen hast."

„Hey, ich *liebe* es, deine Gerichtsverhandlungen zu sehen. Hast du den Bericht in *The Stranger* gelesen?"

Pete schüttelt den Kopf.

„Sie haben sich einen Spaß mit dir erlaubt. Sie haben den Text dieses alten Songs von euch mit dem Mädchen und der Straftat abgedruckt, ‚Felony Girl'. Ich schätze, das war fast intelligent von denen."

Kurt Bloch schlängelt sich herüber und sagt hallo, tut so, als wären nicht Jahre vergangen, seit er Katie das letzte Mal sah, dann nimmt er Kim am Arm, geht mit ihr weg und befragt sie zu Soundproblemen.

Hype, eine Dokumentation über die Musikszene Seattles, zeigt auf einer Wand stumm Tacoma's Seaweed auf dem „Grungefest '93". Unter der Projektion hängen Dutzende von verblassten Flyern alter Konzerte: The Mentors im Bird, Mudhoney mit Tad und Nirvana im Moore Theater, Moving Parts und die Untouchables im Gorilla Room, Girl Trouble und die Thrown-Ups im Central, The Ramones und The Meyce im – seltsamerweise – Olympic Hotel Georgian, die Fastbacks, Skin Yard und seine eigene Band Morph im Ditto, The Melvins und Nirvana und The Dwarves in der Motor Sports Int'l Garage mit den Melvins als Hauptgruppe.

„Ich geh' mal Bier holen", sagt Katie.

Pete überfliegt weiter die Flyer, bis er von Al Bloch, Kurts Bruder, aus der nostalgischen Träumerei gerissen wird.

„Hey."

Sie schütteln sich die Hände. Pete hat Al seit mehreren Jahren nicht gesehen, und Al sieht gut aus, aber älter, und Pete kommt in den Sinn, dass auch er älter aussehen muss. Dieser Gedanke sollte Pete nicht erschrecken, tut es aber.

„Lebst du immer noch in L.A.?", fragt Pete.

„Ja, in Silverlake. Bin nur wegen dieser Sache hergeflogen."

„Hast du Simonds in L.A. gesehen?"

„Er produziert irgendeinen Film mit Adam Sandler. Sein Beitrag zur Infantilisierung der Kultur."

„Was ist mit Moritz?"

„Surft, kifft und vögelt, keine Ahnung."

„Und Joanou?"

„Hat für ein paar Freunde von mir ein Video gemacht."

„Was ist mir dir? Was hast du so gemacht?"

„Tja, ich habe geheiratet."

„Ohne Scheiß?"

„Vor sechs Monaten. Wir denken darüber nach, ein Kind zu bekommen."

„Wie ist es? Das Eheleben?"

„Gut. Es war an der Zeit, weißt du?"

Pete nickt. „Ich werde auch heiraten. Obwohl ich noch nicht weiß wen."

Al lacht, hält das offenbar für einen Witz.

„Jetzt hole ich weit aus", sagt Pete, „aber kannst du dich noch an Beth Keller erinnern?"

„Klar. Ich war ziemlich scharf auf sie." Al bemerkt Petes Reaktion. „Warst mit ihr eine Zeit lang zusammen, oder?"

„Sozusagen. Weißt du, was aus ihr geworden ist?"

Al schüttelt den Kopf. „Keine Ahnung. Ich habe keine Ahnung, was aus all diesen Leuten geworden ist."

Pete nickt. „Willst du ein Bier?“

„Ich muss gehen, um Kurt bei etwas zu helfen, aber wir sehen uns später.“

Pete geht allein durch die Lounge und sucht nach Esmé. Ein paar Leute schauen ihn von der Seite an und einige starren einfach und er beginnt, sich wie der uncoole Bubi auf einer Highschool-Party zu fühlen – eine seiner größten Ängste.

Jonathan Poneman, der „Executive Chairman of Supervisory Management“ von Sub Pop, der aus einem unerfindlichen Grund Hasenohren trägt, ignoriert Pete entweder oder sieht ihn nicht. Poneman spricht mit Carol, der Künstlerin, die mit einem Typen hier ist, den Pete für ihren Gitarristen-Freund hält, und dem Deejay von KISW, Scott Vanderpool.

Zera, eine atemberaubende Blondine, die gekleidet ist wie ein Aztekenopfer, winkt Pete wenigstens zu, aber auch sie ist mit ihrem Freund hier, einem Typen aus einer Band, die sich hier niedergelassen hat wie so viele austauschbare andere auch, ein weiterer Amtsinhaber, der Pete an den Joe-Jackson-Song erinnert.

Ein Mädchen, das Pete nicht einmal kennt, blickt ihn finster an. Susie Tennant und Meg Watjen sagen hallo – *Gott segne sie!* –, als er an ihrem Tisch vorbeikommt, wo sie mit Jack Endino und einer lesbischen Sozialistin namens Trudy Castro sitzen, über die gemunkelt wird, sie habe bei den bevorstehenden Stadtratswahlen gute Karten.

Die zwei größten Typen auf der Party sind, wie gewöhnlich, Krist Novoselic und ein Schreiberling aus L.A. mit dem Namen Bick Soundso, Teil der noch immer wachsenden Gruppe von Südkaliforniern. Sie reden mit Deejay Bill Reid, einem weiteren großen Typen.

Esmé ist nirgends zu sehen.

Die ersten beiden Getränke sind mit der Eintrittskarte frei, was das Gedränge an der Bar erklärt. Pete ordert ein Bier und einen Scotch.

Während er wartet, taucht Rose alias KOTZENDES MÄDCHEN auf. „Hi“, sagt sie zu Pete.

„Hi, wie geht es dir?“

„Beschissen", sagt sie. „Greg Dulli hat mich abblitzen lassen. Für wen hält der sich, dass er mich abblitzen lässt? Er kommt noch nicht einmal *aus* Seattle. Der *Loser.*"

Pete nimmt seinen Scotch und sein Bier und verabschiedet sich von Rose. Er hofft, dass er nicht so verzweifelt ist, dass er in einer Stunde nach ihr suchen wird, schließt es allerdings nicht aus.

Everett True, der selten nüchterne, oft zu kritische Kritiker von *The Stranger*, sitzt in einer faschingsmäßig dekorierten Nische an der weiter entfernten Wand. Traci Vogel, Brad Steinbacher und Kathleen Wilson, alle auch von *The Stranger*, sehen verängstigt aus von dem, was auch immer Mr. True gerade sagt. Pete steuert geradewegs daran vorbei auf seinem Weg hinter die Bühne.

Im Gang entdeckt er Eddie Vedder mit seiner Frau Beth aus der Band Hovercraft. Sie ist hübsch, dunkelhaarig, sieht cool aus.

Vedder verblüfft Pete, weil er laut Volksmund monogam ist. Jede schöne Frau auf der Welt würde mit ihm schlafen: Models, Schauspielerinnen, Erbinnen, Pornostars und natürlich die Tausenden von jungen Mädchen, die auf Pearl Jam-Konzerte kommen und bei „Daughter" ausrasten. Zum Teufel, Pete glaubt, die meisten Typen würden mit Vedder schlafen – *der Mann hat den Text zu „Black" geschrieben.*

Pete will zu Vedder herüberschreien: *„Wie?* Wie schaffst du es, *nicht* mit all diesen wunderschönen Frauen zu schlafen, diesen Frauen, die einen Mann vorübergehend unsterblich machen können?"

„Pete?"

Er dreht sich um.

Resa, eine Freundin von Kim, die aussieht wie ein Supermodel, das auf einssechzig geschrumpft ist, reißt ihn an sich. „Sie sind dabei anzufangen."

Pete folgt ihr hinter die Vorhänge, am abwesenden Sicherheitspersonal vorbei, gerade als die Band von einem Roadie mit einer Taschenlampe zur Bühne gewiesen wird.

Resa zeigt auf die linke Seite der Bühne. Pete steigt auf eine der Kisten für das Equipment, die an der Wand aufgestapelt sind, positioniert sich, um etwas sehen zu können. Resa springt mit hinauf.

Pete sucht die Menschenmenge ab, kann Esmé nicht sehen.

Die Fastbacks kommen ungezwungen auf die Bühne. Lulu kommt an der linken Bühnenseite vorbei, hält ihre Gibson, die schwerer zu sein scheint als sie selbst, sie sieht noch genauso aus, wie Pete sie schon seit jeher kennt. Kim steht im Mittelpunkt mit dem weißen Fender-Bass, den ihr Duff McKagan geschenkt hat. Mike klettert zum Schlagzeug hinauf. Kurt schreitet zur rechten Bühnenseite, wo er mit dem traditionellen Bombardement aus Plastikbechern empfangen wird, die – in diesem Moment noch – leer sind. Er greift sich seine 61er Epiphone Wilshire und fängt an, sie zu stimmen, aber es kommt kein Ton heraus. Schnell erscheint Scott McCaughey – der eine Sonnenbrille trägt –, um die Stecker zu prüfen.

Die Menge wird größer und bewegt sich nach vorn, als sie bemerkt, dass das Konzert anfängt. Ein paar junge Typen aus einer Band mit dem eher unglücklichen Namen Urine Tubes stiefeln zum vorderen Bühnenrand, direkt zu ein paar Mitgliedern von Keith Juniors alter Band. Keine gute Mischung. Old School versus New School, und einige der neuen Jungs sind mit Amber eng befreundet.

Kim scheint im selben Moment wie Pete diese Entwicklung zu bemerken. Sie begibt sich zum oberen Bühnenrand, als die Musiker sich gegenseitig anschreien. Aus der Entfernung kann Pete die Stimmen nicht hören, aber er kann klar erkennen, dass es zu Testosteronausschüttungen kommt. Kim sagt etwas zu ihnen, allerdings nicht ins Mikrofon, sodass Pete auch das nicht hören kann.

Sean Nelson, der Sänger von Harvey Danger, schreitet zwischen die beiden Fraktionen und spielt scheinbar den Friedensstifter. Gabe, der Allzweck-Roadie der Murder City Devils, erscheint in dem Gemenge und tippt Sean auf die Schulter. Sean dreht sich um, sagt etwas. Gabe schlägt Sean mitten ins Gesicht. Sean taumelt.

Das ist der Startschuss für die Urine Tubes und Keiths Freunde, die sofort aufeinander losgehen, schlagen und treten und reißen.

„Hey, wir brauchen einen Säuberungsdienst in Gang Sechs", schreit Kim in ihr Mikrofon. „Jemand hat Blut verschüttet."

Zunächst zieht sich die Menge zurück und bildet einen Halbkreis, damit die Typen ihren Streit austragen können, doch die Grenze zwischen Beteiligten und Zuschauern fällt, als Freunde hineinstürzen, um Freunden zu helfen oder Feinden einen mitzugeben, und in Sekunden breitet sich der Aufruhr aus, und überall im Saal brechen Kämpfe aus, als ob es ein Eishockeyspiel wäre, das in Flanell und schwarzem Leder bestritten wird. Ein halbes Dutzend Türsteher kommt aus dem Backstage-Bereich gestürmt, aber sie mischen sich nur in das Chaos.

Kim, Lulu und Mike gehen von der Bühne. Kurt und McCaughey versuchen weiter, Sound aus Kurts Gitarrenverstärker zu kriegen.

Pete zündet sich eine Zigarette an, genießt das Gerangel.

„Männer sind so behämmert", sagt Resa. „Ich gehe hinter die Bühne."

„Wir sehen uns."

Plötzlich hört man Begeisterung und Kreischen, da Kurts Verstärker zum Leben kommt. Er fängt an, die Akkorde zu „New Book Of Old" zu spielen, locker improvisierend, fast als ob er synchron zu den Aktivitäten auf der Fläche spielen würde, und das erinnert Pete an die Klavierspieler, die live Stummfilme begleitet haben.

Als die Schlägerei zum Ringkampf ausartet und Leute beginnen, Bier auf die harten Kämpfer zu schütten, macht Pete sich zum Ausgang auf und schiebt sich langsam um den Kreis herum.

„Das hier ist für Keith", sagt jemand, und die Bedeutung wird Pete nicht klar.

Dann wird er plötzlich aus heiterem Himmel von einer Faust im Gesicht getroffen – seine Zigarette fliegt aus dem Mund und er fällt beinahe hin, aber er weiß, dass es Selbstmord wäre, hier auf den Boden zu fallen, also bemüht er sich, auf den Beinen zu bleiben, während er nach hinten taumelt. Als der Kerl wieder auf ihn zukommt, schwingt Pete seinen Arm tief und packt ihn bei seinen Eiern, und der Kerl sagt tatsächlich: *„Uuuufff."*

Geradeaus bis zur Morgenröte

Leichter Nieselregen fällt auf Petes Gesicht, und die Nachtluft fühlt sich gut an und scheint zu helfen. Er berührt sein rechtes Auge, bemerkt einen Tupfer Blut auf seinem Finger. Viele der Gäste haben die Gelegenheit genutzt, um zu verschwinden, und es sind nicht genug Taxis da, um diesen Exodus aufzunehmen.

Katie erscheint an Petes Seite. „Was zum Teufel ist passiert?"

„Häh?"

„Warum warst *du* bei dieser schwachsinnigen Schlägerei?"

„War ich nicht, aber mir hat trotzdem jemand einen mitgegeben."

Pete zieht seine Schachtel Camels heraus, steckt eine in seinen Mund. Er lehnt sich vor, schützt die Zigarette mit seinen Schultern, zündet sie an.

„Ich freue mich, dass es auf diese Art zu Ende gegangen ist", sagt Katie. „Es wird mich die nächsten paar Jahre daran erinnern, weshalb ich nicht mehr weggehe."

„Wem sagst du das, mir vielleicht?"

Sie holt aus ihrer Handtasche ein unglaublich kleines Handy zusammen mit einem Taschentuch, das sie Pete reicht.

„Wen rufst du an?", fragt er. „Ein Taxi?"

„William." Sie wählt die Nummer.

„In Bellevue?"

„Nein, er ist heute mit den Jungs in der Großstadt unterwegs."

„Also willst du seinem Spaß ein kurzes Ende machen?"

„Weißt du was?", sagt sie und hält das Handy an ihr Ohr. „Er wird *glücklich* sein, dass er von mir hört, und dann wird er mich nach Hause ins Bett bringen. Was wirst *du* machen?"

Pete schaut hoch zu einer Lücke in den vom Wind getragenen Wolken und kann ein paar schemenhafte Sterne erkennen. Als er und Katie klein waren, fragte sie: „Wo geht es ins Nimmerland?" Und er antwortete: „Bis zum zweiten Stern rechts und dann geradeaus bis zur Morgenröte."

Neueinsteiger in die Top Ten

Pete schlägt es aus, nach Hause gefahren zu werden, daher setzen William und Katie ihn am Fenix Underground an der Ecke Jackson und Second Street ab. Als er aus dem grünen Range Rover steigt, bemerkt er, wie die beiden Blicke austauschen, etwas aus der Welt subtiler Gesten erwachsener Paare, was er nicht ganz entschlüsseln kann, und es steigert die heranschleichende Melancholie.

Die Retros sind die Vorgruppe der Beatniks, und Pete kommt zu einem fachmännischen Cover von „Tainted Love" herein, bei der das Publikum mitsingt. *„Sometimes I feel I've got to"* – Klatsch, Klatsch – *„run away..."*

An der Bar ordert Pete bei einem attraktiven Mädchen mit einem Augenbrauenpiercing ein Glas Scotch, und es ist ein großzügiges Glas, also ordert er einen zweiten. Sie bleibt nicht stehen, um zu flirten, was ihn enttäuscht.

„Tainted Love" klingt aus, und im Gegensatz zu Petes Erwartungen geht die Band *nicht* über in „Where Did Our Love Go". Er ist schockiert. Wie kann eine Band „Tainted Love" covern und darauf nicht „Where Did Our Love Go" als ultimativen Dance-Mix folgen lassen? Er schüttelt bestürzt den Kopf und verschwindet.

Er ist etwa zwei Häuserblocks gegangen, als er bemerkt, dass er in Esmés Richtung unterwegs ist. Der Müllcontainer steht noch immer unter der Feuerleiter. Pete hievt sich hinauf, klettert auf die Feuerleiter und macht sich weiter auf den Weg zu Esmés Fenster.

Die Fensterläden sind nicht zugezogen. Vielmehr bemerkt Pete nach einer näheren Untersuchung, dass da gar keine Fensterläden sind. Der Wind weht den Regen in Streifen über die Scheibe und er wischt mit seinem Unterarm eine Stelle frei.

Er drückt sein Gesicht an die Fensterscheibe und hält seine Hände um die Augen und sieht Leere: keine Möbel, ein Boden, der gefegt werden müsste, der Kühlschrank von der Wand abgerückt, seine Tür weit offen, keine Lampen.

Pete kann bereits fühlen, wie sich dieses Bild einbrennt, in die Top 10 seiner größten Fehler.

Carnival Desires

Vor dem Regen geschützt geht Pete unter dem Alaskan Viaduct nach Hause. Der Straßenverkehr über ihm klingt um zwei Uhr morgens wie ein reißender Fluss. Wäre er in einem Film – und je mehr alles schief läuft, desto mehr glaubt er daran –, dann könnte der Soundtrack jetzt übergehen zu „The Killing Moon" von Echo and the Bunnymen oder „Losing My Religion" von R.E.M. oder vielleicht dem Smashing Pumpkins-Cover von Fleetwood Macs „Landslide", und der Gedanke daran deprimiert ihn sehr.

Es hat in Petes jüngeren Jahren Zeiten gegeben, als er sich vormachte, er sei gegen Einsamkeit immun, aber jetzt funktioniert dieser Trick nicht mehr.

Er fühlt sich einfach wie ein kaputter Typ.

Seine Gedanken wandern zu seinen verschiedenen Freundinnen und Halbfreundinnen, und er beschließt, sie chronologisch zu ordnen, in der Hoffnung, dass in der Auflistung irgendeine Erkenntnis lauern könnte: *Judy, fünfte Klasse, schrieb Briefchen, die sie mit S.W.A.K. (Sealed With A Kiss) unterzeichnete. Terry, achte Klasse, pinkfarbener Lippenstift, hörte, dass sie bei einem Autounfall gestorben ist. Im Sommer nach der neunten Klasse war da ein Mädchen auf Jones Island, die Vanille-Kokosnuss-Sonnenöl benutzte, Namen vergessen. In der Highschool gab es dann Kit, schwänzte die Schule, um Sex zu haben, keine Ahnung, was aus dir geworden ist. Lorraine, Cheerleader, auf Kays Party Sex im Bad, einer der Höhepunkte der Highschoolzeit. Liz, gleichzeitig mit*

Chris und Darcy zusammen gewesen, Inspiration für ein paar beschissene Gedichte. Mary, Gruftie, sexy, schüchtern, Bowie-Fan, in der Schule ignoriert, weil sie nicht in der coolen Clique war, und du schämst dich noch immer deswegen. Kerin, erstaunlicher Körper, wundervoller Mund, coole Einstellung, erster Oralsex, immer an sie gedacht, wenn die Band eine Punkversion von „Wouldn't It Be Nice" spielte. Im College gab es Sarah, smart, schön, ein bisschen gestört, liebte die Beatles, beinahe vollkommen. Michelle, besessen von Marilyn Monroe, modelte, reiste, tauschte Briefe und Kassetten. Mary, groß und schön, aber an ihr fehlte etwas. Jayne, die Kanadierin, witzig, konfus, verbrachten viele Nächte im Cabrio, neigte dazu, nach dem Sex vor Freude zu weinen. Rachel, perfekte Haut, brachte dich auf Anaïs Nin, schien übergeschnappt zu sein, war es aber wahrscheinlich nicht. Jill, schwesternhaftes, aber cooles Mädchen, Material zum Heiraten, aber keine Chance, du hättest nicht gewusst, wo beginnen. Dann kamen die wunderbaren Tage mit der Band, meist One- oder Two-Night-Stands, aber gelegentlich auch etwas länger. Beth, erste Liebe. Sara, Schauspielerin, kleine perfekte Brüste, Spaß mit Corona, beste Erinnerung an jenen Abend, der mit Bob und Pilar begann. Rene, Model, irre Wangenknochen, heiratete am Ende Guns N' Roses' Slash, aber „wir werden immer den Grand Canyon haben". Sydney, die nach einem Besäufnis am Valentinstag aufhörte zu trinken, sagte ständig, dass sie „zu klug wäre, um Schauspielerin zu sein", hatte vielleicht Recht. Holly, witzig, oral, schelmisch, kannst dich noch immer an das Bild von ihr im Swimmingpool erinnern. Alexis, biegsames Model, cool, aber albern, brachte dich auf Leonard Cohen, macht jetzt Fernsehwerbung. Marina, klassische Schönheit, sehr vorzeigbar, problematisch, doch vielleicht hättest du ihr einen Antrag machen sollen, bevorzugter Kandidat zum Trinken & Telefonieren, bis sie geheiratet hat, was ein bisschen wehtat. Ashley, scharfer Sinn für Humor, hat dich in ein paar dunklen Nächten gerettet, wollte aber ohne das Versprechen der Monogamie keinen Geschlechtsverkehr, sodass es nie dazu kam. Dylan, hellhäutig und schön, schien tatsächlich Lyrik zu verstehen, bevorzugte Drogen. Molly, Mädchen aus L.A., guter Mund, lebendige Augen, verschiedene Haarfarben, wütend, weil die Band nicht in L.A. blieb, schönste Erinnerung, wie sie den Teil von Kate Pierson singt, als die Band Iggy Pops „Candy" coverte. Chloe, die attraktivste Kellnerin, die jemals im Olive bedient hat, mehr als ein One-Night-Stand, allerdings nicht sicher wie viel mehr, brachte dich auf Jane's Addiction. Denise, cool, sarkastisch, sagte, ihr Mund wäre zu klein für Blowjobs, nicht wahr. Tracy, witzig, gutherzig, guter Mund, Weltklasse-Massagen. Nahezu identisch war Michelle. Beim Jurastudium gab es dann Lisa, klug und schön, schrieb urkomische Briefe und Song-Parodien, mochte beides, Hardcore und Pearl Jam. Stu, spaßig, jung, stylish, mochte Kitschromane und kitschige Filme, modelt jetzt in New York. Tina, fantastischer Körper, fantastische Geschichten, schönes Gesicht, aber traurige Augen, Stripperin, die wusste, wann man aufhören muss, Elvis Costello-Fan. Mollyanne, Tinas Freundin, Nirvana-Fan, Valium auf Rezept, „dünn, durchtrainiert und stoned", tanzt jetzt in Las Vegas? Und als Staatsanwalt dann Hollie, ihr gutes Aussehen war ihr peinlich, launisch, verließ die Stadt, um im Silicon Valley zu arbeiten, Nervenzusammenbruch mit dreißig? April, Sängerin, großartige Beine, großartige Stimme, magst noch immer ihre Musik, wenn sie dir irgendwo zu Ohren kommt. Nariko, Kunststudentin, machte bei Dead Can Dance mit, ging plötzlich nach Japan zurück. Faith, bezaubernd, weltlich, aber wenig Zeit wegen ihrer Tochter. Penny, stille Schönheit, zog von Juneau in Alaska nach Seattle, mochte die Serie „Ausgerechnet Alaska" nicht, liebte die Red Hot Chili Peppers. Und dann Winter und Esmé. Und Marie und Heather, auch bekannt als Prinzessin & Sklavin, das einzige Dreierding seit die Band auseinander gegangen ist und somit eine ehrenhafte Erwähnung wert.

Von den Erinnerungen benommen, hat Pete das Bild vom Engel Clarence vor Augen, der sich auf dem Friedhof an Jimmy Stewart wendet und sagt: *„Schau, ist dein Leben nicht schön."*

Petes interessantesten Erfahrungen, seine intensivsten Erfahrungen, seine wenigen transzendenten Erfahrungen sind fast alle mit Frauen oder Musik verbunden – *Musik & Frauen = Wahrheit & Schönheit* – und er findet es gerechtfertigt, den Frauen in sinnloser Leidenschaft hinterherzulaufen, denn er weiß nicht, was das Leben sein soll, wenn nicht das Streben nach Erfahrungen und Beziehungen, die einen irgendwie erheben, zumindest für ein paar Augenblicke.

Zerstreut ist er an seinem Haus vorbei und hinauf zum Victor Steinbrueck Park gelaufen, eine betonierte Terrasse, die vor allem von obdachlosen Alkoholikern besucht wird, zeigt hinaus auf die Elliott Bay. Pete setzt sich auf die einzige freie Bank und zündet sich eine Camel an. Ein schmutziger, schemenhaft beleuchteter Platz, wo er vor sich hin murmeln kann.

Er fragt sich, ob es ein Muster für das Unglück in seinem Liebesleben gibt. Würde er die Muster und Wiederholungen sehen, wenn er ein Mozart der Liebe wäre? Wenn er genau zuhören würde, könnte er die Melodie letztlich erkennen – *„when all is one and one is all, to be a rock and not to roll"*. Er lacht. Der späte Leichtsinn ist eingetreten, und niemand um ihn herum bemerkt es.

Er denkt über all seine Ex-Freundinnen nach und die Frauen mit denen er geschlafen hat, die nicht ganz seine Freundinnen waren, und dann selbst über diejenigen mit denen er geschlafen hat, die vollkommen Fremde waren, all die wirklich unterschiedlichen Arten von Körpern und Gesichtern – jedes einzelne für ihn irgendwie quälend schön –, und das einzige Muster, das er im Moment erkennen kann, ist, tja, *du würdest einfach mit jeder schlafen.*

A Horse with No Name

Pete wirft sein Jackett auf einen Küchenhocker. Ein Vorteil des Junggesellendaseins besteht darin, dass er nasse Klamotten liegen lassen kann, wo immer er will. Der Nachteil ist, dass er auf diese Art und Weise teure Anzüge ruiniert hat.

Da er weiß, dass er trotz fortgeschrittener Stunde nicht einschlafen kann, zieht er seine Flügelklappen aus und klettert mit *Der Sportreporter* in die Hängematte.

Nachdem er etwa zehn Seiten gelesen hat, ohne sie zu verstehen, blättert er einfach zu den letzten zwei Seiten. Vielleicht kann er seinem Körper vormachen, er habe gerade ein ganzes Buch gelesen und sich daher ein wenig Schlaf redlich verdient.

Als Pete das Buch vor über zehn Jahren das erste Mal las, verstand er genau, was Mr. Ford meint, wenn er diese Momente wiederkehrender knabenhafter Freude beschreibt, dieses „neue Leben", doch damals war ihm nicht klar, dass er diese Momente eines Tages immer seltener spüren würde, dass er auf Erinnerungen angewiesen sein würde, um sich vor Augen zu halten, was für Möglichkeiten ihm blieben. Die Möglichkeiten haben in letzter Zeit irgendwie begonnen, sich aus dem Staub zu machen.

Sortierte verlorene Möglichkeiten kreisen in seinem Kopf, Dinge die er machen wollte, aber nicht getan hat und niemals tun wird. Er wird nie jung sein und in New York City leben, er wird niemals wissen, ob er ein Collegesportler hätte sein können oder vielleicht sogar ein Profi, er wird niemals mit dem Mädchen vor Sean und Jon's Bar samt ihren perfekten Knöcheln schlafen oder mit dem Mädchen mit dem roten Regenschirm, und basta.

Pete hat versucht, alle Straßen hinunterzugehen, die er konnte, und noch immer denkt er, dass er zu viele ausgelassen hat. Er hat sein Leben damit verschwendet, zu versuchen, sich Möglichkeiten offen zu halten, aber er kommt zu der Erkenntnis, dass man dies nicht unbegrenzt machen kann und, noch schlimmer, der Versuch hat seinen Preis.

Plötzlich fürchtet Pete, dass er in der Wüste verloren ist. Er stellt sich tatsächlich vor, wie er auf gerissenem, verbranntem Lehm geht, umgeben von Kakteen, und er kommt an einen tiefen rauschenden Fluss – *in einer Wüste?* – und auf der anderen Seite sind grüne Felder, aber er kann nicht hinüber, denn er hat sein Pferd verloren und es gibt keine Brücke und er kann mit all seiner Kleidung nicht schwimmen.

Dann kippt er aus der Hängematte.

Mehrere schummrige Glühbirnen

Richter Sorensen hat Fernsehkameras zur Urteilsverkündung zugelassen und im Gerichtssaal schwirren die Medien nur so herum, ebenso die meisten Leute, die schon beim Eröffnungsplädoyer dabei waren, aber auch Detective Tuiaia, Winter, Amber und ein paar von ihren Freunden und Danielle, die ihr blondes Haar zu einem gouvernantenhaften Dutt hochgesteckt hat.

Nachdem Pete, Scott, Sundfell, Keith und Sue – die zu diesem Anlass einen Minirock aus Leder trägt – alle auf ihren Plätzen sind, kommt auch Richter Sorensen.

„Führen Sie die Geschworenen herein", ordnet er an.

Die Geschworenen marschieren in einer Reihe ein, sichtbar erschlagen von der Menge und den Kameras.

„Bitte setzen Sie sich", sagt der Richter.

Es gibt ein lautes Rascheln, dem eine angespannte Stille folgt.

„Würde der Sprecher bitte aufstehen?", sagt der Richter.

Die Anweisungen für Geschworene sprechen von dieser Person als ‚Vorsitzender der Jury', aber Richter Sorensen geht nicht mit der Zeit.

Ein Mann um die fünfzig steht auf. Einer der Geschworenen, den Pete nicht leiden kann.

„Ich habe Sie so verstanden, dass Sie ein Urteil gefällt haben", sagt der Richter.

„Nein, Euer Ehren."

„*Nein?*" Der Richter dreht sich zu Trish.

„Ich sagte ihr, dass wir eine *Entscheidung* getroffen haben", erklärt der Vorsitzende der Jury.

„Wir nennen das hier ein Urteil."

„Aber wir haben kein Urteil. Wie konnten kein Urteil fällen."

Richter Sorensen ist außer sich. „Was genau meinen Sie?"

„Wir haben die Entscheidung getroffen, dass wir kein Urteil fällen können."

„In allen Anklagepunkten?"

„In allen Anklagepunkten."

Richter Sorensen wechselt zu seiner richterlichen Stimme. „Besteht die Wahrscheinlichkeit, ein einstimmiges Urteil in einer angemessenen Zeit zu fällen?"

„Nein, keine Chance. Wir beginnen, uns wirklich gegenseitig auf die Nerven zu gehen – es wird stressig."

„Nun, ich bin mir sicher, dass es alle Parteien bedauern, dass dieser Prozess Ihnen Stress macht", sagt Richter Sorensen mit unverhülltem Sarkasmus, „doch jetzt werden wir die ganze Sache noch mal mit einer neuen Gruppe an Geschworenen durchgehen müssen. Und ich weiß nicht, was das Problem ist, aber..."

Trish dreht sich zum Richter und gibt sich einen leichten Klaps auf die Wange, als ob sie sich gerade an etwas erinnern würde, ein Zeichen, das sie oft benutzt und das übersetzt werden kann als: *Halt den Mund, bevor du etwas sagst, was du bereuen wirst.*

„Ich werde sie nun zurück in den Geschworenenraum bringen", sagt sie und ist bereits in Bewegung.

Euer Ehren seufzt und wendet sich dann an die Anwälte. „Ich werde den Fall behalten. Wir werden ein paar Tage vergehen lassen, und wir beginnen dann am Montag, eine neue Jury auszuwählen. Ich hoffe, dass die entschlussfreudiger sein wird, als der Haufen, den wir gerade hatten." Er steigt vom Richterstuhl.

Pete dreht sich um, Amber sitzt in der ersten Reihe hinter ihm. Sie sieht am Boden zerstört aus. Pete geht zu dem Geländer zwischen ihnen und ist dabei etwas zu sagen, als plötzlich der Angeklagte vor ihr auftaucht.

„Amber", sagt er, „das tut mir alles so verdammt Leid."

Sundfell stürmt herüber. „Keith, sagen Sie nichts." Aber Keith stößt Sundfells Arm weg.

„Es tut mir so verdammt Leid", wiederholt Keith. „Ich habe ehrlich nicht begriffen, was zur Hölle ich getan habe, bis... na, bis ich diese ganze dumme beschissene Sache durchstehen musste. Es tut mir Leid, dass ich dich in diese Scheiße gebracht habe."

Dann geht Keith Junior, stößt die Kameras weg.

„Der Mittelfinger ist eine nette Geste von Klasse", sagt Scott.

Sundfell und Pete schauen sich in die Augen, denn sie wissen beide etwas, das Keith Junior scheinbar nicht weiß oder ihm egal ist: Pete kann ihn mit diesem Geständnis im Wiederaufnahmeverfahren kriegen. Mehrere Zeugen haben es gehört, einschließlich Detective Tuiaia, und es dürfte auch auf Film sein.

Pete richtet seine Augen auf Amber, die weinend von Danielle gehalten wird. Er ist schon immer von diesen Szenen der beschämenden Emotionen im Gerichtssaal fasziniert gewesen, doch er dreht sich weg und setzt sich. Er schreibt etwas in sein Notizbuch und schiebt es dann rüber zu Scott. *Guter Zeitpunkt für neues Angebot?*

Scott sagt: „Ich weiß nicht, ob wir so eine schwierige Entscheidung nüchtern treffen sollten."

Wenn Schafe Flügel hätten

Pete und Scott lassen sich in einer Nische im Crocodile nieder.

„Wir haben den Schweinepriester kaltgemacht", sagt Scott. „Er liegt in einem Sarg, ist nicht bei Bewusstsein, die Sonne kommt über den Hügel, und ich halte den Pflock an sein Herz und alles, was du zu tun hast, ist den Hammer zu schwingen." Er leert seinen vierten Jack und Coke. „Wir sind wie Cäsar. Daumen nach unten, das Leben ist zu Ende, Daumen nach oben, er lebt."

Pete bewundert den mühelosen Übergang von dem Bild des Vampirs zum Gladiator.

„Ahhhh, der Strom launenhafter Macht", fügt Scott hinzu und greift nach seinen Lucky Strikes. „Was nun tun? Gnade oder nicht?"

Pete zündet sich eine Camel an und lehnt seinen Kopf zurück und schaut zu, wie der Rauch aufsteigt und verblasst. Eines der geflügelten Schafe, das von der Decke hängt, kommt langsam in sein Blickfeld.

„Was soll das mit dem Schaf?", sagt Pete.

Scott sieht hin. „Was meinst du?"

„Was soll das mit den Flügeln?"

„Wenn Schafe Flügel hätten, könnten sie fliegen."

„Nein. Das Sprichwort heißt ‚Wenn *Schweine* Flügel hätten, könnten sie fliegen'."

Scott zuckt mit den Achseln. „Keine Ahnung. Ist halt Kunst."

Elvis Has Left the Building

Pete ist zu Hause und will nicht allein sein. Ihm ist nach Trinken & Telefonieren, aber er weiß nicht, wen er anrufen soll.

Er macht 107.7 FM an, und Brian und Marco labern über Jason Finns Scheitern bei dem Versuch, mit dem Rauchen aufzuhören, was Pete an seine eigene verlorene Schlacht erinnert und daran, warum er es nicht mag, das Risiko einzugehen und das Radio anzuschalten.

Er beschließt, dass die Zeit reif ist für eine Resurrection Jukebox Night. Er steht vor seinen CDs und zieht mögliche Themen in Betracht, aber keines scheint, als könnte es ihn weiterbringen.

Das erste Zeichen auf dem Weg zum Tod?

Er klettert in die Hängematte, und zum zweiten Mal hintereinander schläft er ein, ohne ins Bett zu gehen.

Das Telefon klingelt, schreckt ihn auf. Als der Anrufbeantworter rangeht, schaut er auf die Wanduhr: gerade mal ein paar Minuten nach drei.

„Peter", sagt seine Mutter, „bist du wach?"

Er stolpert aus der Hängematte und nimmt das Schnurlose. „Ist was passiert?"

„Ich dachte, dass ich unten etwas gehört hätte, also habe ich Sandy gerufen. Du weißt ja, dass sie immer vor meiner Tür schläft, aber sie war nicht da."

„Mutter, ich bin mir sicher, dass sie..."

„Sie ist tot. Ich habe sie im Garten gefunden. Sie ist in den Garten rausgegangen und gestorben."

Fiesta – Auch der Sohn steht auf

Pete gräbt im Garten auf der südöstlichen Seite des Hauses zwischen den Zucchini und den Walla-Walla-Zwiebeln Sandys Grab. Die Stelle ist die Wahl seiner Mutter, die Wahl der Zeit – es geht auf vier Uhr morgens zu – seine. Er wollte sich nicht mit einem Kadaver in Totenstarre befassen.

Die Erde ist weich, und die ersten Zentimeter geht das Graben schnell und leicht, doch dann stößt er auf Sand und festen Lehm. Als sich seine Finger anfühlen, als würden sie glühen, beschließt er, dass er tief genug ist.

Sandy liegt nur ein paar Meter entfernt, zusammengerollt als würde sie schlafen. Pete arbeitet sich mit seinen Händen unter ihren Körper und hebt sie an. Ihre Beine stehen gerade ab. Er trägt sie zum Grab und lässt sie langsam hinab

Das vollendet, bekreuzigt sich Pete und erinnert sich an eine Nonne, die ihm erzählte, dass Tiere keine Seele haben, was er damals nicht glaubte und auch heute noch nicht glaubt. Dann fängt er an, die Erde zurück ins Loch zu schaufeln.

Das getan, zündet er sich eine Zigarette an. Der Rauch steigt direkt in die kalte, windstille Luft auf. Er starrt auf den See, der den ganzen Weg bis zur Brücke glasklar und ruhig ist.

Seine Mutter kommt um die Ecke des Hauses, trägt einen übergroßen nordischen Pullover und bringt zwei Becher Kaffee.

Pete nimmt den größeren Becher. „Danke."

„Was ist mit deinem Auge passiert?"

„Eine lange Geschichte."

„Und ich dachte, du hättest aufgehört zu rauchen."

„Na ja, ich habe gelogen."

„Offensichtlich."

„Versuche es noch immer." Er lässt die filterlose Kippe bei den Zucchini fallen und tritt sie in die Erde.

„Peter", sagt sie, „ich möchte dich nicht kritisieren."

Er zuckt mit den Achseln. „Ich weiß."

„Ich bin stolz auf dich. Wir sind beide stolz auf dich."

„Danke, aber wovon zum Henker redest du?"

„Ich habe das Gefühl, als würdest du Dinge vor mir verbergen, weil du denkst, dass ich zu kritisch bin."

„Nein, ich verberge nur Dinge, weil... dich mein Leben ansonsten erschrecken würde."

„Du wärst überrascht, wenn du wüsstest, was ich alles aushalten kann."

„Willst du wissen, was ich an meinem siebenundzwanzigsten Geburtstag gemacht habe?"

„Ich muss nicht alles wissen. Ich möchte nur, dass du glücklich bist. Ich möchte, dass du weißt, dass es Dinge gibt, wenn du älter wirst, die dir eine tiefere, süßere, dauerhaftere Befriedigung geben, als alles, was du verfolgt hast, seit du in die Pubertät gekommen und verrückt geworden bist. Glaub mir."

Pete nickt. *Wollte zu viel, endete mit nichts.*

„Ich bin deine Mutter."

Don't Go Back to Rockville

Pete fährt den Volvo aus der Auffahrt seiner Mutter. Er saust durch die ruhigen Straßen des Wohnviertels, biegt links in den Sand Point Way ein, kommt am Husky-Stadion vorbei, überquert die Montlake Bridge zur Auffahrt auf die 520 Richtung Westen. Als er sich dem Interstate 5 nähert, sieht er dunkle Wolken, die den grauen Nebel über Queen Anne Hill tragen.

Er nimmt die Ausfahrt zur James Street und fährt zum County-City Building. Mit seiner Sicherheitskarte kommt er hinein und nimmt den Fahrstuhl in den neunten Stock. Seine Schritte erzeugen in den dunklen und leeren Hallen ein Echo. Er verstößt gegen die Bezirksvorschriften – Prioritäten sind Prioritäten – und sucht im DISCUS-System nach einer Adresse für private Zwecke.

Zurück im Volvo durchwühlt er das Handschuhfach. Unter seiner Ray-Ban findet er eine Kassette, eine Compilation mit Road-Trip-Songs, die mit Jonathan Richman and the Modern Lovers loslegt – *„Roadrunner once, roadrunner twice, I'm in love with rock and roll..."*

Regentropfen beginnen, auf die Windschutzscheibe zu prasseln, als er auf den Interstate 5 Richtung Süden kommt. Er macht die Scheibenwischer an, die wie ein Metronom den Beat zu „Roadrunner" angeben. Er war sechzehn, als er diesen Song zum ersten Mal hörte.

Pete glaubt, dass Seattle ein coolerer Ort zum Leben war, als er jung war, vor dem Hype der Neunziger, und er glaubt, dass das

Land vermutlich vor der Ermordung Präsident Kennedys ein gescheiterer und zivilisierterer Ort zum Leben war, wie ihm seine Mutter erzählte, und er glaubt – befürchtet –, dass er niemals wieder Dinge mit der gleichen Frische und Intensität fühlen kann, wie damals in dem Frühling mit Beth, und daher glaubt er, dass die Nostalgie berechtigt ist, aber *wozu verdammt nochmal braucht man sie?*

Auf „Roadrunner" folgt Everclears „Summerland", das ihn an die verschneite Nacht mit Esmé erinnert, „Left of the Dial" von den Replacements erinnert ihn an Beth, Golden Earrings „Radar Love" erinnert ihn an zahlreiche Road-Trips, Bon Jovis „Wanted: Dead or Alive" erinnert ihn an die alten MTV-Zeiten, Americas „Ventura Highway" erinnert ihn an Jayne, die Kanadierin, „A Million Miles Away" von den Plimsouls erinnert ihn an Los Angeles, Led Zeppelins „Ramble On", „Goin' Mobile" von The Who und Springsteens „Thunder Road" erinnern ihn alle an die Pubertät und die Tatsache, dass er seitdem nicht viel weitergekommen ist.

Der tiefe Himmel klart auf, und der schneebedeckte Mount Rainier wächst aus Petes Perspektive, als er Richtung Süden rast. An der Ausfahrt nach Olympia dreht er das Autoradio aus, um die Straßenkarte zu studieren, denn Karten müssen natürlich in der Stille gelesen werden.

Als er eine breite, von Magnolienbäumen gesäumte Straße hinunterfährt, hört es auf zu regnen. Die Häuser sind alt und gut instand gesetzt und sorgfältig mit Hausnummern versehen.

Das blaue Licht der Dämmerung steigt gerade am Horizont auf, und Pete macht die Scheinwerfer aus, als er vor einem zweistöckigen viktorianischen Haus mit einer großen Veranda hält.

Er steigt aus dem Auto und starrt auf die dunklen Fenster und auf die zugezogenen Vorhänge. Seinen eingeschränkten Teenager-Erfahrungen als Spanner zufolge, befinden sich die Schlafzimmer gewöhnlich im hinteren Teil des Hauses, während die Kinderzimmer üblicherweise auf der Straßenseite liegen, aber er will es lieber nicht wagen, Steine an das falsche Fenster zu werfen.

Er liest die Telefonnummer auf dem Computerausdruck, wählt und hofft, dass Esmé ein Telefon in ihrem Zimmer hat.

Es klingelt zweimal und dann sagt eine verschlafene Stimme: „Hallo?"

„Esmé?", sagt er.

„Esmé?", wiederholt sie.

Pete ist gerade dabei aufzulegen, als er eine andere weibliche Stimme in der Leitung hört. „Hallo?"

„Esmé, es ist für dich", sagt die Frau und legt auf, es rasselt für ein paar Sekunden bis wirklich aufgelegt ist.

„Hallo?"

„Hi, ich bin's."

„Wie spät ist es, Pete?"

„Keine Ahnung. Warum machst du nicht das Licht an."

„Es ist fünf Uhr vierzig."

„Mach das Licht an."

„*Warum?*"

„Mach einfach das Licht an."

„Pete, warum rufst du mich jetzt an?"

„Mach das Licht an, damit ich weiß, welches dein Zimmer ist."

Einen Moment später werden die Vorhänge im Schlafzimmer in der rechten Ecke des Hauses über der Garage aufgezogen, und Pete kann Esmé von der Taille an sehen, nackt, Telefon in der Hand, herausschauend.

„Solltest du der Nachbarschaft so deine Brüste zeigen?"

„Oh mein Gott", sagt sie. „Was zur *Hölle* machst du da?"

„Einen Besuch. Darf ich reinkommen?"

„Bist du betrunken?"

„Nicht im Sinne des Gesetzes."

„Pete, das ist eine blöde Idee."

„Ich kann sehen, wo dein Zimmer ist", erinnert er sie.

Die Vorhänge schließen sich.

„Esmé?"

Sie legt auf.

Pete holt seine Ray-Ban aus dem Handschuhfach, denn das blaue Licht wird heller. Er steigt aus dem Auto. Rotkehlchen zwitschern, Klänge, die er lange nicht gehört hat.

Er geht über den Hof, hinterlässt Spuren im Tau, dann schwenkt er herüber zur Garage. Er macht die Tür auf, steckt die Sonnenbrille weg, schaut in die Dunkelheit. Ein Volvo Kombi und ein Saab sind umgeben von Fahrrädern, Gartenschläuchen und anderem vorstädtischen Zeug. Er entdeckt eine Leiter, die auf Nägeln an der Wand hängt.

Als er herauskommt und auf unsicheren Beinen die Leiter trägt, sieht er Esmé auf der Veranda in einem Morgenmantel aus Frottee, die ihn anstarrt.

„*Was machst du da?*", sagt sie irgendwo zwischen einem Zischen und einem Kreischen.

Er hält an. „Ich muss dich sehen."

„Was ist mit deinem Auge passiert?"

„Ich war auf der Sub Pop-Party. Ich dachte, du würdest da sein."

„Warst du derjenige, der die Schlägerei angefangen hat?"

„*Nein.*"

„Schhhh. Komm hier rein, bevor du meine Eltern aufweckst", sagt sie, sich umblickend, „oder den Rest der Nachbarschaft."

Er geht zu ihr.

„Und bitte bring die Leiter zurück, Sir Lancelot."

Unser Tag in den Büschen

„Glaubst du nicht, dass du ein bisschen zu alt für so was bist?", sagt Esmé, als sie auf Zehenspitzen durch den Flur gehen.

„Hey, du bist diejenige, die bei ihren Eltern wohnt."

„Sei *still.*"

Schleichend steigen sie eine breite Holztreppe herauf, ein langsamer Schritt folgt dem nächsten. Die Holzdielen knarren, als Pete ihr an einer tickenden Standuhr vorbei folgt.

Wir werden jede gottverdammte Minute älter.

Sie kommen in ihr Zimmer, sie schließt die Tür.

„Wow", sagt Pete.

Der von Pink und Grün beherrschte Raum ist unaufgeräumt, jedoch organisiert: gerahmte Fotos, ein Waschtisch mit Spiegel, dessen Bordüren mit Rosen verziert sind, Kassettenstapel neben einem Ghettoblaster und ein gerahmtes Foto der Space Needle, an dem Petes Augen hängen bleiben.

„Symbol der Zukunft", sagt er.

„Yep." Sie zupft ihren Morgenmantel zurecht und zieht ihn fest. „Wirst du gegen Keith neu verhandeln?"

Pete schüttelt den Kopf. „Es gibt nichts mehr zu machen – er hat noch einmal gestanden und dieses Mal vor mehreren Leuten –, wir dürften ihn sogar auf Video haben. Sundfell wird alles annehmen müssen, egal was wir anbieten."

„Und was wird das sein?"

„Vergewaltigung dritten Grades. Keine lange Gefängnisstrafe im Vergleich zu einer Vergewaltigung zweiten Grades, aber es reflektiert ehrlich, was sich ereignet hat."

„Solltest du dann nicht feiern?"

„Tue ich."

Pete schaut sich weiter um und fühlt den Rausch, den man hat, wenn man eine Platte von einer Lieblingsband auflegt, die man noch nie zuvor gehört hat.

Er nimmt einen Fotorahmen mit einer Bildmontage, in der eine Highschool-Cheerleader-Truppe in die Mannschaftsinsignien eingebettet ist. „Du warst Cheerleader?"

„Ganz rechts am Rand", gibt sie zu.

Da ist sie, mit einem Pferdeschwanz.

„Eine verzweifelte Bitte um Akzeptanz und Aufmerksamkeit." Sie lacht. „Aus einer Vergangenheit, die ich noch immer versuche, ungeschehen zu machen."

Pete nimmt ein Foto, von dem er annimmt, dass es das Foto ihres Abschlussballs ist. „Dein Freund an der High-School?"

„Adam", sagt sie. „Wir verbrachten einen tollen Sommer zusammen, dann ist er auf ein College im Osten gegangen. Habe nie wieder von ihm gehört."

Adam, kurzhaarig und dünn, sieht aus, als wäre er etwa vierzehn. Pete stellt das Foto zurück und nimmt eins mit zwei kleinen Kindern auf einer Gartenschaukel.

„Das mit der fetten Zahnlücke bin ich."

„Und wer ist der gut aussehende Kerl?"

„Joey. Joey lebte nebenan. Wir waren zusammen im Kindergarten. Er hat mich durch die halbe Nachbarschaft gejagt, um mich zu küssen. Unheimlich draufgängerisch für einen Fünfjährigen."

„Dein erster Kuss?"

„Nein. Ich habe ihn nie gelassen. Ich *wollte* es, irgendwann." Esmé schaut auf das Foto. „Ich glaube, ich habe auf die richtige Zeit und den richtigen Ort gewartet. Ich stellte mir vor, dass wir irgendwann einmal unseren Tag in den Büschen haben würden. Aber seine

Eltern haben plötzlich ihre Sachen gepackt und sind weggezogen, so haben wir unseren Tag verpasst."

„Wahrscheinlich ist Joey jetzt ein registrierter Triebtäter."

Esmé nimmt das Foto und stellt es auf den Waschtisch.

„Darf ich hier rauchen?", fragt Pete.

„Nein."

Da er nichts mit seinen Händen anzufangen weiß, streckt er sie aus und nimmt ihre. Obwohl sie das zulässt, fühlt sich die Berührung widerwillig an.

„Ich möchte mit dir zusammen sein", sagt er.

Sie sagt nichts und sieht nicht so aus, als würde sie etwas sagen wollen.

„Als du mich rausgeschmissen hast", fährt er fort, „wusste ich zuerst nicht, was ich tun sollte, aber jetzt weiß ich es. Ich möchte mit dir zusammen sein."

„Pete?"

„Ja?"

„Wir haben es verpasst."

„Was? Was meinst du?"

„Ich habe viel darüber nachgedacht, und ich habe wirklich noch nicht alles auf die Reihe gekriegt, außer dass ich weiß, dass ich gehen werde und du hier bleiben wirst und wir es verpasst haben, wir haben es einfach *verpasst*."

In diesem Moment brennt Pete nach ihr.

„Hast du CDs oder Radio gehört", fragt sie, „als du hierher gefahren bist?"

„Kassette."

„Aus den Siebzigern oder Achtzigern? Oder die frühen Neunziger?"

„Eine Collection."

Sie neigt ihren Kopf, als ob sie einen Punkt gemacht hätte.

„Hast du jemals", sagt er, „Sex in diesem Bett gehabt?"

Sie lächelt. „Nicht mit jemand anders."

Er küsst sie und sie erwidert den Kuss, aber als er seine Arme um ihre Taille legt und sie heranzieht, sträubt sie sich.

„Pete, nein. Ich darf nicht, ich kann nicht."

Jetzt den Heiratsantrag aus dem Ärmel zaubern?

Er küsst sie noch einmal, sie weicht zurück.

„Ich habe nicht gehört, dass du ‚Ich will nicht' gesagt hast", sagt er.

„Ich *will,* aber ich *will nicht* die Reue spüren, die ich kenne und die folgen wird. Ich denke auch nicht, dass wir miteinander *sprechen* sollten, bis ich mich an der Uni eingelebt habe. Ich werde dir eine E-Mail schicken, wenn ich dort bin."

„Ich *wusste,* dass mich die Bemerkung über E-Mails heimsuchen würde."

„Ich meine es ernst. Es wird dann einfacher sein. Ich habe eine richtige Entscheidung getroffen, und ich möchte auch imstande sein, sie durchzuziehen."

Pete hält inne, seine Hände auf ihren Hüften, ihre Hände auf seinen Schultern. Sie starren sich für einige Augenblicke an, und plötzlich erkennt er es, er fühlt es – er hat es vermasselt, *sie ist weg.* Er will sie und er greift nach ihr, aber er greift nur ins Leere.

Better Man

Das Licht des Sonnenaufgangs trifft schimmernd auf die nasse Straße, als Pete von Esmé fortrauscht. Er kämpft mit dem Morgenverkehr auf dem Interstate 5, schiebt sich am Tacoma Dome, Emerald Downs, Sea-Tac Airport, Boeing Field vorbei.

Als er sich der West Seattle Bridge nähert, erinnert er sich daran, wie es war, als er mit der Band ausgebrannt und ohne Schlaf von einer Tour zurückkam. Der Bus fuhr die Erhebung des Interstate 5 hinauf, und die Skyline kam in Sicht, und das vertraute Panorama versetzte ihm einen heftigen, sauberen Kick. Jetzt spürt er den gleichen Adrenalinstoß.

Der Verkehr gerät auf der Ausfahrt zur Mercer Street ins Stocken, auf der Brücke des Interstate 5 über den Lake Union geht es nur noch Stop-and-Go. Er schlängelt über die Fahrspuren, verdoppelt vermutlich seine Fahrtstrecke, nur um in Bewegung zu bleiben, dann nimmt er die Ausfahrt Forty-fifth Street zum University District.

Er kann vor dem Doppelhaus, in dem Winter wohnt, keinen Parkplatz finden, und als er in der Nachbarschaft herumfährt, sieht er ihren alten Mustang nicht.

Schließlich findet er einen halb-legalen Platz, etwa einen Block von ihrer Wohnung entfernt. Als er die Straße zurückgeht, kommt er an einem fluchenden Mann vorbei, der einen großen Plastik-Müllcontainer seine Auffahrt hinunterrollt.

Winters Tür ist verschlossen, also benutzt Pete die Klingel. Er hört das Summen.

Keine Reaktion.

Er klingelt erneut, vier Mal.

Keine Reaktion.

Er klingelt nochmals, weitere vier Male, dann holt er sein Handy heraus.

„Winter", spricht er auf den Anrufbeantworter, „ich muss mit dir reden. Ich bin jetzt vor deiner Wohnung, aber du bist anscheinend nicht da, oder? Okay, ruf mich auf meinem Handy an, wenn du das abhörst."

Nachdem er für wer weiß wie lange in seinem Auto geschlafen hat, wacht er auf und sieht, wie vor ihm Winters Mustang an einem Feuerhydranten einparkt.

Winter, die ihn jedoch nicht sieht, geht um ihr Auto und öffnet die Beifahrertür. Sie zieht einen großen weißen Kuchen heraus.

„Winter!", ruft er, als er sich nähert.

Sie dreht sich um, hält den Kuchen im Arm. „Hey", sagt sie. „Was ist los?" Sie lächelt. „Sieht aus, als hättest du Spaß gehabt bei den Sub-Pop-Krawallen."

„Was ist das für ein Kuchen?"

„Ist von der Party gestern Abend. Ich mag keinen Kuchen. Aber Tina hatte diese paranoide Vorstellung, ihn zu essen und fett zu werden und gab ihn mir." Sie hält ihm den Kuchen hin. „Nimm ihn."

„Nein, danke."

„Nimm ihn. Ich möchte dir etwas zeigen."

Er lässt sich den Kuchen in die Hand drücken. Dann dreht sie ihre linke Hand vor sein Gesicht. Seine Augen sind auf den Platinring mit Diamant gerichtet und er schaut zu, wie ein Regentropfen auf ihren Finger fällt und über den Stein rinnt.

„Er hat mir einen Antrag gemacht", sagt sie. „Was sagst du dazu?"

Er zögert. „Was hast du geantwortet?"

„Was glaubst du, was ich geantwortet habe?"

„Keine Ahnung."

„Ich sagte: ‚Klar.'"

„Also bist du verlobt?"

„So läuft das."

Sie senkt ihre Hand, lächelt den Ring an, *strahlt.*

Plötzlich bemerkt Pete, dass er sie noch nie so glücklich gesehen hat.

„Ich war die ganze Nacht auf, um mit den Mädels zu feiern", sagt sie und starrt immer noch auf den Ring. Dann schaut sie ihn an. „Und was machst du hier? Was ist los?"

„Ich wollte dir nur... etwas sagen."

„Was?"

„Was?"

„Ja, was?"

„Dass ich dich liebe."

Sie schaut ihn seltsam an, den Mund leicht geöffnet, der nasse Pony hängt über ihren Augenbrauen, es bricht ihm das Herz.

In diesem Augenblick glaubt Pete, dass er sie zurückgewinnen kann. Er ist voller Mut. Das ist der Stoff für eine Geschichte oder einen Song, der Junge kriegt das Mädchen, die beiden, die am meisten einander brauchen, kriegen sich am Ende.

Aber...

Halbrationale Gedanken zerreißen seine Zuversicht, als er sich fragt, ob dies das Beste für Winter ist? Bedenkt er irgendetwas anderes als seine eigenen Ängste? Hat sie einen besseren Mann kennen gelernt oder zumindest jemanden, der sie vollends und zweifellos liebt?

Welchen Rat würde der PRIESTERJUNGE jetzt geben?

„Du liebst mich", sagt sie schließlich.

„Ja."

„Und das sagst du mir jetzt?"

„Ja."

„*Warum?* Warum jetzt?"

„Ich wollte dir nur... alles Gute wünschen. Das ist alles. Deswegen bin ich hier. Du hast alles Gute verdient, nach dem du suchst, und ich hoffe, dass du es mit diesem Typen findest. Das tue ich aufrichtig."

Winter, nie geizig mit Tränen, weint. Er küsst sie sanft und schmeckt die salzige Feuchtigkeit und weiß nicht, ob sie von ihm oder von ihr kommt.

„Ich mag diese Art an dir", sagt sie.

„Welche Art?"

„So emotional."

„Ich werde dich vermissen."

„Für eine Weile, aber du wirst mich bald vergessen."

„Damit", sagt er, „liegst du falsch."

Und das tat sie.

Took So Long to Bake It

Nachdem Winter nach drinnen verschwunden ist, stellt Pete den Kuchen auf einer Mülltonne in der Nähe seines Volvos ab. Einen langen Moment schaut er zu, wie der Zuckerguss im Nieselregen dahinschmilzt. Das erinnert ihn an einen Song, den er nicht ganz unterbringen kann.

Plötzlich zittern seine Beine, und er setzt sich auf den nassen Bürgersteig, legt sein Kinn in die Hände.

Was jetzt?

Er könnte noch mal anfangen, Beth zu suchen, aber die Wahrheit ist, dass selbstermutigende Illusionen für nichts gut sind, und die Traurigkeit, die er spürt, nicht durch diesen Verlust entsteht, sondern durch die Erkenntnis, dass seine beständige Sehnsucht nach etwas lange Verlorenem ihn Möglichkeiten gekostet hat.

Er wendet sein Gesicht dem Regen zu und versucht, jeden einzelnen Tropfen zu spüren, so als würden sie Kontakt aufnehmen, aber es sind zu viele, und schon bald gibt er dem willkürlichen Tap, Tap, Tap nach. An seinen Augenrändern bilden sich Tränen, die sich dann lösen und rollen und sich mit dem Regenwasser vermischen, das seinen Nacken hinab in sein Hemd fließt.

„Mac Arthur Park", das ist der Song mit dem verdammten Kuchen, erinnert er sich plötzlich. Er hätte mit der Band eine Coverversion davon machen sollen.

Wie gewöhnlich ist der Verkehr im University-District heftig, und Pete verursacht beinahe ein Unglück, als er die Auffahrt zum Freeway hochfährt. Er hört das Hupen, aber weiß nicht, dass es ihm gilt. Er ist immer noch dabei, über seine größten Fehler nachzudenken.

Der Himmel wird dunkler, und der Regen nimmt zu, als er die Brücke des Interstate 5 überquert. Plötzlich gehen die Straßenlaternen an, flackern von Gelb zu Orange, erleuchten die Brücke wie eine Landebahn.

Pete macht seine Scheinwerfer an. Vor ihm liegen Innenstadt und Space Needle.

Nun, du hast immer noch Seattle. Möglichkeiten.

Er macht das Autoradio an.

Danksagung

Ich habe noch nie zuvor eine Seite mit Danksagungen geschrieben, aber dieser Roman wäre nicht ohne die Freunde, Kollegen, Bekannten und Unbekannten entstanden, die mir geholfen haben, mich inspiriert haben und/oder deren Gedanken ich gestohlen habe. Daher möchte ich einigen von ihnen jetzt danken, da ich dazu neige, Dinge in meinem normalen Leben zu vergessen: meinen Agenten Christy Fletcher und Lucy Stille, meinem Lektor Bruce Tracy, Tracy Pattison, Morgan Entrekin, Brian McLendon, Oona Schmid, Dan Rembert, Peter Farrelly, Dario Scardapane, Lori Applebaum, Dennis Ambrose, Lisa Van Atta, Faith Beattie, Alida Becker, Todd und Ruth Black, Kurt Bloch, Bill Block, Jayne C., Tina Davis, Cameron D., Stephanie und Constance Dorgan und all den guten Leuten im Crocodile, Sarah Ellegood, Bret Easton Ellis, Elliot Bay Books, Gary Fisketjon, Scott Fogg, Richard Ford, Claire F., Lulu Gargiulo, Mary Ann Gwinn, Nathan Hale, Gerry und Angela Harrington, Holly, Phil Joanou, Penny Johnson, Kerin Keller, Scott Lee, Resa, Sean MacPherson, Mike Musburger, Michael Upchurch, Molly Ringwald, Miss Marina Rust, Lee Richards, Bob Simonds, Alexis Smart, Chris und Janet Smith, Adam und Sara Smith, Tracy Sultan, Susie Tennant, Christy T., Binky Urban, Kurt Vonnegut, Kim Warnick und den bereits genannten Fastbacks, Meg Watjen, den Typen aus dem Pokerspiel bei Mr. Sahgal´s, jedem bei der Pierce Bezirksstaatsanwaltschaft, die meinem Leben einen zweiten Akt gaben, meiner Familie und all den Künstlern, die die Songs schrieben und spielten, die mich so lange am Leben gehalten haben.

www.german-publishing.de